Johannes Gönner

Der brennende Kelch

Kriminalroman

JOHANNES GÖNNER

Der brennende KELCH

Kriminalroman

benno

Bibliografische Information der Deutschen Nationalbibliothek
Die Deutsche Nationalbibliothek verzeichnet diese Publikation in der Deutschen Nationalbibliografie;
detaillierte bibliografische Daten sind im Internet über http://dnb.d-nb.de abrufbar.

Besuchen Sie uns im Internet unter:
www.st-benno.de

Gern informieren wir Sie unverbindlich und aktuell auch in unserem Newsletter zum Verlagsprogramm, zu Neuerscheinungen und Aktionen.
Einfach anmelden unter www.st-benno.de

ISBN 978-3-7462-5715-0

Covergestaltung: Rungwerth Design, Düsseldorf
Coverillustration: © stock.adobe.com/Kavita
Gesamtherstellung: Kontext, Dresden (A)

Erzählende Personen

Diese Geschichte wird **von mehreren Personen erzählt**, die alle nur einen Teil der Wahrheit wissen und sie natürlich auch unterschiedlich einschätzen. Zur ersten Orientierung:

Stefan ist Mitte 50 und Pfarrer der Pfarre Canisius in Wien. Er sammelt alte archäologische Fundstücke aus dem Umfeld der Bibel. Er erzählt zwar etwa ein Drittel der Kapitel, weiß aber natürlich nicht immer über alles Bescheid, was gerade so läuft.

Gregor ist Leiter von Jugendgruppen, im Roman aber der Firmgruppe. Er ist immer hoch motiviert und kämpft anfangs darum, dass überhaupt eine Gruppe zustandekommt.

Lena ist seine langjährige Freundin und leitet die Gruppe mit ihm und Stefan. Sie ist es meist, die besonders zu den Mädchen einen guten Draht hat, aber heuer ist alles anders.

Sam stößt immer wieder zum Firm-Team dazu, wenn er gebraucht wird. Er war einmal lebensgefährlich verletzt, als er aus Verzweiflung über einen Streit mit seiner Freundin in ein Auto lief. Das hat ihn sehr verändert. Er ist wahrscheinlich der „religöseste“ im Firm-Team.

Julian wirkt mit seinen 13 Jahren eigentlich noch zu jung für die Firmgruppe. Er fühlt sich von Anfang an nicht wohl und an den Rand gedrängt.

Hannah ist 14 und die Einzige in der Firmgruppe, die schon vorher in der Pfarre zu Hause war. Sie lässt sich in ihren

Prinzipien nicht beirren, zu denen auch ihre Version inklusiver Sprachmuster zählt.

Arnold ist ein enger Mitarbeiter, eigentlich längst auch ein Freund Stefans und in etwa auch so alt wie er. Er kann sich als Persönlichkeitstrainer die Aufträge inzwischen aussuchen. Er ist Vater eines international bekannten Geigers und wurde vor langer Zeit geschieden. Wo auch immer er beruflich hinfliegt, scheint er gute Freunde und vor allem sehr gute „Freundinnen" zu haben.

Gerald ist Priester wie Stefan und sein langjähriger Freund. Er arbeitet in der Zentrale am Stephansplatz und weiß über „die da drinnen und was sie so vorhaben" stets Bescheid. Er besucht Stefan immer wieder, nimmt dabei aber seinen eigenen Wein mit, denn Stefans Weine sind für ihn ... „unbeschreiblich".

Mario. Mario? Wer das wirklich ist, bleibt über lange Zeit ein Rätsel.

Die **weiteren Mitglieder der Firmgruppe**, die aber keine Kapitel schreiben, sollen aus gutem Grund hier noch nicht näher charakterisiert werden:

Melanie, Raffael, Kim, Corinna/Cora sind 15.

Michael („Mike"), **Vanessa, Jonas, Leon, Laura** und **Nele** sind 14.

KAPITEL 1

Mario

Donnerstag, 25. Juni

Joses ... Joses? Wer soll das denn sein? Steht da aber, ausnahmsweise klar und deutlich.

„Kennst du einen Joses?" Thekla kennt sich mit Religion und so besser aus als ich, mit christlicher Religion, also mit Bibel und so.

„Was hast du gesagt?"

„Ob du einen Joses kennst?"

„Joses? Nein, sicher nicht. Oder meinst du eine Theaterrolle? Warte ... nein, auch nicht. Ist mir noch nie untergekommen."

„Eher so eine Bibelgestalt, ein Apostel vielleicht?"

„Äh ... tut mir leid, nein. Apostel Joses? Nie gehört, echt nicht. Warum?"

„Dieser Hammerschmied, der schreibt hier von einem Joses-Evangelium."

„Dann soll das doch sicher *Jesus* heißen."

„*Jesus*-Evangelium? Nein, Unsinn, *jedes* Evangelium ist ein Jesus-Evangelium. So viel versteh doch sogar ich davon."

„Und davon gibt's doch genau vier ... sicher keines von einem Joses."

„Es gibt noch viel mehr. Die stehen aber halt nicht in der Bibel. Fast jeder Apostel soll eines geschrieben haben und andere Leute auch noch. Aber die Kirchenoberen haben die anderen unterdrückt oder so, hab ich gehört ..."

„Kann schon sein, aber warte mal ... Josef? Josef von Arimathäa, wie wär's mit dem? Da wäre nur ein Buch-

stabe falsch und ... ja, genau: kleines f und Innen-s, die kann man in der damaligen Frakturschrift leicht verwechseln, das wird's sein!"
„Aber der Hammerschmied, der schreibt das da in Blockschrift, so wichtig ist ihm das, schau!"
Seit Tagen rätsle ich an diesen seltsamen Aufzeichnungen herum, die mir im Jesuiten-Archiv in die Hände gefallen sind. Eher zufällig, bei meinen Recherchen zum Jesuiten-Theater. Ich habe gerade mal wieder etwas Zeit für meine Dissertation. Und in einer der Stückesammlungen, da lag's drinnen. In so einer handschriftlichen Sammlung, an die man gar nicht so einfach herankommt. Wahrscheinlich unbeachtet seit hundert Jahren oder so: ein schmales Heftchen, aber dicht beschrieben, mit der Aufschrift ‚Wissenschaftliches Tagebuch – Franz Xaver Hammerschmied'. Und darin noch Listen alter Bücher, ein Brief, verwirrende Notizzettel. Ist keinem aufgefallen seither.
„Ich hab's: Joses, einer der vier ‚Herrenbrüder', gemeinsam genannt in Markus, Kapitel 6, Vers 3 ... mit Jakobus, der in der frühen Kirche Jerusalems eine Sonderstellung einnahm, und mit Judas und Simon."
„Aber das *sind* doch Apostel! Judas, Simon, Jakobus ..."
„Nein, eben nicht, die hießen damals scheinbar alle gleich. Warte." Sie hat ihr Smartphone gezückt und liest ab: „Ja, Weiteres ist über sie nicht bekannt. Während die Kirchen der Reformation davon ausgehen, dass es sich dabei um leibliche Brüder Jesu handelt, lehnen Katholiken und Orthodoxe diese Deutung ab und interpretieren diese vier genannten Personen als Cousins bzw. nahe Verwandte Jesu. Weitere Kinder von Maria sind doch mit diesem Dogma von der Jungfräulichkeit Marias gar nicht möglich, eh klar."
„Weil nichts sein kann, was nicht sein darf!"

„Gut, da steht doch ‚adelphói', das griechische Wort für ‚Brüder', na eben, aber ... aha, nahe männliche Verwandte nannte man auch so. Man dachte ja immer an die Großfamilie, aber trotzdem ... Haarspalterei!"
Klar, sie muss mal wieder die gebildete Humanistin raushängen lassen. Aber ich muss ihr recht geben: „Warum sollte irgendein Cousin dritten Grades in der Urkirche so eine Rolle spielen wie dieser Jakobus? Das war schon sein Bruder, wetten?"
„Dann ... dann haben wir da das Evangelium eines echten Zeitzeugen von Anfang an! Unglaublich! Dieser Joses muss Jesus ja schon als Kind gekannt haben, der wusste alles, wirklich alles, hat es ja selbst erlebt und gesehen, was kein Lukas, kein Matthäus wissen konnten. Das ist ja ... Wahnsinn!"
Obwohl ich selbst den Atem anhalte, muss ich sie bremsen: „Wir haben es ja nicht, noch nicht, das steht nur da in dieser Liste. Aber ... so viel ich weiß, ist da ohnehin viel Erfundenes dabei bei diesem Lukas und dem Matthäus, also das mit der Flucht nach Ägypten, den drei Königen ... sogar dass er in Betlehem geboren wurde und nicht in Nazaret, das ist alles sehr theologisch, nicht historisch, aber das darfst du nicht in den Mund nehmen bei meinen Jesuiten, bei den Katholiken überhaupt, nicht einmal bei den weniger Frommen. Weihnachten ohne Krippe, stell dir so was einmal vor, das geht ja gar nicht!"
Jetzt will sie natürlich wissen, wo sich dieses Joses-Evangelium befindet, ob es das in Wirklichkeit überhaupt gibt. Wenn ich das wüsste!
„Na ja, das steht da in seiner Liste. Also *wo* das rumliegt, weiß ich nicht. Ich kann dir nur sagen, was *daneben* liegen soll: Hammerschmied nennt es gemeinsam mit den historischen Schriften eines ‚Sosikrates von

Rhodos' und des ‚Kastor von Rhodos', nie gehört, Autoren der beiden Jahrhunderte vor Christus und - jetzt kommt der Hammer - gemeinsam mit vier Dramen von Euripides."

„Was? Euripides? Das gibt's doch nicht, zeig mal!" Sie reißt mir die Liste aus der Hand, zieht sie an sich: „Was heißt das da, ich kann das nicht entziffern!"

„Die Kreterinnen ... des Euripides."

„Kreterinnen, Euripides? Nie gehört, ist aber auch nicht so ganz mein Fach."

„Hast schon recht: Die gibt's gar nicht. Eine Erwähnung, zwei, drei kurze Zitate. Mehr gibt's davon wirklich nicht. Ähnlich wie bei den beiden anderen. Die gibt's auch nicht - also zumindest *bisher* nicht! Nur das vierte Drama, das er hier anführt, ‚Alkestis', das ist erhalten. Die vier Stücke gehörten einmal zusammen. Er hat ja oft einen Vierer-Zyklus für eine Spielsaison geschrieben. Aber abgesehen von ‚Alkestis' ist alles verloren gegangen."

Das habe ich in den letzten Tagen hektisch zusammen getragen. Und Ähnliches gilt auch für die beiden Geschichtswerke, eine Geschichte Kretas und ein angeblich umfassendes Werk über altorientalische Geschichte, das Flavius Josephus, Plutarch und auch noch dieser Kirchenvater Eusebius als Quelle verwendet haben. Nur auf ein „Joses-Evangelium", auf so was gibt's überhaupt keine Hinweise.

„Und was heißt das jetzt?" Sie hat Feuer gefangen und sich neben mich gesetzt mit zitternden Händen und sich überschlagender Stimme. Sonst ist sie ja eher nur für zeitgenössische Stücke zu gewinnen, die in der Regel dann kaum jemand sehen will.

„Da, schau! Neben das Wort ‚Joses-Evangelium' hat er ganz klein etwas hingekritzelt, nachträglich, schwer zu

entziffern, fast zittrig, schau! Das da geht ... Moment ... ‚als der Herr mit drei Jahren einem Wunderheiler drei Fragen stellte‘ oder ‚als der Herr mit fünf Jahren ein Zicklein zum Leben erweckte‘ oder ...“
Sie fällt mir ins Wort, fast entsetzt, mit weit offenen Augen: „Das heiß doch ... das heißt ja, dass dieser Pater, also der kannte das Buch, dieses Buch, das es doch gar nicht gibt, also bis heute nicht gibt! Woher bitte? Und den Euripides ... auch! Das ... aber wo ist denn das alles?“
„Das frag ich mich auch. Wer so etwas in Händen hält, veröffentlicht es doch so schnell wie möglich - und wird über Nacht zum Star! Aber der tut nichts dergleichen, auch sonst niemand, und das seit hundert Jahren?“
„Und das da? Was ist das?“ Sie greift nach dem Brief. Der ist an einen Freund gerichtet, weiß ich seit gestern, aber unfertig, ohne Namen, nie abgeschickt. „Er schreibt an wen auch immer, dass er beruhigt sein kann, dass sein Streit mit dem Provinzkapitel - also seinen Ordensoberen - beigelegt sei und dass er eben weiterforschen werde und die Veröffentlichung nochmals verschieben ... Da war ein Streit, er musste offensichtlich klein beigeben, alles ganz geheim ausgetragen natürlich. Wahrscheinlich wegen dieser Schriften, also wegen diesem Joses ... na klar, wenn er behauptet hat, das Evangelium eines leiblichen Bruders Jesu zu kennen ... was nicht sein darf ... ja, das gibt jetzt Sinn. Und dann, schau her, da schreibt er noch zuletzt: Sollte mir etwas zustoßen ...“
„Der hatte Angst, dass ihn seine Leute umbringen!“
„Nein, das glaub ich doch nicht, aber er war schon über 70 und vielleicht nicht mehr ganz gesund. Oder vielleicht fürchtete er, dass sie ihm seine Schriften wegnehmen, was weiß ich? ... Sollte mir etwas zustoßen,

sollst Du, und nur Du allein es wissen: Alles ist hinter der ... schwer zu lesen, leider nicht in Blockschrift ... Krippe? ... soll das wohl heißen ... hinter der Krippe! Dort hat er alles versteckt."
„Hinter der Krippe? Das muss es wohl heißen, wirklich schwer zu entziffern, ausgerechnet ..."
„Dieser Pater Hammerschied, der war damals, also kurz vor dem Ersten Weltkrieg, in Canisius, im 9. Bezirk. Ich hab dort mal unter einem Vorwand angerufen. Die haben einen alten Mesner ans Telefon geholt. Und der sagt, die Krippe steht dort seit mindestens sechzig Jahren rechts vorne im Kirchenschiff. Und die ist groß und passt überhaupt nur dorthin ... na ja, oder eben symmetrisch gegenüber."
„Dann stand sie dort auch vor hundert Jahren, glaub mir. Meine Kirche ist da sehr konservativ."
„Du bist doch ausgetreten, oder?"
„Ja schon, aber irgendwie ... egal, was ist dort hinter der Krippe? Du warst doch sicher schon dort."
Sie kennt mich. „Nichts ist dort, die Außenmauer, sonst nichts."
„*In* der Mauer?"
„Nein. Die Kirche war damals nigelnagelneu, gerade erst eingeweiht, mit Kaiser und allem Pipapo. Nein, dort konnte er nicht unauffällig herumstemmen, dort ist nichts."
„Sackgasse?"
„Sackgasse ... aber ich hab da so eine Idee, zugegeben eine verrückte Idee, eine Wahnsinnsidee. Und ich brauch dich dafür! Du machst doch mit?"

KAPITEL 2

Stefan

Mittwoch, 9. September

Sie nimmt das Kind aus dem Tragetuch, legt es ihm in die Hände und weist ihm damit einen Platz am anderen Ende unserer „Bibliothek“, also dem Gesprächszimmer zu. Das Kind heißt Davide und ist gut ein Jahr alt. Das weiß ich schon aus den Unterlagen. Sie setzt sich zu mir an den Tisch, sehr schlank, geradezu was man früher „mager“ genannt hätte, trägt ein fast bodenlanges, violettes Kleid. Und sieht mich mit festem Blick an, starrt mich fast an. Jedenfalls herausfordernd, sagt aber nichts.

Ich entlocke ihr, dass sie Schriftstellerin ist, freie, und dass der Vater, also ihr Lebensgefährte, als Installateur arbeitet. Danach hab ich gar nicht gefragt. Um den Rahmen abzustecken, frage ich, wie viele bei der Taufe mitfeiern werden. Ganz wenige, sagt sie, beste Freunde, ihre Mutter und ihre Schwester, wahrscheinlich. Ich habe ständig das Gefühl, sie möchte sich eine Zigarette anzünden, tut aber nichts dergleichen, wirkt fahrig, abwesend, in ihren Blicken zumindest. Meine Frage nach möglicher Musik oder gemeinsamem Gesang schiebt sie ungeduldig zur Seite, mit einer heftigen Bewegung ihrer Hände: „Warum all diese Nebensächlichkeiten, hören Sie doch auf damit! Was soll das? Worum geht es in der Taufe? Können Sie mir das sagen? Oder können Sie das nicht?“ Wieder dieser herausfordernde Blick. Sie hat smaragdgrüne Augen, bohrende ... Und sie starrt mich an.

Eigentlich wollte ich ja zunächst mit ihr, also eigentlich mit ihnen beiden, gemeinsam eine Bibelstelle auswählen. Ein Wort, eine Geschichte, in der für sie etwas Wichtiges der christlichen Botschaft zur Sprache kommt. Etwas, was sie ihrem Davide gerne mit auf den Weg geben möchte ... möchten.

„Also ich denke, zuerst einmal feiern wir ihr Kind, dieses einzigartige Geschöpf Gottes. Ihr Kind, in dem doch etwas geheimnisvoll Neues liegt, das noch nie zuvor da war. Und wir feiern, dass sein Leben mit dem Leben Gottes verbunden ..."

„Das ist genau das, was ich so gar nicht vertragen kann, dieses ewige Herumgerede! Wegen Leuten wie Ihnen rennen der Kirche immer mehr Leute davon. Es geht doch um die Sünde, um das Böse – und ... um das Kreuz! Kommt das bei Ihnen überhaupt nicht mehr vor? An die Schöpfung glauben doch irgendwie alle, Hinz und Kunz, alle, aber ..."

Ihr Freund möchte etwas sagen aus seiner entfernten Ecke her. Aber ein Blick von ihr, ein smaragdgrüner, lässt ihn schnell wieder verstummen.

„Die Sünde, das Böse, ja natürlich gibt es das. Das gilt für mich – und für Sie, aber nicht für ein kleines Kind. Wir beten in der Taufe darum, dass das Böse Ihr Kind nie beherrschen soll. Aber die wichtigste Botschaft ist doch, dass wir vor dem Bösen nicht verzweifeln müssen, dass Gott uns bei der Hand hält, wenn wir in den Strudel zu geraten drohen. Das gilt doch für uns alle, und bei Davides Taufe feiern wir, dass er ..." So grundsätzlich-dogmatisch zu sprechen ist sonst gar nicht meine Art, aber wenn sie ...

„Sie ... Sie glauben also nicht wirklich an den Teufel, an diesen satanischen Urheber des Bösen in der Welt."

Erst jetzt wendet sie sich mir zu: „Sehen Sie denn nicht, was in dieser Welt gerade vor sich geht? Wie diese wahnsinnigen Islamisten ihre unschuldigen Opfer quälen und töten? Tag für Tag! Wie junge Menschen leer werden und ausbrennen, wie sie schreien nach einem wahren Glauben, keinem ... Da redet ihr immer noch vom Bösen - und nicht vom Satan!"

„Das Böse ist immer persönlich. Nur von ‚bösen Strukturen' zu reden, ist auch mir zu wenig ehrlich, da bin ich ja ganz bei Ihnen. Ein Erdbeben kann schrecklich sein, aber nicht böse. Böse sind Menschen, die die Not anderer ausnützen. Das Böse geschieht durch Menschen, es hat ein Gesicht, manchmal auch meines, nicht nur das von Islamisten. Es kann uns verführen, richtiggehend umdrehen ... Viele dieser Wahnsinnigen waren ja ganz normale Menschen, Pubertierende oder Muttersöhnchen, was weiß denn ich - und dann ziehen sie in den Krieg, um zu morden. Das Böse an sich gibt es nicht, es wird von Person zu Person weitergegeben, aber..."

„Nein, ich sehe schon ..." Sie ist aufgesprungen. „Nein, dieses Wischiwaschi, das Sie da ... das jeder, Kreti und Pleti ... nein: Es gibt ihn, den Teufel! Und wenn Sie das nicht sehen, muss ich mir einen anderen Priester suchen!"

„Also ... das finde ich gar nicht so. Wie Sie das ausdrücken, so habe ich das noch nie gehört. Ich finde das sehr interessant und würde gerne mit Ihnen darüber sprechen und ..." Endlich ist der ins Eck geschobene Vater aufgewacht. „Und Jesus, der ist doch auch nicht nur eine Idee, eine Moral oder so, er ist doch selbst eine Person, ein Gesicht, der ..."

„Das geht dich doch nichts an! Du bist ausgetreten. Die Taufe ist meine Sache!" Auch ich hätte gerne mit ihm gesprochen, aber er fügt sich, der ausgetretene Installateur.

„Nein ... Nein, das wird nichts. Mit Ihnen. Sie sind genauso wie ... also ich will klare Worte, eindeutige, nicht dieses ewige Herumgerede. Können Sie mir einen Rat geben, an wen ich mich wenden könnte?"
Hör ich da richtig? Das ist ja - ich soll ihr jemanden empfehlen? Da könnte sie doch gleich den Don Giovanni nach einem kompetenten Eheberater fragen. Also jetzt reicht's: „Also, wie ich die Sache einschätze: Wenden Sie sich doch an jemanden vom Opus Dei, am besten gleich in der Peterskirche!"
Sie stutzt. Weil sie die Ironie spürt? Nein, diese Frau hat offensichtlich wenig Sinn für Ironie, geschweige denn für Humor. Ich kann mir in ihrem Gesicht beim besten Willen kein Lächeln vorstellen. Aber aus irgendeinem Grund scheint auch für sie das Opus Dei ein No-Go darzustellen.
Der Vater sieht mich im Gehen hilflos entschuldigend an, kommt aber über Höflichkeitsfloskeln nicht mehr hinaus. Schade um die Gelegenheit. Mit ihm hätte ich mich sicher gut verstanden.
Also so etwas ist mir noch nie passiert. Ich weiß schon: Manche Kollegen sagen bei dieser Gelegenheit, dass wir in der Taufe sterben, mit gekreuzigt werden, in Christus untergehen - und mit ihm auferstehen. Aber sag das mal einer glücklichen Mutter ins Gesicht! Also, glücklich ist diese Mutter dann bestimmt nicht mehr. Oder dass ihr Kind von einer teuflischen Schuld befreit werden muss. Von welcher denn, kleiner Schreihals? Und das Geheimnis dieses neuen Lebens - bloß oberflächliches Wischiwaschi? Also ich bin kein Vater, aber auf so was käme ich bestimmt nicht.
Abhaken lässt sich das jetzt aber trotzdem nicht so schnell. Ich kenn mich da zu gut: Das wird mir noch einige Tage nachgehen und dann erst langsam verblassen.

Ein Gutes hat es dennoch: Das Gespräch war kurz – und ich komme jetzt doch noch so einigermaßen zeitgerecht zu unserem Firmstart-Abend. Zumindest bekomme ich noch etwas mit davon.

KAPITEL 3

Lena

Mittwoch, 9. September

Stefan kommt früher als erwartet und versucht, sich unbemerkt hereinzuschleichen, um nicht zu stören. Keine Chance! Er gehört zum Team, und natürlich stellen wir ihn vor, was eigentlich überflüssig ist. Denn Hannahs Familie gehört zum Kern unserer Gemeinde. Und Julians Eltern kennen ihn offensichtlich auch schon. Nur Julian selbst schaut zaghaft zu ihm hinüber.

Ja, und das war's auch schon! Der komplette Reinfall heuer. So etwas hatten wir noch nie: ganze zwei Firmlinge! So sieben oder acht waren es doch immer, manchmal auch doppelt so viele. Da kann man dann was machen, da ergeben sich neue Freundschaften, da kommt Dynamik auf, spätestens beim ersten Wochenende, ja zugegeben, mal mehr, mal weniger ... aber zwei? Die noch dazu so gar nicht zusammenpassen: die reife, überlegte Hannah und der gefühlte drei Jahre jüngere Julian, total schüchtern. Einer, der sich besser noch ein Jahr Zeit lassen sollte. War's das dann für heuer?

Natürlich geben wir die Devise aus, sie sollten sich noch umsehen, Freunde und Bekannte einladen. Hannah will's versuchen, den Währingern Jugendliche

abzuwerben, dort wo sie in die Schule geht. Dort sind immer viel mehr. Und die fangen ohnehin erst im November an, da fällt das nicht so auf. Aber ... zwei! Gregor gibt sich sichtlich Mühe. Und wie ich ihn kenne, glaubt er selbst noch daran. Und dass wir in Canisius die beste Firmvorbereitung machen im weiten Umkreis, vergisst er natürlich auch nicht zu propagieren. Wenn uns wer zuhören könnte, wir Canisianer tragen manchmal schon ganz schön dick auf ... und das mit ganzen zwei ...
Aber wie kann man die beiden für all das begeistern, was wir geplant haben: im Konjunktiv? „Sollten wir doch noch, dann ..." Aber realistisch gesehen wird Julian eben noch ein Jahr warten. Und Hannah kann ja schon mal in den Jugendtreff kommen. Nächstes Jahr neuer Versuch, basta.
Sam sagt gar nichts. Er ist erstmals mit im Team und sichtlich frustriert. All die stundenlangen Planungstreffen, Terminabsprachen, das Vorbestellen der Quartiere, die immer wieder schwierige Suche nach einem „coolen" Firmspender ... und dann das! Was bleibt, sind kleinlaute Absagen und Stornogebühren.
Sam wird nachher sicher vorschlagen, wir sollten um Zuwachs für die Gruppe beten, am besten sofort und gemeinsam. So ist er, unser Sam, sicher noch frömmer als Stefan, von mir selbst und Gregor ganz zu schweigen. Sams Freundin Manu war ganz schön frustriert, als es wieder nichts wurde mit der Tanzschule, mit diesem „Aufbaukurs" am Mittwochabend. Aus Erfahrung frag ich mich ja schon, auf welchen Tanzkenntnissen man bei Sam denn überhaupt „aufbauen" könnte? Und Manu tanzt für ihr Leben gern. Na ja, diese beiden, eine never ending story.
Zuletzt hängt nur noch Hannah mit fadem Gesicht he-

rum: „Ich geh aber trotzdem nicht in die Pfarre von meiner Freundin, die fangen erst in drei Monaten an. Und im Mai ist dann alles vorbei - und alle atmen auf. Nee! Die haben immer echt so einen 80-jährigen Alt-Abt als Firmspender. Und reden über nichts als über Pferde und Golfklubs. Nicht mit mir!"
„Also, wir treffen uns am Mittwoch, dabei bleibt's!" Gregor ist gerade dabei, sich selbst zu pushen: „Frag Leute aus deiner Klasse! Auch die, die mit Kirche bisher nichts am Hut haben. Wenn sie nur ein- oder zweimal kommen, dann bleiben sie, dafür sorg ich! Also ... sorgen *wir!*"
Er schaut sie herausfordernd an - und für einen kurzen Moment leuchten ihre Augen auf. „Wir schaffen das, Hannah!" Das kann er. So hat er mich schon die ärgsten Berge hinaufmotiviert, auf die heftigsten Klettersteige ... mit Erfolg, muss ich zugeben.
Stefan unterhält sich noch mit Hannahs Eltern, aber im etwas säuerlichen Konjunktiv-Modus. Ihr Vater bemüht einen Vergleich aus der Geschäftswelt: „Eine Pfarre, die nicht einmal mehr eine Firmgruppe zustande bringt ... ist das nicht ein Fall für eine feindliche Übernahme durch einen Konkurrenten?"
„Solange es ein Einzelfall bleibt ... aber wenn das nochmals vorkommt, ist das Wasser auf die Mühlen der Pfarr-Zusammenleger."
„So weit kommt's noch! Glaubt mir, die Kurve kriegen wir noch. Vor dem nächsten Mittwoch geben wir nicht auf." Gregor setzt den Schlusspunkt. Und wir verabschieden uns.
Gerade noch rechtzeitig, bevor Sam etwas sagen kann. Dabei wollte er doch eigentlich noch vorschlagen ...

KAPITEL 4

Lena

Freitag, 11. September

„Stimmt das, Herr Pfarrer, stimmt das wirklich, dass die Firmlinge vor dem Empfang des heiligen Firmsakramentes in Canisius nicht beichten müssen?" Frau Kreuzer, natürlich! Niemand würde sie in den Pfarrgemeinderat wählen, also viel zu wenige jedenfalls. Aber trotzdem kommt sie regelmäßig zu den Sitzungen, meist mit einer gleichgesinnten, aber viel schweigsameren Dame, die ihre Meldungen bloß abnickt. Ihre Sache ist die aufgeregte Kritik, mal argumentativ gut vorbereitet, mal auch aus dem Stand, so wie heute. Denn von der so gut wie abgesagten Firmvorbereitung hat sie wie die meisten erst soeben erfahren. Ihre Fragen sind stets rhetorischer Natur, denn sie selbst weiß ja immer schon Bescheid.

Gregor musste sich für diese heutige Sitzung entschuldigen. Also bleibt nur Stefan, ihr zu antworten: „Gegen Ende der Vorbereitung lade ich alle zu einem Gespräch ein. Ob es dann eine Beichte wird, das überlasse ich ihnen – und davon erfährt auch niemand. Zu einem Sakrament zwinge ich grundsätzlich niemanden."

„Also nicht! Das wollte ich wissen. Obwohl ... da schauen Sie, das Pfarrblatt von Oberlindenbach: Da ist alles verpflichtend: die Messe jeden Sonntag, die Beichte ... da, schauen Sie! Und dann wundern Sie sich ..." Sie schüttelt nur den Kopf im Gleichklang mit ihrer Nachbarin. „Wenn man die heiligen Sakramente selbst nicht ernst nimmt ..."

Ich greife nach dem Pfarrblatt. Beginn 22.2., Firmung

24.5., also ganze drei Monate abzüglich der Osterferien. Nicht einmal halb so lange wie die Mindestanforderung der Diözese, von wegen „halten sich an die Vorschriften"! Lauter Zwangsmaßnahmen, aber sie selbst machen sich's billig! Zugegeben, unmotivierte Jugendliche hältst du auch nicht länger aus, und *damit* kannst du sie nicht motivieren. Aber ich halte ausnahmsweise den Mund, sonst nimmt das hier kein Ende.

Doch Stefan startet gerade seinen zweiten Versuch: „Wir erarbeiten mit der Gruppe jedes Jahr, was für sie ‚typisch christlich' ist, was für Christen unverzichtbar ist – und auch für uns wichtig. Und jede Woche nehmen wir uns vor, etwas Bestimmtes davon zu verwirklichen, darauf besonderes Augenmerk zu legen. Und sie sollen sich auch gegenseitig daran erinnern, mit WhatsApp oder so. Und beim nächsten Treffen reden wir dann darüber, ob es uns gelungen ist ... also zum Beispiel jemanden zu unterstützen, nicht zu lügen, täglich zu beten oder eine Bibelgeschichte zu lesen. Oft sind das sehr ehrliche Gespräche. Und manchmal wiederholen wir das auch in der nächsten Woche, wenn einige vergessen haben oder wenn's nicht gelungen ist. Ich finde, das ist für diese Altersstufe eine gute Vorstufe für eine Beichte."

Frau Kreuzer ist mit dieser Antwort sichtlich unzufrieden, sagt aber nichts mehr. Kommt auch gar nicht dazu, weil andere Pfarrgemeinderäte jetzt interessiert nachfragen.

Ich führe schnell aus, dass bei uns mehr als jede zweite Familie wegzieht, bevor ihre Kinder überhaupt in dieses Alter kommen. Zu kleine oder zu teure Wohnungen, zu wenig Grün. Sobald sich eine Chance ergibt, sind sie auch schon weg. Es gibt nicht viele Vierzehnjährige im Grätzel.

Stefan stimmt mir zu: „Ich warte nur noch auf die Familie, die mit sagt: ‚Leider, aber es ist uns zu teuer hier, darum mussten wir uns eine Villa in Hietzing kaufen' – aber sonst hatte ich schon alles. Ist leider so!"
Eine lebhafte Diskussion kommt in Gang. Wir sollten doch mit den Jugendlichen Theater spielen. Das halte zusammen wie nichts sonst – und fördere die unterschiedlichsten Talente. Stefan selbst wollte das schon mehrmals initiieren. Aber mit 14 trauen sich die meisten nicht so aus sich heraus, so in der Öffentlichkeit. Und neben der intensiven Vorbereitung ist das auch eine Zeitfrage – bei aller Begeisterung.
Eine Umfrage sollten wir starten. Und das Konzept überdenken. Doch wieder mehr auf Wissen und Lernen Wert legen. Die Firmlinge sollten die Messe regelmäßig mitfeiern. Und sich sozial engagieren. Seltsam, dass selbst langjährige Pfarrgemeinderats-Mitglieder nicht wissen, dass sie gerade das längst und intensiv tun. Mehr als die meisten anderen Gruppen.
Ja und dann natürlich die Frage, auf die unser Pfarrer Stefan doch so allergisch ist: „Irgendwann wird's eben doch nur mehr gehen, wenn wir uns mit den Nachbarn fusionieren. Vielleicht doch besser rechtzeitig als zu spät!"
„Apropos spät ... wir haben noch drei weitere Tagesordnungspunkte!" Ende der Diskussion. Wie schafft es Stefan bloß immer wieder, mit seiner grottenschlechten Diskussionsleitung genau das zu erreichen, was er will?

KAPITEL 5

Gregor

Mittwoch, 23. September

Sams Gebete sind erhört worden! Und meine auch! Wir beten nur ziemlich unterschiedlich, ist auch gut so. Unfassbar: zwölf! Ja wirklich, wenn ich richtig gezählt habe: zwölf Jugendliche – und was für ein bunter Haufen!
Vorige Woche kamen schon zwei dazu: die recht selbstbewusst auftretende Melanie mit Hang und Begabung zu starken Auftritten. Sie wollte gleich alles genau wissen, nicht nur in Bezug auf die Firmgruppe. Sehr bald schon musste sie nicht nur unbedingt wissen, dass ich mit Lena befreundet bin, sondern natürlich auch gleich, wie weit denn diese Freundschaft ginge, und mit hintergründigem Lächeln, ob das denn auch alles erlaubt sei ... hier? Ganz schön frech für ihr Alter!
Hannah musste sich bei ihr gar nicht erst ins Zeug legen. Die beiden kennen sich aus der „Leistungsgruppe Physik". Melanie kam direkt auf sie zu. Ihre eigene Pfarre käme für sie überhaupt nicht infrage, die dort seien alle völlig ... verdrehter Blick, abwehrende Handbewegung, also überhaupt nicht. Und so hat sie sich umgehört und ist auf Canisius gestoßen. Die paar Stationen mit der 38er-Bim sind kein Problem. Sie ist – wenig verwunderlich – schon 15, engagiert sich für Amnesty und scheint wirklich einiges draufzuhaben. Und lacht viel, ein echter Gewinn.
Und den weit ruhigeren Jonas, den hat sie einfach abgeschleppt, weil der sonst noch ganz zum Nerd verkommt und aus seinem computerverseuchten Zimmer gar nicht mehr rausgeht, verkündet sie zu seiner großen

Freude. Scheint einer von diesen hyper-intelligenten Typen zu sein, dem seine eigene Intelligenz menschlich im Weg steht. Gibt sich cool, wirkt aber zumindest hier noch sehr gehemmt - aber das kriegen wir schon hin. Unsympathisch ist er nicht. Er wird denen helfen, die in Mathe vor dem Abgrund stehen, dafür werden wir sorgen, denn die gibt's in der kleinsten Gruppe.
... und die waren wir vorige Woche ja immer noch: vier. Immer noch zu wenig. Und niemand für unseren „kleinen“ Julian. Der fällt immer noch unten durch und Lena war da nach wie vor skeptisch.
Aber jetzt das! Auf einmal tatsächlich zwölf! Ich komm gar nicht mehr mit bei all den G'schichtln, wer wen woher ... Egal: zwölf! Und echt Typen dabei, die was draufhaben, denk ich mal, und dafür hab ich einen Blick. Am lautesten Vanessa, ja, sogar neben Melanie! Nicht ganz schlank, eher athletisch. Macht seit acht Jahren Karate - und in diesem Jahr noch den schwarzen Gürtel: „Mich muss man überzeugen, mit Gewalt geht bei mir gar nix!“ Ich glaub ihr das mal. Sie hat etwas von einer Katze, nicht nur wegen ihrer grünen Augen. Irgendetwas in ihr scheint stets unter Spannung zu stehen.
Wenn ihr jemand die Show stehlen kann, also ihr und Melanie, dann ist das sicher Kim. Auch tiefschwarze Haare und eine echte Schönheit. Und das weiß sie - und unterstreicht es: Schon ihr orangefarbenes Shirt sitzt knalleng und nabelfrei. Aber ihre Jeans-Shorts, die sind echt ... 'tschuldigung: unmöglich. So verboten kurz, und dann noch ausgefranst bis zum Geht-nichtmehr. Die Jungs wissen schon gar nicht mehr, wo sie hinschauen sollen ... nein, *ich* weiß es nicht mehr, die Jungs wissen es genau - und schauen! Die hochhackigen schwarzen Pumps draußen am Schuhhaufen, das können nur ihre sein.

Laura und Nele sind offensichtlich etwas jünger und setzen sich bei Weitem nicht so in Szene, haben einander aber schon gefunden und tauschen auf ihren Handys eifrig irgendetwas aus, Musik oder Apps oder Spiele. Wobei sie immer wieder spitz aufkichern.
Tortenstücke machen die Runde, Tortengabeln hinterher, Servietten sind leider aus - hatten wir denn hier jemals welche? Wer eigentlich Geburtstag hat, weiß irgendwie keiner, Hauptsache Torte. Bis alle ein Stück haben ... es ist Julian, wir lassen ihn hochleben. Fast alle. Corinna möchte keines. Sie gibt sich betont unnahbar. Hoffentlich gibt sie sich nur - und ist es nicht. Ganz in Schwarz. Sie nennt sich auch Cora und verbessert jeden, der sie mit Corinna anredet. Und wer sie mit Cora anspricht, den verbessert sie zu Corinna. Das scheint so ihr Tick zu sein, der sie geheimnisvoll erscheinen lassen soll, na ja. Für eine knapp 15-Jährige baut sie eine seltsam undurchdringliche, ja düstere Aura um sich auf. Sie redet wenig, dann aber bedeutungsschwer. Den Moment, in dem alle kauend verstummt sind, muss sie natürlich nützen. Sie öffnet ein Fenster, atmet gut hörbar durch und deutet mit beiden Armen auf die Kirche gegenüber: „Diese Kirche ist ja ... *unheimlich* ... groß!" Das „Unheimlich" bleibt im Raum stehen, bis wir die Teller stapeln und in die kleine Küche rübertragen.
Die anderen Jungs halten sich - wie üblich - noch eher im Hintergrund, zeigen noch nicht viel von sich. Raffael und Mike geben sich umgänglich und witzig, Leon hingegen, also auf den werden wir aufpassen müssen. Sein Sarkasmus kommt bei den Mädels nicht so gut: „Ich mag keine Tiere, es sei denn auf meinem Teller" Grins. Igitt! Das gibt noch Saures.
Aber was soll's: zwölf! Eine gute Mischung, das wird spannend. Nur Julian, unser Geburtstagskind, der ist

immer noch unübersehbar der Jüngste – und ziemlich schweigsam. Na, dann legen wir mal los!
Namensprügel-Spiel! Eine bekommt eine martialische Keule, aber aus weichem Schaumstoff. Rund um sie herum alle im Kreis, angezogene Beine nach innen. Ich rufe einen Namen. Der Genannte muss schnell einen anderen Namen rufen. Zögert der und drischt ihm das Mädchen in der Mitte zuvor auf die Füße, muss er selbst hinein.
Am häufigsten fällt der Name Kim, vor allem von den fünf Jungs, sodass sie immer wieder in die Mitte muss, warum wohl? Anfangs scheint sie diese Aufmerksamkeit noch zu genießen, aber bald wirkt sie irritiert und genervt. Es gelingt mir und Lena, die sofort begriffen hat, die Aufmerksamkeit auf Mike zu lenken. Auch Stefan und Sam checken unsere Absicht und rufen ihn auf. Der hat kein Problem damit und „prügelt" alle der Reihe nach mit voller Kraft. Schneller als üblich breche ich ab. Nicht nur wegen Kim. Überraschend schnell scheinen sie sich die Namen zu merken, als ob sie sich schon ... Da muss ich mich ganz schön anstrengen, um mithalten zu können.
Handys sind während unserer Treffen tabu. Aber kaum ist der offizielle Teil geschlossen, dauert es natürlich nur Sekunden.
„Schau mal, wer mich da ..."
„Doch nicht dieser ..." Der Rest geht im Kichern unter.
„Was soll das? Was für ein gehirnkranker Geist kann denn ..." Laura schwenkt ihr Smartphone herum und hält es wie eine heiße Kartoffel. Erst nach und nach erhält sie Aufmerksamkeit.
„Was ist denn?"
„Haste Zuckaus, Schwester? Komm, Bruder hilft dir!" Leon ... eh klar!

„Da, bitte was soll das? Da!“ Sie gibt mir das Handy mit spitzen Fingern in die Hand. Und ist sichtlich erleichtert, es los zu sein. Höchst ungewöhnlich. Mein erster Gedanke: ein gruseliges Foto von Massentierhaltung? Doch nicht:
„Ihr wolltet mich nicht.
Aber ich werde immer bei euch sein.
Bis zum Ende.
Die Dreizehnte.“
Natürlich unterdrückte Nummer. Noch vier andere haben die gleiche SMS bekommen. Es ist unheimlich still geworden. Jan aus der Jugendgruppe, der als Erster gekommen ist, steckt die Nase herein, verzieht sich aber blitzartig, als er diese seltsame Stimmung bemerkt.
„Die Dreizehnte? Sagt euch das was? Wer soll das denn sein?“ Stefan greift als Erster ein.
Aber nur fragende Gesichter und Achselzucken in der Runde. Hannah überlegt: „Keine Ahnung. Nur ... wir sind zwölf! Aber wir haben doch niemanden ausgeschlossen, warum auch, wir wollten doch so viele wie möglich.“
„Wenn wir wenigstens zurückschreiben könnten.“
„Bei Dornröschen, da gibt's doch eine 13. Fee, die nicht eingeladen wurde, weil zu wenig Geschirr da war ... und die wurde ganz rabiat böse deswegen. Ob das was ...“
„Die Karin? Aber die *wollte* doch gar nicht!“
„Die Karin, die ist doch evangelisch! Die machen das doch selber.“
„Passt auch gar nicht zu ihr, überhaupt nicht, die ist nicht so.“
Laura und Nele sprechen von einer gemeinsamen Freundin.
Ratlose Stille.
„Patricia! ... Patricia aus meiner Klasse. Bei ihr drehte

sich immer alles um die 13." Corinnas dunkle Stimme kommt aus der dämmrigen Ecke unseres „Zeltes", einer Art Baldachin über der Sitzecke. „Geboren an einem 13. ... Wurde zur Frau genau an ihrem 13. Geburtstag ... Ihr Name hat 13 Buchstaben ..." Nach jedem Satz setzt sie eine gewichtige Pause. „Und ihre Glückszahl sei die 13, hat sie immer gesagt."

Kim wird ungeduldig: „Hat ... war ... wurde ... Wovon schwafelst du denn da schon wieder? Was ist denn mit dieser Patricia?" Aber hallo? Was haben denn die beiden miteinander?

„Am 13. ist sie verschwunden, am 13. Juli, ihrem Geburtstag ..."

„Ihrem 13. Geburtstag ..." Leon ahmt ihre dunkle Stimme nach.

„Unsinn, es war ihr 15.!"

„Verschwunden, jetzt erzähl schon!" Lena wird ungeduldig. Ich übrigens auch. Die ganze schöne Anfangsstimmung ist verflogen.

„Hat sich in den Zug gesetzt, am 13., nach Salzburg, wo ihr Onkel wohnt ..."

„Der 13. Onkel, aha, eine Großfamilie!" Schon wieder Leon.

„Idiot! Und kam dort nie an. Keine Spur, keine Botschaft ... bis jetzt! Musste die Klasse wiederholen ... angeblich war da was mit Mobbing, aber kein Mensch hat sie gemobbt, alles bloß Einbildung."

„Das sind jetzt aber mehr als zwei Monate – und gar keine Spur?" Stefan ist entsetzt.

„Patricia, die ist nicht durchgebrannt. Dafür war die doch viel zu inaktiv, nein, sogar depressiv. Bleibt nur ..." Dieses Getue macht mich noch wahnsinnig!

„... ein Verbrechen oder Selbstmord!" Jonas' kühler Verstand schockiert die Runde.

Neles Mutter schaut zur Tür herein und will sie abholen. Na, die muss einen Eindruck haben von der Stimmung, die da bei uns herrscht. Stefan geht mit hinaus und wird versuchen, es ihr zu erklären.
„Ja, aber diese SMS. Das ist doch ein gutes Zeichen. Das heißt doch, dass sie lebt." Endlich weiß Julian etwas zu sagen. „Fragt sich doch nur, wo sie ist, von woher ..."
„Vielleicht von ... ganz weit ... drüben?" Corinnas dunkle Stimme. Dunkel wie es im Raum längst ist. Das hat uns gerade noch gefehlt.
„Du meinst?"
„Ihr Geist?!"
„Das ist ja gruselig!"
„Wird sie uns verfolgen - wie sie schreibt?"
„Kann sie das denn von ... da drüben?"
„Oh, die können mehr, als du glaubst, *viel* mehr!"
Sam fährt entschieden dazwischen: „Unsinn! Wir wollen eine Firmgruppe sein und glauben an so was? An böse Geister, die SMS verschicken?"
Aber es findet sich keine schlüssige Erklärung für diese fünffache SMS, auf die Nachricht der erbosten „Dreizehnten". Und schneller, als wir schauen können, sind sie alle weg. Zuletzt auch Hannah, die noch etwas sagen will, dann aber doch nicht.
Nur Kim kommt noch einmal, schlüpft in ihre hohen schwarzen Pumps und verschwindet lautlos. Sie hat wohl vor lauter Aufregung erst auf der Straße bemerkt, dass sie barfuß rumlief.

KAPITEL 6

Julian

Donnerstag, 1. Oktober

„Auch dich, du kleine Ratte, habe ich im Visier!
Glaub ja nicht, dass du DARAN unschuldig bist.
Ich vergesse nichts.
Die Dreizehnte!“
Shit! Wie denn, was ist denn das? Was soll das? Und wo hat die verdammt noch mal meine Adresse her? Sam hat mir doch hoch und heilig versprochen, er gibt die nicht weiter, nur für unsere Firm-WhatsApp-Gruppe. Bevor ich die Typen da kenne, muss die nicht jeder kennen.
Die Nele meint, das ist für die Patricia kein Problem. Also unsere Adressen zu erfahren oder solche Dinge ... da drüben. Die weiß jetzt noch ganz andere Sachen über uns. Weil die „da drüben“ eben alles wissen. Wer bitte? „Na die Geister!“, sagt sie. Die Patricia ist sicher schon drüben. Die ist abgehauen aus Protest, da bin ich mir sicher, also ziemlich sicher. Seit die Cora erzählt hat, ihre Eltern wollten ins Ausland gehen, also beruflich. Und sie nicht mitwollte. Aber Vanessa sagt, auch dann sind drei Monate verdammt lang, das würde sie nie durchhalten, also die Vanessa, so lange abtauchen. Es muss ihr etwas passiert sein, so oder so.
Und fragt mich ganz ernst, warum wir denn als Kinder immer wieder zu Halloween „Süßes oder Saures“ bekommen haben? Keine Ahnung, sag ich – und sie schaut mich so komisch an, als ob ich was Urpeinliches gesagt hätte. Hat nur gelacht und ist mich mit einem „Huch!“ angesprungen. Sie sagt, die Menschen fürch-

ten sich schon seit immer vor den Geistern der Toten, solange die nicht ganz tot sind oder eben „ganz drüben“. Nicht weil sie „Huch!“ machen, sondern weil die jetzt alles wissen über uns. Auch alles Böse, das wir geheim halten möchten, unbedingt. Meist sagen sie es nicht, aber sie wissen es – und das bohrt und bohrt ... und sie bohrt sich mit ihrem Zeigefinger in meine Schulter, dass es voll wehtut ... und starrt mir in die Augen, voll ungut! Die Cora mag ich wirklich nicht.
Die glauben doch nicht in echt an diesen Geister-Scheiß! Aber was will die Dreizehnte von mir, ich kannte die doch gar nicht! Was kann denn ich dafür? Hab ich mit ihr Schluss gemacht? Hab ich sie gemobbt? Oder irren die sich da drüben auch?
Hab ich sie noch alle? Firmvorbereitung hab ich mir anders vorgestellt, aber echt. Alle sagen, das war ein echt cooles Jahr, immer was Neues, lustige Typen – und immer sind die alle irgendwie verliebt nachher, also alle, die was draufhaben, sagen die Älteren doch.
Wenn alle wären wie die Vanessa, also trotz ihrem Geister-Tick. Aber dieser Leon, also wenn mich wer fragt, ist ein echter Arsch! Kommt sich vor, als wär er weiß ich wer. Und kommt noch gut an bei den Mädchen. Bei manchen. Durch mich schaut der doch nur durch.
Dabei ... also bitte, sogar die Hunde merken sofort, was das für ein Kotzbrocken ist. Gestern vor unserem Treffen, also unten noch, da hat so ein ganz lieber Retriever an uns rumgeschnüffelt, gleich drüben im Park. Kommt auf den Leon zu, der schaut ihn nur an, nur so, gar nicht besonders, da fängt der Hund zu winseln an und zittert, fängt richtig zu heulen an, als wenn ihm was furchtbar wehtut. Der Leon schaut ihn immer noch an, nur so, und der Retriever zuckt zusammen, will bellen, traut sich nicht – und rennt auf einmal panisch

davon, aber wie, jetzt mit wildem Gebell, zwei Gassen runter und ums Eck, sein plötzlich aufgetauchtes Herrchen hinterher.
Hat nur gegrinst, der Leon, richtig dreckig gegrinst hat der. Hat einen anderen Hund entdeckt, geht harmlos auf ihn zu, und dasselbe Theater geht gleich noch einmal los. Nur dass der arme Kerl auch noch eine Pfütze macht in seiner Panik. Noch dazu ein großer Hund!
Oma sagt immer, die Tiere, besonders die Hunde, erkennen gleich, was einer für ein Mensch ist. Und heute hängen sogar Zettel aus bei uns im Viertel mit dem Bild von dem Retriever. Der ist in seiner Panik ganz ausgebüxt. Sein Herrchen war nicht schnell genug. Ob der auch von einer Brücke gesprungen ist? Kann ein Hund „von drüben" SMS ... Unsinn!
Und die meisten anderen, die sind doch auch so. Haben sich ja auch nicht gekannt vorher oder nur einen oder zwei, wie ich eben die Hannah ... aber irgendwas läuft da hinter meinem Rücken, von dem ich keine Ahnung habe, irgendwas, ich bin doch nicht blöd!
Shit! Jetzt red ich auch schon wie diese ach so arme, gemobbte Patricia, diese „Dreizehnte". Also mir reicht's! Ich kann dein Problem lösen, bist nur noch die Zwölfte. Ich brauch diesen ganzen Schmarrn hier nicht mehr, so viel steht fest. Da können meine Eltern machen, was sie wollen. Wir werden uns darauf einigen, dass ich *nächstes* Jahr mitmache, und dann mal sehen.
Aber vorher lösch ich diese Mitteilungen von der „Dreizehnten" – und überhaupt meine Mitgliedschaft in dieser verbockten Gruppe. Ihr könnt mich alle mal! Also fast alle.

KAPITEL 7

Stefan

Mittwoch, 7. Oktober

Was ist denn da los? Aber ... fast hätte mich der jetzt umgerissen und die Treppe hinunter ... Was? Das ist doch Claires Hund, also nicht wirklich ihr Hund. Sie hat uns gebeten, ihn eine Woche lang für ihre Freundin aufnehmen zu dürfen. Sie ist eine der vier Studentinnen, die ganz oben im Haus wohnen.

„Claire? Was ist denn mit dir?" Sie liegt auf dem Treppenabsatz zwischen umgestürzten Blumentöpfen. Eine Yucca-Palme hat es ganz schlimm erwischt. Sie hält sich ihr Schienbein, das blutet, und schaut mich ganz entgeistert an: „Aber sie ist doch so ein liebes Hündchen. Ich versteh das nicht, auf einmal ... tut mir leid, das ... Ich mach das wieder!" Sie deutet hilflos auf den zerbrochenen Topf und die Erde ringsum.

Jetzt erst sehe ich, dass ein paar Stufen über ihr drei erstarrte Firmlinge stehen: Melanie, Raffael und – fast hätt' ich's mir gedacht: Leon. Von unten stapft gerade Hannah herauf.

„Vergiss den Blumentopf! Was ist denn hier passiert?" Claire steht gerade vorsichtig auf, zieht sich vorsichtig am Geländer hoch, zuckt einmal kurz zusammen und streckt ihr Bein durch: „Nein, gebrochen ist nichts. Ich konnte sie einfach nicht festhalten, sie ist mit der Leine weg, voll in Panik, als wäre der Teufel hinter ihr her. Wo ...?"

Hannah hat verstanden: „Lass nur, ich schau, ob ich sie finden kann." Und stürzt sich zwei Stufen auf einmal nehmend hinunter.

„Dabei hat er dem Hund doch gar nichts getan! Du warst doch auch dabei, ich versteh das nicht." Der angesprochene Raffael nickt betreten.
„Mann, ich steh doch nur da, hab sie zuerst überhaupt nicht bemerkt, und die heult voll auf, als ob ... ich weiß nicht, was. Ich wollte sie doch nur beruhigen." Die beiden anderen nicken Leon zu.
„Ich konnte sie nicht mehr halten, hätte nie gedacht, mit was für einer Kraft ... Zuerst hat sie wild drauflos gekläfft, dann nur noch gewinselt, ist herumgesprungen, wollte immer nur weg von ... ihm, ihm da oben. Ich hab noch nie einen Hund so heulen gehört, und dann ..."
Leon entschuldigt sich kleinlaut, ohne sich aber wirklich zu entschuldigen: „Ich geb ja zu, ich mag Hunde nicht so besonders. Einer hat mich einmal gebissen, also eigentlich nur gezwickt, als kleines Kind noch. Ich mag keine Hunde, dazu steh ich. Aber ich tu ihnen doch nichts!"
Inzwischen kommt Hannah herauf, immer noch aufgeregt und rot im Gesicht: „Keine Sorge, ich hab sie mal festgebunden, im Windfang. Sie wollte um keinen Preis der Welt herauf. Haben wir was zum Aufwischen?"
„Aufwischen? Ja, in der Küche links."
„Wozu brauchst ...?"
„Hat den ganzen Windfang vollgepinkelt, der arme Kerl." Sie muss lachen, obwohl ihr gar nicht zum Lachen ist, schaut kurz die Stufen hinauf zu Leon, ein leichtes Kopfschütteln, ganz ohne Lachen jetzt.
„Na was? Blöder Köter!" Leon verdrückt sich sichtlich genervt in die Jugendräume hinauf. Hannah läuft mit Wischmob und Kübel hinunter.
Unsere Angebote, ihre Schürfwunde zu verarzten, lehnt Claire höflich ab: „Marion ist da, die macht das schon."

Wie? Ach ja, ihre Nachbarin studiert Medizin, ich verstehe. „Aber vorher hol ich sie noch herauf. Könnt ihr bitte sicherstellen, dass der ... dieser Typ drinnen bleibt?“ Wir nicken. Und als Hannah zurückkommt, wischt sie auch schnell noch die Blutspritzer auf.
Gregor, Lena und Sam haben im Materialkammerl bei verschlossener Tür von all dem gar nichts mitbekommen. Ich vereinbare mit ihnen, die übliche Blitzlicht-Runde heute ausfallen zu lassen, bei der alle ganz kurz sagen, was ihnen gerade durch den Kopf geht. Ich will die ungute Hunde-Geschichte nicht unnötig breittreten.
Gerade noch pünktlich kommt der Rest der Meute herauf. Mitten unter ihnen Claire mit ihrem Hund, ganz friedlich, wenn auch noch sichtlich eingeschüchtert.
„Stimmt das, dass der Julian nicht mehr kommt?“ Nele scheint es ein wenig leidzutun.
„Woher weißt du das denn schon? Hat er's dir schon gesagt?“ Davon sollte ich doch zuerst erfahren.
„Er hat unsere WhatsApp-Gruppe verlassen, einfach so. Weißt du, warum? Wegen dieser ‚Dreizehnten‘? Oder wegen der Hundesache ... Leon, du weißt schon.“
Manche tun sich anfangs mit dem Du bei mir schwerer als bei den anderen. Aber Nele ist da ganz unbefangen.
Ich verstehe: WhatsApp ist so gar nicht meine Sache, darum ...
„Du, irgendwie hat er sich von Anfang an nicht wohlgefühlt. Er war ja auch der Jüngste. Nehmt es nicht persönlich. Er hat sich über niemanden beschwert. Manchmal passt's halt nicht.“ Die anderen haben sich schon wieder abgewandt. Julian war für sie nur eine Randfigur und scheint sie weniger zu beschäftigen.
Zündhölzer? Wir haben doch das Blitzlicht für heute ...
Plötzlich hab ich den Geruch von Zündhölzern in der Nase.

„Stefan!" Lena ruft mich hinein. „Wir müssen anfangen und du wolltest doch unsere Sozial-Projekte ...!"
„Komme schon!" Sie sollen auswählen, wo sie mitarbeiten werden: bei einem großen Essen für Obdachlose in meiner früheren Pfarre, bei unserem Caritas-Sozialmarkt, oder bei der „Aktion 1 Kilo mehr", wo sie Kunden vor Supermärkten auffordern werden, ein Kilo Lebensmittel zusätzlich einzukaufen und unserer Pfarr-Caritas zu schenken. Normalerweise sind da alle begeistert dabei. Und ich lege noch nach: „Also, die Latte liegt bei 900 Kilogramm, vor zwei Jahren!"
Aber ihre Reaktion ist mau, demonstrativ mau. Die Rückmeldungen gehen alle in eine Richtung: „Also meine Eltern wollen sicher nicht, dass ich betteln gehe. Wenn mich da wer kennt, das ist ja nur peinlich!"
„Also Kochen? Nicht so mein Ding, die armen Obdachlosen, wenn ich ..."
„Klar gibt's arme Leute, aber in Wien braucht keiner obdachlos zu sein, da gibt's genug Einrichtungen!"
Hannah wirft gerade noch ein: „Die nehmen aber keine Alkoholikerinnen oder psychisch Kranke, und die sind's dann oft ..."
„Können nach Kalksburg gehen auf Entzug - oder in die Psychiatrische ..."
Auch Lenas Einwand geht ins Leere: „Dann kochen wir halt für Arme, auch wenn sie so was wie ein Dach über dem Kopf haben."
Schweigen. Wegschauen. Blödeln. So einen asozialen Haufen hatten wir ja noch nie da sitzen!
„Also ich würd lieber Theater spielen." Wieder einmal Corinna. Wieder so ein starker Auftritt, theaterreif mit langsamer, dunkler Stimme. „Und das Geld für die Eintrittskarten ..."

„... spenden wir großzügig der Caritas!", übernimmt Vanessa wie auf's Stichwort.
Gregor schaut mich fragend an. Er ist mehr der Typ für direktes Engagement und persönliche Begegnungen. Andererseits wollte ich schon so lange mit einer Gruppe Theater spielen - und keine hat sich getraut. Der Vorschlag kam ja auch aus dem Pfarrgemeinderat.
„Ihr meint das ernst? Ich denk mal, das kostet weit mehr Zeit als meine Vorschläge vorhin. Eine Bühne haben wir, aber sonst müsstet ihr alles selber machen, auch Kulissen, Kostüme und so."
Melanie mischt sich ein: „Aber bitte kein Amateur-Theater. So mit Runterleiern und hilflos Herumstehen auf der Bühne. Also wenn, dann mit meinem Onkel, der macht das professionell, echt ... ja, wirklich! Raffael, du kennst ihn doch auch!"
Raffael grinst: „Und wie!" Dann ernster: „Leute, das wird Knochenarbeit, das könnt ihr mir glauben, wenn ihr das wirklich wollt. Er ist Perfektionist!" Trotzdem nicken plötzlich alle.
Sam nimmt meinen Einwand vorweg: „Und er hat auch Zeit? Und gerade er als Profi würde so was auch machen?"
Melanie nickt: „Hat sich 'ne Auszeit genommen ... noch bis Dezember. Aber so was, das macht er, da wette ich."
„Meine Freundin Bella und Manu, ihre Schwester, die könnten Kostüme ..." Sogar Sam!
„... machen wir schon, machen wir schon selber." Oh ja, Kim! Im offenen Blüschen, kaum mehr als einen BH darunter, nennt sich wohl „Top". Wann wird's endlich kälter? Das können ja nette Kostüme werden. Aber bis dahin, das Wichtigste, sie haben ordentlich Feuer gefangen. Lena und Gregor sehen das inzwischen genauso.

Feuer gefangen? Es riecht nach ... Rauch ... Plastik? Da flackert etwas, ja wirklich, durch die Glastür unverkennbar zu sehen! Feuer!
„Was ist denn das da?“ Ich reiße die Tür auf, stürze in den Vorraum. Dichter Qualm, beißend ... die anderen dicht hinter mir. „Bleibt drinnen, nein Gregor, kommt ihr ... Wo ist denn der Feuerlöscher? Der war doch ... ich sehe nichts! Nein, nein! Kein Wasser! Das kommt aus der Steckdose, kein Wasser, da ist Strom drin!“
Ich halte mir ein Geschirrtuch vors Gesicht, mache es nass, noch ein Handtuch und los! Ich drücke das dicke Tuch mit einem Sprung nach vorn gegen die Steckdose, die Schalter. Es zischt, wird heiß, zu heiß ... noch einmal nass machen ... Geschafft! Die Steckdose ist gelöscht, aber die Ablage und ein paar Kleidungsstücke haben Feuer gefangen, der Altpapierkorb natürlich auch, aber schlimmer ist dieses Plastik, schon wieder Plastik ... beißend!
„Wasser, ja, jetzt Wasser!“
Lena schüttet schon den zweiten Kübel halb über mich. Wenig Wirkung.
„Ihr bleibt drinnen, bitte!“
Es staubt auf, weißer Staub, überall. Ich muss husten.
„Verzeih!“ Gregor hat doch noch den Feuerlöscher gefunden, den aus dem Kindergarten unten. Aber wie ... ach so, die haben Elternabend heute, was für ein Glück. Ich hätte ja den Schlüssel, aber Gregor ...
Es staubt noch mehrmals auf, weiß und grau, es stinkt nach allem Möglichen, auch nach Schwefel, warum denn nach Schwefel? Aber Hauptsache, es brennt nicht mehr.
„Bleibt noch drinnen bitte ... Was?“
Wie? Es brennt auch drinnen, im Jugendzimmer, lichterloh, wieder aus einer Steckdose heraus. „Auf den

Gang, schnell! Gregor, ist noch wer drinnen?"
„Nein, alle draußen!"
Aber da kommen Sam und Hannah mit noch einem Feuerlöscher angerannt, der es gerade noch schafft, unser Baldachin-Zelt vor den Flammen zu bewahren.
„War's das?"
„Fürs Erste ja", versuche ich Sam zu beruhigen.
Überall verstörte, hustende und zum Teil geschwärzte Gesichter. Sonst auf den ersten Blick wohlauf. Unsere Elektrik! Besonders in den Jugendräumen, die ist wirklich eine Schande. Die Hälfte der Stecker funktioniert nicht, genauso wie die Lichtschalter, alles nur mit Klebeband abgeklebt. Das musste ja einmal so kommen.
Nach und nach klopfen wir uns den Staub aus Haaren und Kleidung, waschen uns die Gesichter, die Hände – und Füße ... Kim hingebungsvoll ihre Schuhe! Alle stinken wir nach Rauch, das lässt sich so schnell nicht abwaschen ... und nach Schwefel! Das wird die Runde machen, aufgeregte Eltern werden Fragen stellen – zu Recht auch noch.
„Wir könnten die Troerinnen spielen, die Troerinnen des Euripides, aber gleich in der Fassung von Sartre!"
Cora, wer sonst, spekuliert wohl schon auf die Rolle der Kassandra. Und als sie alle Umstehenden ziemlich ratlos anschauen: „Da brennt es auch, Heftig! Apokalyptisch: Der Untergang Trojas!"
„Und Leon, der spielt den Kerberos, den Höllenhund!"
„So, aus, Ende für heute! Ich glaube, es reicht uns allen."
Lena macht Kehraus, was die Gruppe betrifft. Aber mit dem Aufräumen geht's jetzt erst los.
„Mit der kann ich aber so nicht nach Hause gehen!"
Kim ist mit ihrer weißen Bluse an einer Wand angestreift.

„Aber ... ohne?“
Mike grinst, sie auch, aber verlegen. „Nee, auch keine Alternative!“
„Kannst meinen Pulli haben, nicht so sexy, aber ...“
„Sie strahlt: „Danke!“ Die überlegene, selbstbewusste Kim? Aha.
Er zieht seinen Pulli aus, sie ihre Bluse. Niemand macht sich die Mühe wegzuschauen. Kim beeilt sich auch gar nicht. Nur langsam löst sich der Haufen auf.
„Ich schick euch noch das Textbuch, über die Gruppe. Sucht euch schon mal Rollen aus, aber zwei sind schon vergeben: Kerberos und Kassandra.“ Dem Namen der Seherin des Unheils verleiht sie wieder ihre untersten Stimmregister.
Als endlich alle weg sind, teilt uns Sam gleich alle ein für die nötigsten Aufräum- und Säuberungsmaßnahmen: „Bestellst du, Stefan, den Elektriker, der wird uns jetzt länger besuchen müssen.“
„Muss ich wohl. Dass das so gefährlich wird! Ich meine, diese Schlamperei. Nur dass das durch die Leitung bis nach drinnen gebrannt hat, das ist schon seltsam, fast zehn Meter unter Putz!“
„Du meinst, das ist da durch?“
„Also zwei Kurzschlüsse, die brennen, gleich nacheinander? Gibt's doch nicht.“
„Wenn das in der Nacht passiert wär, da wär die ganze Bude abgebrannt!“
Plötzlich ein Aufschrei: Lena, aus dem Materialkammerl: „Kommt! Hier auch! Alles voller Ruß!“
Der enge Raum ist wirklich zur Hälfte ausgebrannt: Spiele, Papier, Bücher - unser ganzer Chips- und Marshmallow-Vorrat nur noch ein stinkender Haufen. In der Mitte des ganzen Fiaskos: der Platz, wo die große Zündhölzer-Dose stand. Daher der Schwefelgeruch!

„Aber da ist doch gar keine Steckdose, und der Lichtschalter ist draußen. Das ist einfach so ...! Einfach so?“ Gregor hat recht: Einfach so! Und „einfach so“ ... gibt's eigentlich nicht!

KAPITEL 8

Hannah

Mittwoch, 14. Oktober

„Nein danke, lieb von dir, ich geh da lang, Tschühüss!“ Leon, will mich nach Hause begleiten. Na sicher nicht, das fehlt mir gerade noch. Irgendwie ist der ... also, nicht nur irgendwie, nein, absolut nicht mein Typ. Nicht nur wegen dieser Hündinnen-Geschichten. Wie den stell ich mir Psychotherapeutinnen vor, also nicht die guten, sondern solche, wegen derer keiner zur Therapeutin gehen will. Weiß alles, durchschaut alles, vor allem dich, weiß genau, warum du so tickst, wie du eben tickst, warum es dir gerade so geht, wie es dir geht, und selbst von allem unberührt, ohne Gefühle, irgendwie kalt, irgendwie alles gespielt. Ja, und gerade jetzt, wo die Leute noch mal Gassi gehen, an jeder Ecke eine Hündin. Nein, danke! Es reicht für heute. Bellt dort vorne nicht schon wieder eine? Ja genau, dort, wohin Leon abgebogen ist!

Können sich Dinge einfach ... bilden? So ganz aus dem Nichts heraus? Das gibt's doch nicht! Also Gott hat alles aus dem Nichts geschaffen, okay. Stefan sagt, im Quantenbereich, was immer das sein soll, entstehen ständig Teilchen aus dem Nichts – und verschwinden wieder

dorthin zurück. Miniaturquanten vielleicht – aber Tausende Papierschnipsel? Also fast tausend.
Wir haben noch gequatscht mit Stefan und Lena und so, und eben mit Leon. Der weiß viel, sogar über Quanten und so kann der mitreden. Aber dass ich echt Angst hab vor diesen unheimlichen Papierschnipseln, diesen vergilbten, also das kapiert der nicht, kann der gar nicht checken. Für ihn ist das bloß eine „gedankliche Herausforderung". Ja, *ich* hab Angst vor so was!
Eigentlich wär's ja heute endlich einmal gut gelaufen: kein Hunde-Chaos, nichts ist abgebrannt, obwohl es immer noch stinkt, auch keine SMS mehr „von drüben". Was will frau mehr? War sogar richtig spannend heute, gute Stimmung, eigentlich zum ersten Mal!
Okay, es war ja auch weit und breit keine Hündin da. Und die Elektroleitungen sind jetzt auch auf Stand 21. Jahrhundert. Obwohl der Installateur gesagt haben soll, bei all dem Pfusch, den er da vorgefunden hat, also ... den Brand erklärt das alles nicht. Schlechte, billige Buchsen, korrodierte Kontakte, blanke Kabel ... echt wild, aber alles sei keine Ursache für so einen Kurzschluss oder Kabelbrand. Und das Kammerl hat's ja auch erwischt, und dort sind doch gar keine Schalter oder Steckdosen drin. Zum Glück ist dem Feuer da drinnen schlicht die Luft ausgegangen.
Ja, aber was dann bitte? Kann das überall passieren, dass es einfach zu brennen anfängt, einfach so, mal da, mal dort? Auch bei uns zu Hause ... schwupp, und alles brennt! Das Bett vielleicht auch, in dem du gerade schläfst? Der Sessel unter deinem Po? Der Kasten mit deinen Lieblingsklamotten? Meine uralte Kuschel-Bärin? Zack und weg! Einfach so? Jetzt gerade – während ich hier bin?
Ich will gar nicht daran denken! Also zuerst das Rot-Grün-Spiel, da geht's um Wahrheit und Lüge, also eher:

Erfindung. Alle erzählen eine Geschichte von sich selbst. Die ist entweder wahr und zugleich sehr unwahrscheinlich oder erfunden und so, dass man auch nicht weiß ... Alle raten und nehmen sich ein Kärtchen: Grün heißt wahr, Rot bedeutet G'schichtl. Dann wird aufgelöst - und wer richtig geraten hat, die behält ihr Kärtchen, die anderen geben es der Erzählerin. Wer am Schluss die meisten hat ... Aber es geht viel mehr um die Geschichten als ums Gewinnen.

Gregor hat erzählt, wie er einmal mit dem Fallschirm abgesprungen ist. Fast alle haben ihm das zugetraut. Gregor, na klar! Ist er aber noch nicht, hat's aber fix für nächstes Frühjahr eingeplant. Erstes Kärtchen futsch.

Stefan hat allen Ernstes behauptet, er hat schon einmal ein Stinktier vertrieben ... und zwar mit Gestank! Schwachsinn, obwohl ... wie soll er auf so was Blödes kommen? Hat er aber, in so einem Ami-Nationalpark. Da wollte er im Mondlicht auf einem Campground-Tisch schlafen. Und da kam so ein Vieh näher, immer wieder. Und er hatte schon Angst, wenn er einschläft ... Hat sein Mückenspray genommen, es dem Skunk entgegengespritzt, dann alle Ecken von dem Tisch angesprüht. Das Stinktier hat kurz aufgeheult und sich verzogen. Zweites Kärtchen futsch.

Dann hat Cora erzählt, natürlich Cora, dass sie ... eigentlich Corinna heißt ... nein, blöder Schmäh, nein, sondern dass sie schon einmal mit einer Toten gesprochen hat, mit ihrer Tante. Mit diesem Gläserrücken, wo das Glas von Buchstabe zu Buchstabe fährt und wo man nie weiß, ob nicht doch jemand heimlich anschiebt. Also diese tote Tante soll ihr etwas erzählt haben, das Cora nicht wusste - und das hat dann gestimmt. Behauptet sie. Kann's nicht geben, denk ich. Die meisten schütteln den Kopf. Aber bei Cora weiß man ja nie.

Grün! Die Tante hat auf einem Bauernhof gelebt und dort im Stadel ein Fotoalbum versteckt, was weiß ich, warum. Hat es Cora im Traum erzählt – und die hat's auch tatsächlich gefunden. Mit Bildern vom Ex der Tante. Die wollte wahrscheinlich nicht, dass ihr späterer Mann das sieht. Der kannte den Ex nämlich.
Als sie alle unsere roten Kärtchen einsammelte, protestierten wir: Gibt's doch nicht! Unfair! Da kommt uns ausgerechnet Stefan, unser Pfarrer, in die Quere: Also er weiß von Frauen, die wussten durch irgendein Zeichen, dass ihr Mann im Krieg gestorben ist. Einmal fiel ein Bild von der Wand, dann wieder sah ihn eine „zur Türe hinausgehen", wo der doch in Sibirien war. Oder es klopfte an der Tür, so wie nur er klopfte – und keiner war da. Und manche erfuhren viel später, dass ihre Männer in genau dieser Stunde gestorben waren. „Wenn Menschen so verbunden sind, sich wirklich geliebt haben ... alles verstehen wir eben nicht. Einer kam dann doch wieder, bei ihm war es nur der Zeitpunkt einer schweren Verletzung." – Glück gehabt! Na ja, ich weiß nicht, aber wenn's Stefan sagt. Schon romantisch, aber auch gruselig.
Nachher wollte dann keine mehr so makabere Geschichten erzählen. War dann echt witzig. Wir haben sogar eine halbe Stunde verlängert. Wer hätte gedacht, dass Vanessa im Karate U-16-Meisterin von Wien ist? Dabei ist sie erst 14! „Soll ich's euch demonstrieren?" Wollte aber keine so recht, auch die Jungs nicht. Oder dass Stefan einmal fast Bischof geworden wäre, in engster Wahl schon im Vatikan? „G'schichtl! Zum Glück kommt niemand auf so eine Idee!" Immerhin hat's ihm acht „Grüne" eingebracht!
Aber dann ... also jetzt alles der Reihe nach, ist wichtig, bin noch ganz durcheinander, schon wieder einmal,

wie an jedem Mittwoch zuletzt. Also wir wollten einmal ins feine „Klub-Zimmer“ hinüber, mit den echten Sofas, nicht solche Ruinen wie im großen Raum mit dem „Zelt“. Auch weil’s dort immer noch so stinkt.
War ja auch kein Problem bei dem Spiel, wenn auch enger. Und Sam war als Letzter im Zelt-Zimmer drin, das ist wichtig. Er hatte die Kärtchen vergessen. Und hat die Tür zugemacht. Und gleich danach kamen drei von der Jugendgruppe, die sonst immer im Klub-Zimmer ... „Null problemo!“, sagt der Sandro noch. Und die drei setzen sich im Vorraum auf den Boden mit Löffeln und einem Styropor-Behälter: „Málaga - Melone - Grapefruit, egal“ grinst er. Was halt noch da war beim Eisladen „Zanoni“, Hauptsache zum halben Preis. „Da muss man doch zuschlagen, wenn die jetzt wieder für ein halbes Jahr dichtmachen!“ Und später dann, als wir der Sache auf den Grund gehen wollten: „Da ist niemand rein oder raus, bis ihr wieder ... Nichts größeres als eine Ameise. Wir waren die ganze Zeit vor der Tür, ich mein’, ein ganzes Kilo Eis, bei aller Übung ...!“
„Keiner rein, keiner raus, keiner drin ... okay, aber wie dann das? Das ist doch logisch nicht möglich!“ Gregor versteht’s auch nicht, keiner versteht so was: Das Zimmer ist, also war danach voll, voll mit ... Konfetti? Also mit bunten Papierstreifen, wirklich voll, überall, es müssen Tausende gewesen sein! Also tausend zumindest.
„Und alle Fenster waren zu, ich kann’s beschwören!“ Sam bestätigt Melanie: „Ich bin mit dir rein - und du hast extra probiert. Da war keiner, konnte auch niemand sein.“
„Aber wie kommt das ganze Zeug dann hierher? Kann mir das bitte eine erklären?“ Ich wollte einfach nicht glauben, dass schon wieder ... so etwas Unheimliches!

„Kann ich auch nicht! Aber ist mir immer noch lieber, als wir brennen ab!" G'schichtl, Stefan! Tu nicht so! In Wirklichkeit klingt er ganz schön geschafft, fast resigniert.

Ja, aber das war's dann noch lange nicht! Als wir das Zeug aufräumen, da fällt uns auf, dass da unter den blauen, roten, gelben ... auch Zettel mit einer undefinierbaren Farbe herumliegen, so eine verblichene, vergilbte Farbe, nicht Rosa, nicht Gelblich, eigentlich gar keine Farbe. Mit einer alten Druckschrift. Als wir die alle herausgesucht haben, findet Sam ein Papierschnipsel mit einem Datum drauf: 19. September 1862. 1862!

„Ist ja uralt, eine Zeitung ... von 1862, so was gibt's doch gar nicht mehr!"

„Im Museum vielleicht oder in der Nationalbibliothek. Wer bitte hat so was - und zerschnipselt das auch noch?"

„Na, eben niemand!", muss ich dazwischenfahren. Laura und Nele schauen mich groß an. „Da *war* doch keiner! Niemand! Die sind alle ganz von selbst, was ...? Aus dem Nichts, das ist es ja!"

„Oder von ... drüben?" Cora lächelt, also glaubt sie's selbst nicht wirklich. Oder doch? Ich durchschau die nicht!

Bevor wir noch ganz durchdrehen, sammeln wir diese vergilbten Schnipsel heraus, alle so fünf mal zwei Zentimeter groß. Jonas schlägt vor, er könnte so eine High-End-Software organisieren, wo man das alles einscannt und die das Ganze im Handumdrehen rekonstruiert: „Damit haben die sogar die geschredderten Stasi-Akten wieder hingekriegt!"

„Die was?" Kim ist ungeduldig: „Das kriegen wir so auch hin, sind doch nur ein paar Hundert!"

„Kim hat recht. Spaltendruck, einige Bilder sind auch

dabei ... das dauert keine Stunde. Ich hab schon einmal ein 5000er-Puzzle mit viel blauem Himmel ...“ Wer noch Zeit hat, kniet sich mit Raffael hin. Und tatsächlich: Nach kaum einer Stunde hatten wir's beisammen. Ein Artikel war angestrichen, mit einem ziemlich verwischten roten Buntstift markiert. Und unterhalb, mit demselben Stift, undeutlich, aber doch lesbar. Also lesbar nur für Stefan, weil in dieser alten Schriftart, das kennt er besser: „Die Wahrheit sieget, und seys in 100 Jahren. Joses Simonides“.

Der Artikel aus der Wiener-Zeitung selbst trägt keine Überschrift. „Der Grieche Konstantin Simonides“ wird darin als Betrüger hingestellt, der noch dazu behauptet, ein Professor Tischendorf sei naiv und unfähig. Er selbst hat den Codex Sinaiticus gefälscht, behauptet er. Also er behauptete: „Der berühmte Codex Sinaiticus sei von ihm (Simonides) angefertigt. Im Jahre 1839.“ In ein uraltes, leeres Buch hineingeschrieben. Und die Mönche hätten es dann noch zusätzlich irgendwie auf alt gefärbt. Aber warum dann Joses, wo er doch Konstantin heißt?

„*Der* Tischendorf? 1862, das könnte hinkommen“, überlegt Stefan laut.

„Wer soll das sein?“, entfährt es mir.

„Der ... also, wenn das *der* berühmte Tischendorf ist, der hat den berühmten Codex Sinaiticus gefunden. Die älteste Handschrift des Neuen Testaments in einem uralten Kloster in der Sinai-Wüste, also die älteste fast vollständige Handschrift, deutlich vor dem Jahr 400 geschrieben. War eine Sensation damals und hat gezeigt, dass beim vielen Abschreiben jahrhundertelang relativ wenige Fehler passiert sind. Astrein war die Sache aber nicht. Die Mönche behaupteten, er habe den Codex gestohlen. Er sagte, er habe ihn aus einem Abfallkübel

gerettet, weil die Mönche ja überhaupt keine Ahnung hatten. Angeblich einigten sie sich schließlich darauf, dass der russische Zar ihn bekommt, er also innerhalb der orthodoxen Kirche bleibt. Er hat aber einige Seiten abgezweigt. Und Stalin hat dann später den Großteil an die Briten verscherbelt ..."
„Wow! Und der Simonides?", frag ich ihn.
„Nie gehört! Wahrscheinlich meint der den Diebstahl ... Moment, nein, da geht es um eine Fälschung. *Der* große Tischendorf soll eine frische Fälschung mit einem Codex aus dem 4. Jahrhundert verwechselt haben? Unmöglich! Aber scheinbar haben es die Leute damals geglaubt."
Wir lesen genauer und finden heraus, dass dieser Simonides auch ein Fachmann für alte Schriften war. Aber viele hielten ihn schon damals für einen Betrüger, der mit Fälschungen viel Geld verdiente. Und der behauptet allen Ernstes: Ich selbst habe diese Fälschung gemacht! Und euer berühmter Tischendorf ist ein unfähiger Wichtigtuer!
„Und, Stefan, stimmt das?"
„Nein, der Codex gilt bis heute als echt. Ich hab noch nie davon gehört, dass das angezweifelt wurde. Nur dass man Tischendorf beschuldigte, ihn gestohlen zu haben."
Raffael nickt vielsagend: „Und wenn der mit den Mönchen in Wirklichkeit unter einer Decke steckte, dieser Tischendorf? Und die machten halbe-halbe? Und mit dem Vorwurf ‚Diebstahl' lenkten sie ab. Und so kam der Zweifel an der Echtheit gar nicht erst auf. Raffiniert. Und der Simonides ist ihnen auf die Schliche gekommen!"
„Aber sichtlich ohne großen Erfolg. Immerhin liegen die Seiten heute in vier berühmten Museen – und gel-

ten bis heute als echt." Gregor und Wikipedia sind unschlagbar.
Bevor sie sich noch ganz ins Erfinden von Verschwörungstheorien verlieren, muss ich meinem Unbehagen Luft verschaffen: „Leute, das alles interessiert mich eigentlich überhaupt nicht. Wo bitte kommt dieses uralte, verblichene Zeugs bloß her? Und was soll diese Geschichte? Bevor ich verstehe, wo diese Schnipsel herkommen, ist mir das alles völlig ... Wer will uns da was sagen? Hatte dieser alte Grieche vielleicht doch recht? Das ist doch makaber: ‚Die Wahrheit sieget, und seys in 100 Jahren. Joses Simonides', sind doch schon viel mehr Jahre ... Und musste zusehen, wie sich seine Fälschung durchsetzte – und wie er selbst an Ansehen verlor, vielleicht sogar verleumdet und verurteilt wurde und man ihn an die alten Schriften nicht mehr ranließ, die sicher sein Leben waren. Wenn er selbst, dieser Simonides, von ... drüben ... endlich recht bekommen will ... Aber warum durch uns?" Mir ist auf einmal schwindlig.
Alle starren mich an. Das war jetzt nicht Cora, die war ja schon weg. Das hab ich jetzt selbst fantasiert. „Blödsinn, vergesst das, was sag ich denn da? Leute, es ist verdammt spät. Ich muss dann mal!"
Aber beim Runtergehen, als da eben Leon plötzlich da war – hat der etwa auf mich gewartet? Eigentlich lieb von ihm, aber: „Du, Hannah. Wenn das stimmt, das mit diesen Soldaten und ihren Frauen, na, was Stefan da erzählt hat, die wollten doch auch noch einmal in Kontakt treten, warum soll dann nicht auch dieser ..."
„Simonides?"
„Ja, der, also wenn der an dieser Sache zugrunde gegangen ist, und total verzweifelt und gemobbt von seinesgleichen ... warum sollte er sich *nicht* an uns wen-

den. Statt dass Bilder herunterfallen eben ... Konfetti? Macht doch keinen großen Unterschied."
„Jetzt? Warum erst jetzt?"
„Zeit spielt doch keine Rolle bei denen ... da drüben."
„Hör auf, das ist unheimlich! Ich krieg grad echt die Gänsehaut."
„Soll ich dich begleiten?"
„Nein danke, lieb von dir, ich geh da lang, Tschühüss!"
Aber da waren wir ja schon.
Eine Frau mit einem süßen kleinen Mischling kommt mir vor meiner Haustüre entgegen. *Das* hätte mir jetzt gerade noch gefehlt!

KAPITEL 9

Stefan

Mittwoch, 21. Oktober

„... ja, egal, komm doch bitte einfach ... ja, dann nimm ihn doch einfach mit, den Rotwein. Gerald bringt auch einen mit ... ja, den hab ich auch eingeladen, ein guter Freund, du weißt schon ... ja, genau, der aus der Zentrale, das auch ... eben, er soll ja heuer die Jugendlichen firmen – wenn da jetzt doch noch was draus wird ... danke, bis gleich!"
Arnold kommt also doch. Das brauchte eben ein wenig Überredung, er wollt' sich's gerade gemütlich machen zu Hause. Vor ein paar Jahren wäre das noch undenkbar gewesen, da war er ständig unterwegs, Seminare und Tagungen, auch auf Englisch und Französisch.

Ein Personalentwickler der ersten Stunde. Schnell erfolgreich, bestens vernetzt. Und sicher auch ein wenig Schaumschläger. Geht wohl nicht anders in der Branche. Und wenn er dann doch einmal da war – die Ruhe in Person, nie gestresst. Und muss dabei ganz schön verdient haben, dass er es sich jetzt leisten kann, nur mehr das anzunehmen, was er gerne macht.
Seit seinem Absturz von unserem Kirchturm, den er um Haaresbreite nicht überlebt hätte. Seine fixe Idee war und ist, Canisius in die Schlagzeilen zu bringen, was ihm mit der Bemalung der Türme ja schon einmal gelungen ist. Langsam verblasst die Farbe jedoch bereits wieder.
Arnold ist ein Urviech, wirklich. Stellvertretender Vorsitzender des Pfarrgemeinderates – und Lebemann in einer Person. Seit ihn seine Frau, eine koreanische Geigerin, verlassen hat, war er keineswegs vereinsamt, aber auch nie wirklich gebunden. Vorgestellt hat er uns keine seiner Freundinnen und ich vermute auch, dass keine von ihnen in Wien wohnt.
Er und Gerald, die müssen jetzt unbedingt her, sonst dreh ich noch durch. So etwas hab ich bis heute noch nie erlebt. Nicht im Entferntesten! Diese Firmgruppe demontiert noch mein ganzes Weltbild. Mein naturwissenschaftliches ... mein christliches ... über die Jahre gewachsen und gefestigt, dachte ich bis vor Kurzem. Es ist auch noch gar nicht so spät. Wir haben sie heute früher als sonst nach Hause geschickt, es reicht! Ja, es reicht!
Als ich in meiner letzten Pfarre gerade erst eingezogen war und abends heimkam, empfingen mich aus dem dunklen Haus heraus unheimliche Laute. Gedehntes Heulen und Zischen und Pfeifen, meist über mehrere Oktaven rauf und runter bis zum tiefsten Brummen, als

seien alle Toten der Unterwelt plötzlich aufgesprungen. Entsetzt tastete ich mich damals Schritt für Schritt vorwärts, das grauenvolle Auf- und Abschwellen im Dunklen immer lauter, immer schauriger. Was war das? Es kam von ganz hinten, aus meinem neuen Arbeitszimmer, so dröhnend, dass die Türe zeitweise bebte und klapperte – und vielleicht auch der alte Dielenboden. Vorsichtig drückte ich die Türe auf: noch eindringlicheres Gebrüll ... und auf dem PC-Bildschirm sah ich: Wale! Und aus den Lautsprechern kam der Gesang dieser Wale, aus meinen voll aufgedrehten neuen Boxen. Ein Freund hatte mir den PC neu installiert und dabei als Bildschirmschoner Wale samt „Gesang" eingerichtet. Meine Boxen sind meist ausgeschaltet. Damals waren sie aber an – bei maximaler Lautstärke. Die Wale legten aber erst nach einer halben Stunde Abwesenheit als Bildschirmschoner los.

Das war unheimlich, wirklich beängstigend schaurig, zuerst völlig unerklärlich. Und ich hätte mich fast nicht getraut ... aber dann war alles klar, mit einem Schlag kein Rätsel mehr. Und ich hab mich bestens amüsiert – nach meinem Schrecken. Auf das warte ich jetzt schon seit ein paar Wochen. Aber es kommt nicht, es löst sich nichts auf, ich finde die Türe nicht. Das alles ist und bleibt ... irreal, wie im Traum, aber endlos und immer wieder etwas Neues! Alles Dinge, die ich bisher nur belächelt hab, also die Leute, die von Medien und Erscheinungen und Botschaften aus dem Jenseits fantasieren. Und dabei möglichst noch arrogant über die „etablierte Wissenschaft" herziehen.

Es läutet. Arnold und Gerald stehen in der Tür, jeder mit einer Weinflasche im Anschlag. „Hätten wir unser Ghost-Busters-Equipment gleich mitbringen sollen?"

Ich denke, auch Gerald werden seine Scherzchen noch

vergehen. Obwohl das bei ihm selten geschieht. Tatsächlich werden beide bei meinem Anblick schnell ernster, auffällig schnell. Arnold ist richtig besorgt. „Du schaust ja wirklich blass aus, aber wie!“

Sie laden mich vorsorglich ein, mich hinzusetzen. In meiner eigenen Wohnung! Aus Sorge, ich könnte jeden Moment umkippen.

„Nein, bleib, ich mach schon!“ Gerald geht in meine kleine Küche und räumt meinen Kühlschrank aus, was er dort eben vorfindet. Vom Frühstück nach der Morgenmesse ist noch einiges an Schinken und Käse übrig geblieben, weil unser heutiges Geburtstagskind uns bestens mit Torte und Süßem verwöhnt hat. Nächstes Jahr feiern wir dann ihren Hunderter!

„Ich hab's einfach eingepackt.“ Arnold entnimmt einem großen Papiersack Weißbrot und diverse Käse, die er heute allein genießen wollte – und die Gerald nach einigem Schnuppern Lobeshymnen entlocken. Dann öffnet er den Wein. Gerald weiß natürlich, wo bei mir der Korkenzieher hängt.

Nachdem sich jeder genommen hat, will Gerald sichtlich für etwas Entspannung sorgen: „Also ich kenne da so einen Teufelsaustreiber, der mir mal vorgestellt wurde, wider Willen, muss ich schon betonen, aber man weiß ja nie, wofür manches gut ist, der war ganz besessen davon, mir seine Dienste ‚im Fall der Fälle‘ anzubieten.“

„Ein besessener Exorzist, mal was anderes. Aber ob wir den hier wirklich brauchen, nein, also ...“

Gerald setzt nach: „Außergewöhnliche Umstände erfordern außergewöhnliche Mittel und Methoden. Du schaust ja wirklich geschafft aus, Stefan! Ist heute wieder etwas passiert?“

„Nichts Besonderes, nein, nur ... es hat wieder gebrannt!“

„In den Jugendräumen, dort schon wieder, also die Leitungen müssten doch jetzt ..."
„Arnold, das waren nicht die Leitungen!" Er hat einfach noch nicht begriffen. „Es brennt ... einfach so! Ohne jeden Grund, ohne Hitze, ohne Strom, nur so, grundlos! Einfach so ... heute in der Kirche."
„Was?"
„Dann wird die Diözese aber wirklich nervös. Da laufen ohnehin schon die wildesten Gerüchte über euch! ... Ja, schaut mich nicht so an, *ich* hab nichts verraten. Sag mal, was stellt ihr denn mit den Hunden an? Zwei sollen unauffindbar sein, andere total verschreckt. Und immer passiert das vor eurer Haustüre. Mit Tierliebhabern ist nicht zu spaßen, so was macht schnell die Runde!" Gerald wirft Salz in meine Wunden, er mit seinen guten Kontakten zum Stephansplatz.
„Der Leon ist ja auch schon ganz verzweifelt. Und er lässt jetzt immer jemanden vorgehen, der ihn vor Hunden warnt. Aber bei uns hier kann aus jedem Haustor plötzlich einer rauskommen. Glaubt mir, der *macht* nichts, *gar* nichts – und die flippen total aus."
„Hat wohl eine schlechte Aura oder so?"
„Gerald, was soll denn das heißen, was bitte ist eine ‚schlechte Aura' – physikalisch gesprochen? So was spüren doch nur leicht überdrehte ... Spinner, oder?"
„Und Hunde, die haben einen sechsten Sinn!" Als ob ausgerechnet Arnold irgendetwas von Hunden verstehen würde.
„Zieht ihr mich auf? Und welche ‚Aura' hat heute die Kirche angezündet? Was sagt euer ‚sechster Sinn' dazu? Das ist doch lauter Humbug!"
„Verzeih, ich hab keinen sechsten Sinn. Was ist denn genau passiert? Soviel ich gesehen habe, steht sie ja noch, eure Kirche!"

„Also – wir wollen ihnen unsere Kirche zeigen, auf eine besondere Art. Wir gehen in die fast dunkle Kirche. Die meisten kennen die Kirche ja kaum, sind gar nicht aus der Pfarre ... also nur ein paar Kerzen brennen. Wir gewöhnen unsere Augen daran, alle durchstreifen die Kirche, wo auch immer sie wollen. Alles in Stille. Nach einiger Zeit bekommen sie Teelichter und sollen sich einen besonderen Platz aussuchen, wo sie am liebsten sind, von wo aus man eine besondere Perspektive hat, also wo man ... etwas spürt ...“
„Also doch Aura, die Aura des Ortes!“
Ich schaue Gerald scharf an und setze fort: „... und dort stellen sie ihr Licht hin, in einem Glas, wir sind eh vorsichtig geworden. Dann machen wir eine Art Kirchenführung und sie sagen dann alle bei ihrem eigenen Licht, warum sie es hierher gestellt haben – soweit man das halt sagen kann. Und schon beim dritten Licht, bei dem von Mike, leuchtet es plötzlich hell auf, hinter uns, lichterloh, auf einmal Flammen, rechts vorne, schießen hoch. Wo aber gar keine Kerze stand. Sam rennt nach dem Feuerlöscher, den vor der Sakristei – und gibt den Flammen den Rest. Wir hatten es fast schon ausgetreten. Vorige Woche, da hatten manche von ihnen noch Flipflops an, wer weiß, wie wir dann ... Und dann brennt's aus dem Beichtstuhl und vor dem Herz-Jesu-Altar – gleichzeitig! Bis Sam mit dem zweiten Löscher kam ... also zu gebrauchen ist der Beichtstuhl in diesem Zustand jetzt nicht mehr.“
„Kerzen anzünden? Mit *der* Gruppe?“ Arnold hält uns wohl für sehr naiv.
„Alle Lichter waren mit Gläsern geschützt. Wir können sie selbst doch nicht unter einen Glassturz stellen! Keine Hunde, keine Kerzen, den Raum nicht verlassen, keine SMS mehr lesen ... wie soll denn das weitergehen?“
„Und dann?“

„Nichts mehr, reicht ja auch so schon. Und glaubt mir, gebrannt hat's immer dort, wo weit und breit keine Lichter standen. Welcher Jugendliche würde seines denn auch ausgerechnet in einen Beichtstuhl stellen? Und wir haben nachher versucht, diese Uralt-Kokosläufer anzuzünden. Geht fast nicht. Das dauert mit einer Kerze fast eine Minute - und glimmt auch dann nur. Aber vorher haben wir sie heimgeschickt, bevor noch etwas ..."

„Also doch Käseglocke", wirft Gerald zu Recht ein.

„Das macht mich ja so verrückt, so wütend. Wie soll denn in dieser Gruppe jemals etwas aufkommen: gelöste Stimmung, ein gutes Gespräch, simples Blödeln, wenn jedes Mal so etwas ... Eigentlich wollten wir zum Abschluss hinauf in den Turm, wäre eine tolle Sicht gewesen heute."

„Und warum ...?"

„Wer ist jetzt naiv? Ein Dachstuhl ganz aus Holz, der Stiegenaufgang und die Plattform oben genauso. Wenn wir da noch rauf wären, wer weiß, da würden wir jetzt von meinem Balkon aus noch ein ganz anderes Schauspiel erleben."

Gerald schaut unwillkürlich zu meiner Balkontür, nur ganz kurz, schenkt dann nach und denkt nach: „Fazit? Gruppe auflösen?"

„Wäre das Einfachste. Aber davor zu kapitulieren, vor was denn? Vor wem eigentlich? Das alles ist so ungreifbar, unbegreifbar, so anonym. Aber die haben ja echt was drauf, sind echte Typen drunter, also nicht gerade einfache, aber Gregor will unbedingt weitermachen. Die können doch nichts dafür, sind ja selber ganz ..."

„Warte, erzähl doch mal der Reihe nach!" Gerald will Ordnung ins Chaos bringen. Ich komme dem gerne nach und erzähle chronologisch. Nach einer kurzen

Nachdenkpause klopft Gerald unwillkürlich ein paarmal auf den Tisch, deutet mit dem Zeigefinger und ...
„Das mit diesen Bränden, dem spontanen Feuer, so ganz ohne ersichtlichen Grund, immer wieder, also das hab ich doch schon irgendwo einmal gehört, gesehen, gelesen. Italien, genau, unten im Süden denk ich, ja klar: Sizilien, nahe beim Ätna, so ein Küstenort. Da hat's auch ständig gebrannt, immer wieder. Zuerst haben die auch an defekte Stromleitungen gedacht. Süditalien, wo alles rumhängt, eh klar. Aber die waren es auch dort nicht. Die haben den ganzen Strom abgestellt, im ganzen Ort, war so eine Dokumentation im Fernsehen ... aber es ging munter weiter: Fernseher, Möbel, und stellt euch vor: ein Sofa, auf dem gerade jemand saß, Bücherregale, sogar die Hochzeitsgeschenke eines jungen Paares, einfach alles, monatelang Feuer, immer wieder."
„Das ist jetzt wahr, wirklich geschehen, bist du da sicher?" Arnold hält das wohl für eine urban legend, die jeder „aus sicherer Quelle" kennt und weitererzählt und von der man nie erfahren wird, wer sie vor Jahren schon erfunden hat.
„Nein, das ist aktenkundig, ich denk mal so 15 Jahre her. Das ging jahrelang so. Wurde polizeilich und naturwissenschaftlich untersucht – rauf und runter. Natürlich schickte der Bischof seinen Exorzisten aus. Wollte ja auch etwas beitragen. Alles ohne Ergebnis. Alles erfolglos. Manche wurden sogar abgesiedelt – bis es plötzlich aufhörte."
„Einfach so?"
„Einfach so."
Das sind ja schöne Aussichten: jahrelang? Und auch dort aus dem Nichts, ohne Grund, ohne Erklärung, ohne ... Schuldigen?

„Es kam dann vor ein paar Jahren wieder, am selben Ort, hörte aber bald wieder auf. Diesmal dauerte es nur einige Wochen."
„So kann man doch nicht leben, wenn unter deinem Hintern jederzeit der Sessel zu brennen beginnen kann. Oder der Fernseher explodiert!" Jetzt hat auch Arnold jede Ironie abgelegt. „Und wirklich keinerlei Erklärung? Nach all den Jahren? Keine Vermutung?"
„Für den Exorzisten war es ohne jeden Zweifel der Teufel, eh klar. Aber abgesehen davon wurde nur von einem NATO-Schiff weit draußen vor der Küste gefaselt, das man dort öfters gesichtet hatte. Und von einer Wunderwaffe, die man dort getestet hätte. Aber nichts Offizielles, nur vage Verschwörungstheorien."
„Da lass ich mir ja noch lieber Außerirdische einreden. Eine Wunderwaffe, die über Kilometer hinweg Sofas anzündet? Und mit der man das jahrelang üben muss? Geh bitte!" Auch Arnold ist ratlos.
„Ich hätte da schon eine Theorie." Gerald kann's nicht lassen: „Also, dieser Exorzist war in einer Sinnkrise – und spielte ein doppeltes Spiel. Er selbst hat die Dämonen dorthin getrieben ..."
„So wie Jesus in die Schweineherde?"
„Genau! Damit er nachher demonstrieren kann, wie wichtig seine Zunft doch auch heute noch ist."
„Und dabei ging etwas gründlich schief. Die Geister, die ich rief ... na, ihr wisst schon." Arnold zieht's gleich wieder ins Lächerliche.
„Aus! Ende! Sonst schmeiß ich euch noch raus! Also mir ist der Spaß bei der Sache vergangen. Wirklich! Wie die heute alle verängstigt heimgetrottet sind, und ich ja auch, oder sich eben mit Blödeln so drüberschwindeln wollten ... und doch Angst hatten, ob nicht doch wieder so eine SMS oder ein Hund um die Ecke kommt. Und

ich konnte ihnen nichts sagen, nichts erklären. Das, das ... hab ich so noch nicht erlebt."

Arnold will sich nicht geschlagen geben: „Hört mal, also angenommen - nur angenommen, das ist alles ein Schwindel. Da spielt euch vielleicht jemand einen saublöden Streich."

Wir gehen alles noch einmal im Detail durch. Er lässt dabei sein Handy als Diktafon mitlaufen, „damit wir die Fakten festhalten, solange sie frisch in Erinnerung sind".

Aber danach gesteht auch er ein: „Also, also ehrlich, jetzt wird mir das auch langsam unheimlich. Keine Ahnung, wie jemand das gemacht haben könnte, ohne dass ihr es bemerkt hattet. Das ist ja wirklich unerklärlich."

Bevor sie gehen - es ist längst Mitternacht durch -, möchte ich von Gerald noch wissen, was ihm der Name Tischendorf sagt, und vor allem, ob ihm dieser Simonides ein Begriff ist. Zu Ersterem weiß er auch nur ein paar Details mehr als ich.

„Simonides, Simonides ... war das nicht der, dieser ..." Er bearbeitet sein Smartphone. „Elendes WLAN habt ihr hier, aber wirklich! Ja, genau. Simonides, das war nicht weniger als der größte Fälscher aller Zeiten, also was alte Texte und Handschriften angeht. Bei dem ist alles unsicher: ob er wirklich auf Symi vor der türkischen Küste geboren wurde und wann, und ob er wirklich so hieß. Und ob sein Onkel ihn wirklich in die Athos-Klöster einführte und mit den alten Schriften vertraut machte. Ja, das zumindest dürfte schon stimmen. Seinen Vater soll er vergiftet haben. Weil ihn dieser den sexuellen Übergriffen dieses Onkels ausgeliefert hatte? Kann alles sein ... oder auch nicht.

„Was hat er denn gefälscht?", will ich noch wissen.

„Also zu eurer Beruhigung: Die vier Evangelien sind echt. Aber sonst? Vor ihm war nichts sicher. Er fälschte ganz frühe christliche Schriften oder er erfand diese Texte gleich selbst. Aber er ‚fand' auch Originale antiker Historiker und Mediziner, gerne auch altgriechische Dramatiker. Besonders liebte er alte Landkarten und Wörterbücher. Selbst die allergrößten Koryphäen seiner Zeit haben sie ihm als echt abgekauft. Also nicht nur, dass so eine Schrift echt ist, so ein wiederauferstandener Sophokles oder so ... Nein, sie haben ihm diese Handschriften auch mit Geld abgekauft, mit sehr viel Geld natürlich. War ja eine wissenschaftliche Sensation, wenn Professor XY so etwas veröffentlichen konnte. Und solche Funde waren damals noch nicht ganz so unwahrscheinlich wie sie es heute wären."
„Also auch eine Koryphäe wie Tischendorf?" Ich bin froh über diese spannende Ablenkung.
„Sicher, genau solche Leute meine ich. Aber Moment, wenn ich mich nicht täusche, lag er mit genau dem in einem erbitterten Streit. Also Tischendorf kaufte ihm sicher nichts ... zumindest danach nichts mehr ab. Simonides' Spezialität waren Palimpseste, du weißt schon, uralte Texte auf Pergament, ausradiert – und mit etwas Neuem überschrieben. Pergament war ja sehr teuer. Er hat das nachgeahmt und an sich schon recht wertvolle Texte mit einer perfekt verdünnten Tinte überschrieben, sodass es aussah, als wäre dieser neue Text noch viel älter, aber durchs Ausradieren oder Abkratzen so schwach geworden, nur gerade noch lesbar. Und wer das kaufte und den ‚Urtext' wiederherstellte, der kam sich damals wahrscheinlich besonders schlau vor."
„Unglaublich! Aber kann man denn einen Sophokles oder so ... also kann man den erfinden? Ich mein', ich würde auch gern einen Shakespeare ‚erfinden'."

„Nicht ganz dein Fach, Arnold. Aber exakt das Fach des Herrn Simonides. Zu seiner Zeit kannte tatsächlich niemand diese alten Autoren so gut wie er, ihre Sprache, deren zur jeweiligen Epoche passenden Nuancen. Man *musste* es ihm glauben und man *wollte* es ihm glauben, obwohl auch immer wieder Verdacht aufkam. Aus London musste er flüchten, aber in Berlin wurde er bald darauf schon wieder hofiert. Aber was das Beste ist bei diesem Fälscher-Genie Simonides ..." Rhetorische Pause, Gerald ist in seinem Element. „Man konnte sich auch der Fälschung nie ganz sicher sein, denn manchmal, gar nicht so selten, tischte er dann auch ganz echte, sensationelle Originale auf, die bis heute als echt gelten und es wohl auch sind. Woher er die hatte? Er behauptete, am Athos legal erworben. Aber welcher Mönch verkauft schon uralte, oft heilige Schriften? Die echten waren wahrscheinlich meist geklaut."
„Kurz noch, dieser Streit mit Tischendorf, wie war das?"
Aber darauf kann mir Gerald nicht antworten: „Die haben sich irgendwie gegenseitig beschuldigt. Den großen, gefeierten Tischendorf mit seinem Codex Sinaiticus, also den hat so schnell keiner angegriffen. Irgendwann muss Simonides dann doch den Kürzeren gezogen haben und ist untergetaucht, aber ... mehr weiß ich nicht."
Arnold will der Sache nachgehen. Er meint, ein Plakat gesehen zu haben, wo man alte Zeitungsausgaben erwerben kann. Wiener Zeitungen, aber ob auch so weit zurückliegende? Wahrscheinlich nicht. Und wie das mit Berliner Zeitungen ist?
Es ist nach eins, als sie gehen, als ich sie endlich ziehen lasse. Es war doch eine gute Idee, sie einzuladen. Und irgendwie doch auch nur Ablenkung. Ich spüre, wie das Unbehagen seine Hände wieder auf mich legt.

Vieles beredet, kaum etwas geklärt. Aber wenn das möglich ist, so aus dem Nichts, grundlos ... „Nihil sine ratione“ gilt doch noch? Das Grundprinzip der großen mittelalterlichen Philosophen und Theologen: „Nichts geschieht ohne hinreichenden Grund.“ Punkt. Das hab ich doch gelernt, also immer schon vorausgesetzt, was denn sonst. Wenn das jetzt nicht mehr gilt, was ... was trägt uns dann noch?

KAPITEL 10

Lena

Sonntag, 25. Oktober

„Ach, da bist du, hallo Lena!“

„Hallo Hannah!“ Ich bin heute statt ins Pfarrkaffee gleich hinauf ins Materialkammerl, um zu checken, ob alles heil geblieben ist für unser gemeinsames Wochenende. Eigentlich wollte Gregor auch kommen, aber der ist sicher unterwegs irgendwo hängen geblieben. „Hast du Gregor irgendwo gesehen, Hannah?“

„Ach ja, der muss gerade Frau Samthuber erklären, was mit dem Teppich geschehen ist, also dem in der Kirche. Na, du weißt schon ...“ Natürlich weiß ich. Aber sie weiß nicht so recht, ob sie lächeln soll.

„Und, ist alles in Ordnung?“

„So wie es scheint ... das heißt, der ‚Tower of Power‘ ist angekohlt.“ Unser Geschicklichkeitsspiel für die ganze Gruppe, auf das wir so stolz sind ... waren? Wenn da ein Klotz schief ist, funktioniert seine komplizierte Statik nicht mehr.

„Die schöne Holzkiste dafür, die können wir vergessen."
„Ja, aber die Klötze sind auch ramponiert. Ich finde, die müsste man zumindest abschleifen, sonst steht der Turm nicht mehr."
„Nehm ich mal mit, vielleicht kann Paps da was machen, der hat eine Hobelbank im Keller."
„Danke!"
„Du, Lena, was ich dich fragen wollte: *Muss* ich da mitmachen bei diesem Theater? Ich möchte lieber bei den Caritas-Projekten mitmachen. Und irgendwie, also ..."
„Na spuck's aus, Hannah, was ist denn?"
„Also ehrlich, ich hab keinen Bock, mit denen auch noch Theater zu spielen, ist ohnehin nicht so mein Ding."
„Mit ‚*denen*'?"
„Ja ich weiß, das hörst du nicht gerne, versteh ich ja ... Aber ich pass da nicht wirklich dazu. Irgendwie komm ich da nicht rein, sonst nicht so wirklich mein Problem. Aber bei denen ..."
„Die haben sich doch auch erst hier bei uns kennengelernt, also die meisten jedenfalls."
„Ich weiß, aber irgendwie ... irgendwas ist da, denk ich, spür ich, da g'hör ich nicht wirklich dazu. Ich mein', bis auf die Nele und die Laura vielleicht, denen geht's aber ähnlich wie mir, immerhin ... Und ich weiß nicht, ob du gecheckt hast, was da zwischen Cora, Kim und Raffael läuft."
Dass da was ist, ist mir schon aufgefallen, also zwischen Cora und Kim. Aber was? „Stehen wohl beide gerne im Mittelpunkt, die zwei, aber ..."
Also sie weiß es nicht. „Ja, schon auch, aber wirklich im Mittelpunkt, also zwischen denen, steht doch der Raffael. Wenn ihr vom Team gerade einmal nicht da seid, da fliegen die Fetzen. Sind wohl beide in ihn verknallt.

Und glaub mir, denen ist jedes Mittel recht. Kim behauptet sogar, dass ihr Cora, diese Hexe, wie sie sagt, etwas in ihr Red Bull geschüttet hat. Und dann hat sie so Durchfall bekommen, dass Raffael ohne sie auf ein Konzert gehen musste. Und der ist dann aber mit Melanie zum Konzert, was Cora maßlos geärgert hat. Was weiß denn ich, aber das ist echt widerlich, ob's jetzt wahr ist oder erfunden."

Na super! Kaum bist du ein paar Jahre älter, kriegst du die Hälfte nicht mehr mit. „Na dann halt dich eben an Nele und Laura. Außerdem kommt ja jetzt unser erstes Wochenende, da geht's doch erst richtig los. War ja auch schwer für alle bei dem Chaos bisher." Wenn wir diesen Eifersuchtsstreit nicht in den Griff bekommen, dann wird das ein mühsames Jahr für alle.

„Lena, glaubst du, mit unserem Wochenende, also wenn da alles gut geht, dann hört ... *das* auch auf?"

„Was? Ach so, diese unheimlichen Geschichten? Ich hoffe es. Gregor sagt: ‚Augen zu und durch'!"

„Typisch. Du, also wegen diesem Theaterspielen ...?"

„Du, das ist kein Problem. Nur kannst du dich schlecht allein vor den Supermarkt stellen oder für hundert Leute kochen. Aber da fragen wir mal die ‚Oldies', die vom Jugendklub, also der Sandro, die Carola ... und wenn sie, dann auch die Mia, die machen sicher mit."

„Die Eisvertilger?"

„Die was? ... Ach so, ja, genau die, und sicher andere auch ..."

Ihr Lächeln, jetzt ist es endlich wieder da: „Weißt, außerdem, so ein grausliches Stück kurz vor Weihnachten. Klingt ja harmlos: ‚G'schichten aus dem Wienerwald', aber das ist doch echt ... nein! Das mit dem toten Baby, das ist ja richtig gruselig, ich hab mir das durchgelesen. Und außerdem gibt's gar nicht genug Rollen für uns alle."

„Stefan hat sich auch gewundert über diesen Vorschlag von Melanies Onkel. Ich hab das zufällig mitgekriegt. Von wegen ‚Vorschlag'. So ein arroganter Schnösel. Aber Stefan sagt, der ist echt eine große Nummer, hat richtig was drauf. Und hat die Inszenierung schon im Kopf. Der lässt sich nichts mehr dreinreden – schon gar nicht das Stück ausreden."
„Na ja, wer will ... Ich will jedenfalls nicht!"
„Hätt' mich an deiner Stelle auch so entschieden, wenn ich mir das jetzt überlege. Aber komm! Ich möchte noch ein paar Leute sehen, bevor sie gehen. Ein bisschen quatschen – ist ja Sonntag!"
„Und nicht Mittwoch!"
Das ist doch nicht die Hannah, die ich kenne, so düster! Es klingt nach Feuer und panischen Hunden. Schaut mich erst fest an – und lacht dann los. Hannah ist einfach klasse und nicht unterzukriegen.

KAPITEL 11

Hannah

Mittwoch, 28. Oktober

„Ich mach da nicht mehr mit! Jetzt reicht's aber wirklich. Das ist doch alles nur noch so ein ... Scheiß! Macht ihr, was ihr wollt, ich steig jetzt aus!"
So hab ich gerade noch geschrien, wirklich geschrien, wie ich mich sonst gar nicht kenne. Ich meine, ich bin 14, aber so einen Aufstand hab ich noch nicht gemacht. Dabei: Es ist ja keine Schuld dran, vielleicht an der Stimmung, aber doch nicht daran! Dabei war die

Stimmung zuerst wirklich gut. Ich hab einen Kuchen gebacken, also nicht wirklich gebacken, sondern aus Keksen mit einer ganz raffinierten Creme und Pfirsichen, Dosen-Pfirsichen halt und Topfen und ...
Und trau meinen Augen nicht: Nele hat Muffins gebacken mit Schoko-Füllung, sogar richtig gebacken. Und allen hat's geschmeckt und haben geblödelt, sogar unsere oberg'scheiten Jungs! Und sogar die Cora, na, ansatzweise zumindest, aber immerhin, bitte, die Cora! Und waren zwischendurch ganz still, weil's allen geschmeckt hat. Alles weg in wenigen Minuten. Und kein Hund, kein Feuer, keine mehr von diesen SMS. Okay, sagt nicht viel, waren ja auch alle Handys abgeschaltet. Gregor und Lena haben die Zeit genützt, um uns auf das Wochenende im Wienerwald bei irgendwelchen Pfadfinderinnen im Haus einzustimmen. Es war zum ersten Mal, dass ich mir vorstellen wollte, mit diesem seltsamen Haufen so lange beisammen zu sein. Ich hab ja von unseren „Oldies" schon einiges erfahren von ihren Wochenenden, von echt wilden Sachen und ewig langem Aufbleiben am Lagerfeuer und so. Und dass man da besser nur Sachen mitnimmt, die voll dreckig werden dürfen und alles aushalten. Nicht einmal Kim hat gejammert, obwohl ich mir nicht vorstellen kann, wie die so was anzieht.
Scheiße, das blutet jetzt sogar durch die Socke durch. Bin voll dagegengerannt gerade eben, gegen den Feuerlöscher vor der Tür. Ich will ihn gar nicht ausziehen, wenn bloß der Zehennagel jetzt nicht ab ist! Renn davon mit Socken, voll intelligente Aktion! Und sitz jetzt einen Absatz tiefer im Treppenhaus. Wär ja so auch nicht weit gekommen. Erst jetzt hör ich von oben Stimmen. Sie suchen mich. Na ja, ist ja auch halb so schlimm im Vergleich zu Cora!

Als mein Kuchen und die Muffins alle waren, also alle mit locker einem Viertelkilo Schokolade im Mund, bringt Sam zwei Saftboxen, dringend nötig. Ich trinke gleich aus der Packung, geb sie an Cora weiter, da zuckt die zusammen, ansatzlos, ganz plötzlich, zuckt so sehr, dass sie mir den Saft aus den Händen schlägt, bin ja immer noch voll eingeweicht davon ...
Schmerzverzerrt, hat sich herumgeworfen und ans Bein gegriffen. Wenn sie geschrien hätte, hat sie aber nicht, hat sich den Mund richtig zugehalten, wollte keinen Aufstand machen, aber gerade das war so unheimlich, weil es muss ihr so wehgetan haben, ihr Bein! Hat mir so leidgetan, die Cora, ja, tatsächlich, die affektierte Cora! Tränen sind ihr aus den Augen, aber geschrien hat sie nicht.
„Was ist denn los?“ - „Was ist denn mit dir?“ - „Um Gottes willen, es war doch gar nichts!“
„Nein, war nichts, gar nichts. Geht schon! Geht schon wieder!“ Dreht sich nur ganz wenig herum und ... schreit jetzt doch auf, schaut voll verzweifelt, hält unentwegt ihr rechtes Bein, am Schienbein. Und das kommt so in Wellen. Immer wenn es ein wenig nachlässt, sie sogar einmal gequält lächelt, kommt’s gleich wieder.
Dabei ist da nichts. Sie hat so eine enge, aber elastische Hose an, die man hochschieben kann. Stefan hilft ihr dabei, als wieder eine kurze Pause eintritt. Aber da ist nichts, gar nichts: keine Wunde, kein Schnitt, keine Entzündung, alles gerade, nichts gebrochen, ja, wie denn auch, ich hab ihr ja nur diese Saftbox gegeben!
Wir haben sie aufs Sofa gelegt, und geschrien hat sie dann nicht mehr, aber eins von unseren Kissen zwischen den Zähnen, ja, wirklich zwischen die Zähne hat sie es sich gesteckt und reingebissen wie bei einem

epileptischen Anfall, aber das war keiner - aber was war das denn? Ganz entgeistert hat sie uns angeschaut, wenn's mal kurz besser war, mit weit aufgerissenen Augen: „Ihr könnt euch nicht vorstellen, wie das wehtut, ahhh!"

Natürlich haben wir den Notarzt gerufen. Und ihre Eltern verständigt, waren aber nicht erreichbar, nur ihr kleiner Bruder. Aber ob der überhaupt schon in die Schule geht? Ein paarmal war sie knapp dran, sich zu übergeben. Unsere guten Kuchen, nein, an denen war nichts, alle anderen hatten ja gar nichts! Aber vielleicht wär's ja doch besser, sie könnte.

Der Arzt war schnell da und hat ihr was gespritzt gegen die Schmerzen. Und das hat so nach einer Viertelstunde auch gewirkt. Aber ratlos war der schon auch, weil er gar nichts finden konnte. Hat was von „psychosomatisch" gefaselt und ihr noch was verschrieben, „sollte es noch einmal ...". Aber ich denke, am liebsten hätte er sie in die Klapse eingeliefert, so wie der sie angesehen hat. Hat ihr nichts geglaubt. Aber wir alle haben doch gesehen, was los war mit ihr. Kaum war er weg, ging's ihr merklich besser.

Jonas war der Erste, der sein Handy wieder anmachte, kann ja nicht überleben ohne. Und fand als Erster die SMS von Vanessa, erst wenige Minuten alt. Genau, die war heute nicht da, weil ... warum eigentlich? Egal, entschuldigt war sie. Nein, war sie gar nicht, war nur ein Gerücht ...

„Leute, damit ihr bescheit wisst. War zu spät. Bin voll in eine Auto rein. Dem Auto gets gut. Bion im Spital, die hölle, echt wahr. Schienbein ist durch, volle Scheiße, voll geheult - tut ganz irre weh. Also jetzt nach der Spritze ist besser, kann schreiben, endlich! Vanessa"

Alle haben wir entgeistert auf Jonas gestarrt. Und dann

auf Cora. Die plötzlich noch blasser wurde: „Ihr Schienbein? Wetten, ihr rechtes! Aber ... was war das ... Kann mir einer erklären?"
Na, wie denn? Wer soll das erklären?
„Das war gar nicht die Spritze von diesem Notarzt!", schrei ich noch raus.
„Stimmt. Stimmt, Hannah! Das war die Spritze, die *sie* gekriegt hat. Da hat's aufgehört. Weil ich hab ja ... ich hab ja ihren Unfall gespürt! Ärger gespürt ... als die Vanessa selbst!"
„Wie kommst du darauf?" – „Woher willst du das wissen?"
„Also ich hätt' bis jetzt keine SMS schreiben können, also echt nicht."
Sie hat recht, sie liegt immer noch da, zittert am ganzen Körper, ihre Hände besonders.
Da konnt ich nicht mehr. Da bin ich raus, wollte nur noch weg da. Warum Cora? Klar sind die beiden Freundinnen, irgendwie, eigentlich sehr gute sogar, also soweit ich das mitbekommen habe. Sie wusste doch gar nicht, konnte doch gar nicht wissen. Wie ... wie gibt's denn so was?
Kann mir eine mal erklären, was da abläuft? Keine sagt was, keine weiß was, wie auch? Ich will nicht mehr! Ich mach da nicht mehr mit!
Bin beim Rausrennen voll gegen den Feuerlöscher, der immer noch dasteht, weil man ja nie weiß bei uns. Jetzt tut es immer stärker weh, dass mir die Luft wegbleibt. Und wie das blutet auf einmal. Tief durchatmen!
„Nimm die mal!" Nele. Sie lächelt gezwungen. Sie hat mir meine Schuhe nachgebracht ins Treppenhaus. Ein fragender Blick.
„Danke, aber nein. Also zumindest heute nicht mehr! Mach's gut, Nele!" Meine Jacke hol ich mir morgen.

KAPITEL 12

Stefan

Donnerstag, 29. Oktober

Heute ist schon die erste Probe für das Theater, tatsächlich! Gestern Firmgruppen-Abend, morgen fahren wir auf unser Wochenende. Und heute Probe. Immerhin ist dann am Montag schulfrei. Ich komme gerade von einem Taufgespräch, fünf Minuten zu spät. Und sie sind schon voll bei der Sache. Das hört man schon durch die Tür der Krypta hindurch.

Ich schleiche mich hinein. Immer zwei stehen einander auf der Bühne gegenüber und reden aufeinander ein, ziemlich heftig, manche lauter, als ich sie sonst kenne. Worum es da geht, ist nicht herauszuhören. Zeitweise werden sie richtig handgreiflich. Vanessa fehlt natürlich, ihre Karate-Künste würden hier gerade noch fehlen. Angeblich muss sie bis Montag im Krankenhaus bleiben.

Irgendwie erinnert mich das Ganze an Dokumentationen über buddhistische Klöster. Dort diskutieren die höheren Semester untereinander oder auch mit ihren Meistern sehr körperbetont ihre theologischen Thesen. Immer abwechselnd drängen sie ihr Gegenüber ein, zwei Schritte zurück, klatschen dabei wie wild vor deren Nase, bis der dann zum „Gegenangriff" übergeht, hin und her. Angeblich friedlich, schaut aber gar nicht so aus. Jonas fällt mir auf. Dunkle Hose und Sakko, natürlich ohne Krawatte, aber ... ich meine: Jonas! Muss von irgendeiner Feier kommen.

„Partnerwechsel, bitte schnell, gleich die Nächstbeste, und ... los geht's!"

Er hat mich bemerkt, Melanies Onkel, Herr Impresario Boromino, das angebliche Regie-Genie: „Herr Pfarrer, Sie spionieren hier?"
„Spionieren? Ich wollte Sie nur wenigstens einmal kennenlernen. Das hat aber nichts mit dem Stück zu tun?"
„Das? Abgesehen davon, dass immer alles mit allem zu tun hat - nein. Auflockerungsübungen aus der Theaterpädagogik. Sind ja noch ganz steif und schüchtern. Oder ... wollen Sie mitspielen?
„Ich? Nein, das würde wohl ..."
„Warum nicht?"
„Die Rollen sind doch schon verteilt. Oder?"
„Nur vorläufig, alles im Fluss, mal sehen. Wie wär's mit dem Hutschenschleuderer, wär das nichts für Sie?"
Ich glaube mich undeutlich an den zu erinnern: „Der Hutschenschleuderer, den will doch sicher keiner spielen. So ein Zuhältertyp. Und den sollte *ich* spielen? Ich hab doch gar nicht die Zeit dafür. Allein das Textlernen ist ein Horror für mich, nein danke."
„Der Herr Pfarrer als Zuhälter, der Regisseur als Barmädchen, ein Vierzehnjähriger als saturierter Großbürger, *alles* ist möglich, *das* ist Theater. Jeder ist jede - der Kleinste ist alles, die Kirche hier ist Bühne, die Bühne ist das Leben, das Leben aber: ein einziges Theater. Ihr habt ein so herrlich niedliches Guckkästchen hier, schon lange nicht in so was Antiquiertem gespielt, find ich genial. Der Raum nur Kulisse ... vielleicht der ganze Weltraum auch? Dann wäre Ihre schöne Schöpfung auch nur Kulisse mit nichts dahinter? Nein, Nein, dahinter ist ja das Allerinteressanteste, die ... Hinterbühne. Was sich auf der so alles abspielt! Aber keine Angst, Herr Pfarrer, solchen Therapeutenmüll stell ich nicht auf die Bühne. Glauben Sie nichts, glauben Sie

gar nichts, alles Schein und Trugbild, *herrliches* Trugbild ... Entschuldigung!"
Der Typ ist ja gar nicht mehr abzustellen. Aber jetzt steht er mit zwei Riesensätzen auf der Bühne. Riesensätze, zu denen ich schon lange nicht mehr fähig bin. Er klatscht dreimal in die aufgeregt schnatternde Truppe – und schon ist es still.
„Gutgutgut, für's Erste. Jetzt Kostümwechsel. Hier an der Stange gibt's Klamotten ohne Ende. Zieht euch mal um. Nicht irgendwie, nein, zieht euch an, was ihr im realen Leben niemals anziehen würdet, was gar nicht zu euch passt, womit ihr nie auf die Straße, in die Schule, was weiß ich ... Kostümwechsel ist Charakterwechsel. Theater ist Charakterwechsel. Ich will euch selbst hier nie wiedersehen! Niemals wieder!"
Entsetzte Blicke.
„Ich will nur noch die Personen sehen, die ihr hier spielt. Ihr selbst schleicht euch nach Hause! Schleicht euch, flüchtet, tretet entrüstet ab, ist mir doch egal. Komm mal her, wie heißt du?"
„Kim."
„Kim, ich will von deiner Superfigur hier heute nichts mehr sehen ... als dein Gesicht und deine Hände. Und nichts Enges, nein, etwas so richtig Schlabbriges oder langer Rock, na los!"
Kim steht entgeistert da. Enges Shirt, ausnahmsweise nicht bauchfrei. Shorts, so kurz wie man sie nur bekommen kann, gemusterte Strumpfhose und Stiefeletten.
„Du bist ... Jonas?"
„Ja!"
„Elegant, gut, gut. Ich will dich als Nerd sehen, als Karikatur von einem schlappen, miefigen Nerd, verstanden?"
Nein, kann er jetzt auch schwer verstehen.

„Na, wie immer halt, Jonas!“, hilft ihm Laura. Er kapiert und geht rüber.
„Und du ... Cora? Gut, Corinna! Wie wär's mit einem blumigen Sommerkleidchen und ... und diesen goldenen Mädchen-Sandalen? Ja ... genau das!“
„Wie bitte, nein, alles hat seine Grenze!“ Einmal nicht die Kunstfigur, nein, Cora, wie immer tiefschwarz, ist ehrlich entsetzt. So darf sie doch niemand sehen!
„Verstehe ich ja, deine Grenze. Sonst hätt' ich dir ja ein Dirndl vorgeschlagen ...“, grinst er. Jetzt sind alle Augen auf die beiden gerichtet - und sie ist es, die nachgibt, unglaublich.
Nele sagt kein Wort, bringt einfach keines heraus, als er ihr ohne viel Aufhebens ein Outfit à la Kim in die Hand gibt: „Probier mal, das rockt, das macht eine andere aus dir. Schau nicht so entsetzt, ist doch alles Theater hier! Alles Theater!“
„Wo ist denn hier?“
Ich weise sie ein, wo ab sofort die „Damen-Garderobe“ sein wird. Ich stelle mir nur kurz vor ... Kim im unförmigen, beigen Pullover ... Cora im großblumig-gelben Sommerkleid ... Ich warte das aber nicht ab und verabschiede mich mit einer billigen Ausrede, bevor er mir jetzt vielleicht noch Goldkettchen umhängt ... jaja, Hutschenschleuderer.
Im Hof treffe ich Arnold, der sein Auto drinnen geparkt hat, will ihm davon erzählen, muss es aber kurz machen, weil er's eilig hat - und mach ihm noch die Einfahrtstüre auf.
Er bleibt noch einmal kurz stehen, kurbelt das Fenster herunter: „Hutschenschleuderer hast du gesagt? Aber ... da bin ich mir jetzt aber ziemlich sicher, der kommt doch da gar nicht vor, der ist doch aus ‚Liliom‘. Ist das nicht vom Molnár? Egal, ich muss!“

Liliom? Stimmt! Hab ich doch irgendwann einmal gesehen. So ein arroganter Schnösel, dieser Herr Regisseur! Wollte mir doch nur beweisen, was für ein ungebildeter Trottel ich bin. Ich muss schauen, dass Gregor und Lena ab und zu bei den Proben vorbeischauen. Unguter Typ, aufgeblasenes Ego. Ob der gut ist für die Jugendlichen, so gut der beruflich auch sein mag? Na ja, vielleicht auch nicht. Bin ich nur eingeschnappt, weil er jetzt *mein* Ego angegriffen hat?

KAPITEL 13

Lena

Sonntag, 1. November (Allerheiligen)

Ich hatte gar kein gutes Gefühl, als Stefan uns gestern Abend kurz vor Mitternacht verließ. Mit dem einzigen Auto. Und dieses Pfadfinderhaus hier ist ganz schön entlegen. Optimal für so ein Wochenende: ganz in der Natur. Selbst wenn wir lange wach bleiben und Krach machen, stören wir hier am Waldrand niemanden. Eine Freundin von mir wohnt knapp zehn Minuten von hier. Und sie hat mir versprochen, Tag und Nacht erreichbar zu bleiben, solange Stefan in Canisius ist. Aber trotzdem. Oft schon mussten wir plötzlich zum Arzt, am Wochenende in ein Notfallzentrum. War zwar nie was wirklich Gefährliches dabei, aber lieber fünfmal zu viel gefahren als einmal zu wenig.

Und das hier ist ja nun wirklich keine „normale“ Gruppe. Ich mein’, noch nie haben wir auf so ein Wochenende noch extra zwei Feuerlöscher von zu Hause mitgenommen, obwohl es hier ohnehin einen gibt. Und alles an Erste-Hilfe-Koffern, was wir finden konnten. Ein paar der Spiele und Übungen sind ja nicht ganz ohne: eine Person hochheben, sich fallen lassen, sich blind durch Hindernisparcours leiten lassen ... Ich hab auf Gregor eingeredet wie auf ein krankes Pferd, dass er nur ja kein Risiko eingeht. Aber er hat ja recht: Ganz ohne ist das alles langweilig und bringt uns auch nicht weiter, weder den Einzelnen noch ihnen gemeinsam als Gruppe. Und zu einer richtig guten, eingeschworenen Gruppe, da fehlt bei ihnen noch einiges.

Noch dazu haben wir heuer niemanden für das Kochen gefunden. Hat sich wahrscheinlich herumgesprochen, was das für ein seltsamer Haufen ist. Wollte sich das niemand antun? Oder sind's doch nur diverse Herbstferien, dass alle weg sind? Sam ist ein ganz passabler Koch, und unsere Ansprüche sind nicht sehr groß. Trotzdem: Er fällt dadurch die halbe Zeit über aus.

So gesehen läuft's eigentlich hervorragend. Das Feeling ist besser denn je, die erste Garnitur Kleidung auch bereits gehörig dreckig. Aber selbst Cora und Kim scheint das nur wenig zu stören, solang keine die andere aussticht. Die Jungs kümmert Dreck sowieso nicht. Beim Lagerfeuer gestern, als Stefan schon abgefahren war, kam sogar so etwas wie Vertrautheit auf. Artig fanden alle die gegrillten Marshmallows großartig. Und das erste Mal überhaupt hatte ich den Eindruck, sie ein wenig kennengelernt zu haben. Seltsam spät heuer, aber immerhin.

Stefan fährt gerade vor. Weil heute Allerheiligen ist, musste er doch wenigstens zu einer Messe nach Canisius. Ist ja auch alles gut gegangen. Sogar jetzt, bei einem stillen Dialog zu durchaus anspruchsvollen Fragen wie „Ich will zur Kirche gehören, obwohl ...“ oder „Gott ist

für mich wie ..." sind offensichtlich alle voll bei der Sache. Bei leiser Musik entstehen da auf großen Plakaten richtige Diskussionen. Zum Teil ganz schön kontrovers. Schon seit mehr als einer Stunde sind wir am Werk. Ich schleiche hinaus und erzähle Stefan, was los war. Auch er ist sichtlich erleichtert. Und wir haben auch keine große Eile, da ja morgen alle schulfrei haben und wir auch etwas später heimfahren könnten als geplant.
Ich mache für uns Kaffee und schenke für Stefan und mich ein. Nach ein paar Minuten wird es deutlich lauter. Gregor hat die Arbeitsphase beendet und alle strömen ins Freie oder auf die Zimmer. Er setzt sich zu uns.
„Ah, danke! Die Beiträge sind wirklich gut, kritischer als sonst vielleicht, aber ... also darauf werden wir in Zukunft noch gut aufbauen können. Hätte ich mir nicht erwartet, na ja schon, aber *so* ... doch nicht."
„Die schauen gar nicht erschöpft aus, also dafür, dass sie schon zwei kurze Nächte hinter sich haben. Aber gut, ich mit meinen 57 bin ja auch kein Maßstab für euch."
„Machen voll mit. Aber ich sag ja immer, mit dem Wochenende geht's erst richtig los. Wie's scheint, gilt das sogar für diese seltsame Partie heuer. Haben ja doch was drauf." Gregor lehnt sich zurück, schließt kurz die Augen und genießt den warmen Kaffee. „Den Vertrauensfall haben wir uns für den Abschluss aufgehoben, mal sehen ..."
Einen Meter hoch auf einer Kante stehen, Augenbinde, und sich dann nach hinten fallen lassen – in der Hoffnung, dass sie dich auffangen. Und zwar nicht irgendwie, sondern so, dass du weich in ihren Armen landest. Das meint Gregor mit „Vertrauensfall". Braucht vollen Einsatz und volle Konzentration. Klar sichern wir dabei ab, was geht ... Und auch darum wollten wir damit auf

Stefan warten. Weil man sich auf ihn verlassen kann – und weil's ihm ja auch nicht schadet, sich einmal fallen zu lassen.

„Sollen wir? Die Küche ist so weit, also geputzt und alles verpackt ..." Sam strotzt vor Energie.

„Lass ihnen noch ein paar Minuten Zeit. Willst du nicht auch einen Kaffee?"

„Gute Idee." Ich schenke ihm ein.

Geschafft, fast zumindest!

Ein dumpfer Einschlag gegen die Holzwand, offensichtlich ein Fußball. Gregor springt auf: „Ich hab ihnen doch gesagt ..." Er öffnet das Fenster: „Leute, nicht hier bei den Fenstern, ist das klar? Wir wollen schließlich wieder einmal herkommen!" Das übliche, undeutliche Gemurmel als Antwort in der Art von „Jaja", „Passt schon", „Is' ja nix ...".

Direkt über uns sind auf einmal schwere Schritte zu hören, also *richtig* schwere Schritte. Wer von uns allen ist denn so ... ?

„Was ist denn da los? Ist das nicht eins der Mädchenzimmer? *Zu* schwer für unsere Mädels. Was führen die denn auf?" Gregor und wir drei lauschen, als eine Tür zuknallt und ein Geschrei losbricht, wie ich es noch nicht gehört habe. Spitz, schrill und voller Panik. Ohne Atemholen. Eins der Mädchen, aber welches? Sie schreit, sie brüllt wie in Todesangst und immer wieder dieses dumpfe Poltern.

Wir stürmen hinauf, zusammen mit den anderen: „Das ist Laura! Was ist denn mit Laura?"

Schmerzensschreie dringen heraus. Wir wollen hinein, aber die Türe ist zu – versperrt. Wie die Schreie eines Tieres, ein Aufbrüllen wie im Kampf um Leben und Tod: „Nein, nein, hör auf, nein, ich will das nicht! Hilfe! Hiiilfe!"

Dann wieder Stille, als müsste sie jetzt doch nach Atem ringen.
„Haut doch die Tür ein!"
„Hab ich schon versucht, das geht nicht! Holt einen ... holt irgendwas!"
„Den Feuerlöscher!"
Wieder einmal rennt Sam, einen Feuerlöscher zu holen. Drinnen geht der Kampf weiter. Nur ihre Stimme ist jetzt schwächer, ihr Schreien geht in Weinen über.
„Wir kommen schon! Laura, gleich!"
„Was ist denn los mit dir?"
„Ist da wer bei dir?"
Sams dritter Versuch bringt die Tür beim Schloss zum Splittern. Ein weiterer – und sie springt auf.
Aber da ist niemand, niemand außer Laura, und die ist kaum zu erkennen. Sie hat sich unter ihrer Decke verkrochen. Sie schluchzt und keucht, ihr Körper zuckt unregelmäßig. Als ich sie vorsichtig berühre, schreit sie panisch auf und dreht sich weg.
„Laura! Ich bin's, Lena. Was ist denn mit dir?"
„Geht weg! Alle weg! Lasst mich!", zischt sie uns an.
„Aber was ist denn? Wir müssen doch schauen, was geschehen ist. Hast du Schmerzen, tut dir was weh?"
Nur tiefes Atmen. Eine Ewigkeit lang. Aber wir trauen uns nichts zu tun. Sie ist so verschreckt, hat so weit aufgerissene Augen, hat Angst – auch vor uns.
„Jetzt komm doch, wir tun dir doch nichts! Habt ihr wer ein Taschentuch?"
Langsam kommt ihr bleiches Gesicht unter der Decke hervor. Und auf der Decke ist Blut!
„Laura! Du blutest ja, was ist denn mit dir ... Stefan, hol doch bitte einen Arzt, egal wie!"
„Keinen Arzt, keinen Arzt, ich will keinen ...!"
„Ja gut, aber ... wo bist du denn verletzt?"

Sie richtet sich auf. Ihre Bluse ist aufgerissen, ein Ärmel abgerissen. Sie hält die Hand schützend auf ihrem rechten Oberarm, Blut zwischen den Fingern. Sie zittert wie im Fieber, setzt ein paarmal an, bringt aber nichts heraus. Dann nimmt sie langsam ihre Hand weg, ganz vorsichtig, mit erstarrtem Blick darauf.
Zum Vorschein kommt ein blutverschmiertes ... Tattoo. Ein Tattoo? Die haben doch nicht ... nein, natürlich nicht, war ja keiner hier drinnen, das Fenster ist vergittert. Und wie könnten sie auch.
„Was ist das? Was ist das, Lena? Ich versteh das nicht, was soll das sein? Ist das etwas ... Böses?" Ihre Augen immer noch weit offen und voll Entsetzen.
Es ist schwer zu erkennen unter all dem verwischten Blut, dem schon leicht verkrusteten und dem frischen, hellroten, das immer noch hervorsickert. Ich kann nur ein paar Zeichen erkennen. Buchstaben? Zahlen? Und irgendwie eingerahmt.
„Gregor, bring doch das Desinfektionsmittel, und die sterile Mullbinde! Tut's sehr weh?"
Sie nickt. Schüttelt dann aber heftig den Kopf: „Tut schon weh, aber geht so ... jetzt. Aber das ist so ... so unheimlich. Lena, Lena, was ist das?"
Gregor kommt und wir wollen die Wunde desinfizieren. Aber sie zuckt zurück: „Melanie! Melanie soll das machen!"
Was hat sie denn dagegen, dass ich ...? Also gut, dann eben Melanie. Wir reichen ihr ein ums andere Mal frische Mullstückchen mit dem Mittel getränkt, bis das Blut weg ist. Dabei kommen Zeichen zum Vorschein.
„Laura, zeig einmal her!" Jetzt vertraut sie mir wieder. Doch keine Zahl, nur Buchstaben, aber die ergeben keinen Sinn:

NOSCENTIVIL

... in einer Umrahmung, die mich an altägyptische Kartuschen erinnert, die Königsnamen enthalten.
Stefan versteht auch nichts: „Noscentivil? Noscere, nein *Cog*noscere, auf Lateinisch ‚Erkennen' oder so ..."
„Ivil? Evil! Das Böse! *Der* Böse?"
Nein, das war nicht Cora, sondern Melanie. Augenblicklich wird ihr schlecht – und sie läuft hinaus. Sam hinterher.
„Da, da ... da ist ..." Laura will noch etwas sagen, bringt es aber nicht heraus. Bereut sichtlich, etwas gesagt zu haben.
„Laura, wenn da noch etwas ist, sag's doch einfach!" Aber wieder zittert sie.
„Noch eins, noch ein Tattoo, aber ..."
„Du hast noch ein Tattoo? Wo?"
Mit einem Satz fährt sie hoch, brüllt mich an: „Niemals! Niemals! Das kann ich nicht zeigen, aber es ist furchtbar, viel schlimmer ..."
„Willst du's uns nicht zeigen, dann ist dir leichter ..." Gregor, bitte! Kapierst du denn nicht! Was auch immer es ist, es liegt an einer intimen Körperstelle. Ich deute ihm, er soll den Mund halten.
„Niemals! Das ... das ... geht nicht, kann ich nicht ... werd ich nie!"
„Laura, ruhig, Laura, dann bleibt es eben dein Geheimnis. Niemand zwingt dich zu irgendetwas."
„Ich, ich hab doch nur so dagelegen, hab Musik gehört. Im Dunklen. Da ... da packt mich ... wie mit einem Sack über dem Kopf ... mit brutaler Kraft. Ich glaub, der bringt mich um, würgt mich, lässt nicht los! ... Sticht im-

mer wieder, kann mich nicht bewegen ... wie gelähmt, wie aus Beton, kann ihn nicht treten, nicht schlagen, wie Blei auf mir ... und tut so weh, hört nicht auf ... Wer war denn das? Was war da?"

Sie steht weiter voll unter Schock, sie muss in ein Spital, zumindest brauchen wir den Notarzt, wieder einmal. Gregor ruft den Arzt, erreicht aber niemanden. Stefan fragt, wo die Mappe mit den Daten der Jugendlichen ist. Die ist schon eingepackt, aber wo? Laura stottert zwar zuerst, bringt die Nummer ihrer Mutter dann heraus. Er ruft sie an. Stefan geht hinaus ins Freie, weil dort der Empfang besser ist. Sicher auch, weil er nicht will, dass alle mithören.

Alle ziehen sich in Grüppchen zurück, diskutieren heftig, wahrscheinlich was denn hier gerade vor sich ging. Von den Jungs kommt kurz unterdrücktes Kichern. Die erörtern sicher gerade, wo Laura ihr zweites Tattoo hat – und was es darstellt. Jonas hat eine „Dechiffrierungs-App", was es nicht alles gibt, und versucht, dieses seltsame NOSCENTIVIL zu enträtseln, allein für sich und sichtlich noch ohne Erfolg.

Stefan kommt herein, als hätte ihn gerade der ganz große Hammer getroffen, will uns etwas sagen ... Da läutet sein Handy und er läuft wieder hinaus. Nele und Hannah haben den Backofen aufgedreht und versuchen, für Laura Marshmallows zu grillen. Obwohl Sam schon geputzt hat. „Sie mag die so gerne, bitte!" Lieb gemeint, aber ob Laura jetzt auch so darauf abfahren wird wie gestern am Lagerfeuer?

Stefan kommt wieder herein, sichtlich deprimiert: „Das wird ein Nachspiel haben. Was heißt eines? Die sind völlig fertig. Und wollen uns jetzt fertigmachen. Lauras Mutter droht mit einer Anzeige, einer gerichtlichen Untersuchung, ihrem Anwalt, Schmerzensgeldklagen

‚in mindestens fünfstelliger Höhe'. Ja und dass sie natürlich mit der Firmvorbereitung aufhören muss. Und sie holen sie ab!"

„Aber wir fahren doch ohnehin gleich."

„Gregor, wir müssen uns da wappnen. Sie ist Juristin oder ihr Mann ... egal, sie geht jedenfalls davon aus, dass wir zumindest in Untersuchungshaft kommen."

„Was? Wegen was denn?"

„Körperverletzung, sexuelle Gewalt gegen eine Minderjährige, unterlassene Aufsichtspflicht, Nötigung und was weiß ich, was sie mir noch angedroht hat."

„Aber es hat ihr doch niemand etwas getan!"

„Ja, aber woher kommt dieses Tattoo, kommen diese *beiden* Tattoos? Es hat ja auch niemand diese ganzen Brände angezündet, oder? Und niemand dieses Konfetti ausgestreut, und niemand diese blöden SMS verschickt und ... und niemand etwas gegen diese Hunde getan ... und niemand hat Cora irgendetwas angetan, und trotzdem hat sie sich am Mittwoch vor Schmerzen gewunden. Welcher Untersuchungsrichter soll uns das denn glauben? Bisher war das alles nur unheimlich, jetzt wird es gefährlich für uns. Ich muss morgen den diözesanen Juristen anrufen, hoffentlich hat der nicht auch frei zu Allerseelen."

„Aber Laura hat niemanden gesehen, sehen können ..."

„Also kann es jeder von uns gewesen sein, Gregor, das werden die sagen. Würde ich selbst an ihrer Stelle ja auch sagen."

Bevor sie sich noch ganz hineinsteigern in ihre Panik, versuche ich zu beruhigen: „Wir waren doch alle vor der Tür, oder? Und die anderen haben uns dort auch gesehen, werden das bezeugen. *Niemand* von uns kann bei ihr im Zimmer gewesen sein. Punkt."

„Stimmt natürlich, aber bei dem Chaos, werden die sagen, übersieht man schnell etwas ... oder jemanden. Und bei dem, was geschehen ist, sind wir Männer natürlich verdächtiger."
Es ist unheimlich still im Haus. In der Küche versucht Laura, ein klebriges Marshmallow hinunterzuwürgen. Nele bringt ihr gerade ein Glas Orangensaft. Laura lächelt, sie hat sichtlich Durst. Jonas hat offensichtlich noch nicht aufgegeben, dieses NOSCENTIVIL zu entziffern. Aber warum starrt er dabei so entsetzt auf sein Handy?
„Ich habe euch nicht vergessen. Ich vergesse nichts. Und heute werde ich mich an euch rächen. Die 13."
Jonas hat immer noch als Einziger sein Handy aufgedreht. Die anderen noch nicht, was zeigt, wie geschockt wir alle sind. „Das war um 14 Uhr 36 ... vor fast zwei Stunden. Warum kommt das erst jetzt?"
„Was kann denn die Laura dafür, dass diese Scheißhexe bei uns Amok läuft, diese Dreizehnte?" Nicht nur Kim ist fix und fertig. „Kann man das denn nicht zurückverfolgen, diesen Scheiß?"
„Wenn man die NSA ist, dann vielleicht."
Alle haben gepackt. Der Vorraum ist gekehrt. Wir warten eigentlich nur noch auf Lauras Eltern.
Warum Lauras Vater, und nur er, erst nach weiteren eineinhalb Stunden ankam, weiß ich nicht. Wo er's doch so eilig hatte. Mit Autos haben wir noch nie länger als halb so lange gebraucht hierher. Niemand vom Team hatte ihn vorher gesehen. Er kam sichtlich geladen, packte Laura, der das alles furchtbar peinlich war, samt Tasche und Kissen. Sah sich nicht einmal ihren Arm an, brüllte dann aber doch noch ganz unvermittelt: „Das werden Sie zu verantworten haben! Das stehen Sie nicht durch, mit dem Vertuschen in Ihrer

Kirche ist das jetzt vorbei. Sie hören von der Staatsanwaltschaft ... sehr bald!"
Da hat er seine Tochter schon zur Tür hinausgeschoben, die er mit voller Wucht zuknallt.
Hannah setzt sich verängstigt neben mich, als wir uns die Schuhe anziehen: „Der übertreibt aber schon, was? Hat ihr doch keine was getan, also keine von uns. Frau kann doch nicht einfach verurteilt werden, also ich meine ... einfach so! Und wir alle haben gesehen, dass ihr immer draußen wart, Kaffeetrinken und so. Und die Tür war von innen zugesperrt. Die können euch doch nicht einsperren!"
„Danke, Hannah!"
Was ist eigentlich schlimmer: dass wir verhaftet werden oder was hier geschieht?

KAPITEL 14

Stefan

Sonntag, 1. November (Allerheiligen)

Gerade mal zwei Minuten zu Hause, höre ich vom Badezimmer aus seltsame Geräusche. Unterdrückte Stimmen? Spitzes Gekicher? Nein, eher ein Kratzen von der Eingangstür her. Als ich mich vorsichtig nähere ein ... Heulen? Jaulen? Ich mache vorsichtig auf und sehe mich grimmig bemalten Gespenstern gegenüber: „Süßes oder es gibt Saures!"
„Wollt ihr reinkommen?"
„Nein, wir waren schon auf dem Heimweg, da haben wir dein Auto gesehen ... Du bist ja nie da!" Sandro und

ein mir unbekanntes Mädchen begleiten die Handvoll Geister. Mit bereits halb abgeschminkten Schauergesichtern.
„Ihr wisst doch, Firm-Wochenende." Ich finde auf die Schnelle gerade noch zwei Tafeln Schokolade, womit sie durchaus zufrieden sind.
„Du, Herr Pfarrer, kannst du den hier brauchen?" Ein Mädchen hält mir einen mittelgroßen Kürbiskopf mit brennender Kerze drin entgegen. „Wir brauchen den jetzt nimmer."
„Danke, ja ... Ich werd ihn auf den Balkon stellen, dass er mir hereinleuchtet. Ins Zimmer lass ich den aber nicht."
„Eh nicht, ist ja ein Gruselkürbis, huuuuuhhhhh!" Die anderen stimmen schnell ein in den schauerlichen Geistergesang. Und dann rauschen sie blitzartig ab. Ich stelle das leuchtende Geistergesicht vor meine Balkontür, dass es im Wind flackernd zu mir hereingrinst.
War's das für heute? Wenigstens sind sie jetzt alle zu Hause. Ich hab zuvor die vier Jungs heimgebracht. Lena, Gregor und Sam sind mit den Mädchen in der Schnellbahn nach Hause. Waren ja nur noch fünf, Vanessa ist noch im Spital. Wenigstens ihr ist das erspart geblieben, das ... Gregor versicherte mir, als ich zuvor noch im Treppenhaus heraufging, sie seien wohlbehalten angekommen. Und die fünf haben ihnen auch versprochen, zu Hause nicht zu dramatisieren. Aber wie wollen sie das machen? So was *nicht* dramatisieren? Er meint aber, sie haben viel Übung darin, verhaute Schularbeiten und so herunterzuspielen. Eltern könnten ein Lied davon singen. Redet er da aus Erfahrung? Aber hatte Gregor das überhaupt nötig? Ob der jemals etwas verhauen hat?
Trotzdem, ich werd langsam verrückt. Arnold hebt nicht ab. Und bei Gerald brauch ich's jetzt gar nicht zu

versuchen, der hat die Spätmesse im Dom. Es hat keinen Sinn, allein darüber nachzudenken, ich renn innerlich längst im Kreis. Schlafen gehen geht nicht, zu früh, zu aufgekratzt. Fernsehen? Dieses ewige Gezänk von Parteisekretären am Sonntagabend? Mir einen ansaufen? Macht die Sache noch schlimmer bei mir, außerdem ist morgen nicht freier Montag, sondern immerhin Allerseelen.

Doch, dieses Wort. Dem könnte ich jetzt noch nachgehen. Mal sehen, ob ich es weiterbringe als Jonas mit seiner ratlosen App? Ist das überhaupt ein Wort, oder eine Art von Code? „NOSCENTIVIL“ - noch nie gehört. Klingt irgendwie Lateinisch. Civil? Cent? Vielleicht weiß das große Gehirn dieser Welt Bescheid ... PC hochfahren. Wäre ein gutes Passwort, meines ist allzu simpel. Gut. Ich geb's einfach einmal ein ...

Es wurden keine mit deiner Suchanfrage – noscentivil – übereinstimmenden Dokumente gefunden.

Also nochmals, vielleicht ist es ja irgendeine Abkürzung: n ... o ... s... Aha, es schlägt vor: Nostradamus, Nostalgie, Nostrifizierung, Nosferatu ... gar nichts direkt Lateinisches dabei. Aber da hätten wir ja gleich zwei Kandidaten. Nosferatu, das ist doch ein Vampir, der beißt oder sticht, aber soweit ich weiß keine Tattoos, oder? Ich lese mich hemmungslos durch Wikipedia & Co. Eine Britin, eine gewisse Emily Gerard, brachte diesen Namen von einer Reise nach Rumänien mit, wenige Jahre bevor Bram Stoker einiges aus ihrer Reportage in „Dracula“ verwendete. Moment, jetzt wird's interessant: wieder eine Fälschung! Diese Emily hat das Ganze erfunden, in Rumänien war das schlicht der Name für den Teufel, zuvor bei den Griechen der „Pestbringer“. Irrtum oder Fälschung - jedoch ursprünglich sicher kein Blutsauger.

Mal schauen, was Nostradamus hergibt. 1503 bis 1566 ... Arzt, Apotheker, Astrologe ... alles nichts Neues ... prophetische Gedichte ... Vierzeiler, je hundert zusammengefasst ... genannt Centurionen, die wiederum ... Centurionen? NOS CENT ... Bingo! Ja, sicher, aber warum IVIL? Evil, Teufel, schon wieder der Teufel! Aber Nostradamus war Franzose, schrieb alle seine Prophezeiungen auf Französisch ... I-VIL ... IV-IL ... IVI-L, nein, das sicher nicht. Lateinisch vier, aber ... IL, das gibt's doch gar nicht, es sei denn fünfzig weniger eins, 49, auch wenn das nicht ganz korrekt ist, müsste eigentlich XLIX heißen, also eine schlampige Abkürzung? Nostradamus Centurione 4, 49 - Kapitel 49, Spruch 49? - Gibt's das? Einer seiner wichtigtuerischen Vierzeiler? Unnötig wie nur irgendwas, aber weltberühmt. Und alles voller Kampf und Blut. Wenn ich's nicht hätt', das Internet. Jetzt bloß keine Seiten gläubiger Verehrer des Untergangspropheten. Nur den Text bitte ... ja, das ist es:

49. Vor dem Volk wird Blut vergossen,
das selbst vom hohen Himmel nicht fortgewischt werden kann,
aber für eine lange Zeit wird es nicht verstanden,
erst der Geist eines einzigen wird es bezeugen.

Das ist es! Na bitte, gut gemacht! Und das ganz ohne App! Blut *ist* heute geflossen, also zumindest aus dem Tattoo gesickert. Und wir mussten das alle mit ansehen, wir, sozusagen „das Volk". Und Tattoos können nicht weggewischt werden, logisch, ist ja auch ihr Sinn. Obwohl - „der hohe Himmel", also wenn hier Gott gemeint ist, der könnte es schon wegwischen, verschwinden lassen, oder? Und dass wir das alles nicht verstehen, schon über Wochen nicht verstehen, stimmt ja leider auch. „Erst der Geist eines einzigen", wer soll das sein? Was für ein

Geist denn? Simonides? Der aus der alten Zeitung, der Geist des Fälschers Simonides? Der sich irgendwie rechtfertigen will? Oder doch Nosferatu, der Untote? Und warum in den Arm einer Vierzehnjährigen?
Mit ein wenig Abstand betrachtet kann der Spruch natürlich auch hundert andere Dinge bedeuten, typisch Nostradamus eben. Andererseits wenn ich Spruch 50, 51 und so weiterlese: Nein, weit und breit passt keiner so gut auf unsere Situation wie dieser 49er. Das kann doch kein Zufall sein.
Stefan, merkst du nicht, was gerade mit dir geschieht? Wirklich nicht? Du tust gerade so, als ob Geister, die handfest in unser Leben hineinpfuschen, das Normalste der Welt wären. Seit wann glaubst du denn an so etwas? Ausgerechnet du? Ein griechischer Hochstapler, seit 150 Jahren oder so mausetot, tätowiert ein Mädchen deiner Firmgruppe, hinter verschlossener Tür – und noch dazu mit rätselhaften Nostradamus-Codes. Und du bist stolz darauf, die Lösung gefunden zu haben. Was für eine Lösung denn bitte?
Und morgen, was wird morgen sein? Glaubst du dann auch noch an böse Geister, Dämonen oder so? Und rennst wie die Sizilianer zum nächstbesten Exorzisten? Du? Mann, du drehst gerade völlig durch – und merkst es überhaupt nicht!
Ich schenke mir doch ein Glas Rotwein ein, ein Flaschenrest, der noch im Kühlschrank stand. Mitternacht ist gerade durch: also Allerseelen. Welche Seele spukt da ohne jede Rücksichtnahme durch unser Leben?
Hat unser Chefjurist vom Stephansplatz morgen frei? Und wenn ja, der erzbischöflich „konzessionierte" Exorzist ist sicher allzeit bereit. Aber bevor es so weit kommt, leg ich mein Amt zurück! ... Hab ich zumindest bisher immer gesagt.

KAPITEL 15

Stefan

Montag, 2. November (Allerseelen)

Umständlich ist das schon, diese Fahrerei, aber trotzdem: Das sollte ich öfters machen! Hab ohnehin viel zu wenig Bewegung im Winter, und der fängt gerade erst an. Zwei Kilometer geschwommen – gar nicht so schlecht für den Anfang. Mit Kreta und dem Meer natürlich nicht zu vergleichen, überhaupt nicht zu vergleichen, das Jörgerbad. Aber ich fühle mich gleich besser danach.

Weil ich einfach nicht mehr schlafen konnte. Heute wird ja vielleicht noch nichts kommen. Aber in den nächsten Tagen wird da ein Anwaltsbrief in der Post liegen. Und dann? Einvernahme oder gleich ein richtiges Verhör? Gregor und Lena sind volljährig. Die werd ich da kaum heraushalten können. Den Rest der Gruppe hoffentlich schon. Und weil es für alles einen Grund geben *muss*, muss es in so einem Fall auch einen Schuldigen geben. Per E-Mail kam noch nichts, aber ich bin sicher, irgendwo im Hintergrund wird die Schlinge schon geknüpft.

Es bleibt mir nichts anderes übrig, als unseren diözesanen Chefjuristen anzurufen. Obwohl mir natürlich bewusst ist, welchen Stein ich da ins Rollen bringe. Meine Vorgesetzten dürfen ja nicht ahnungslos sein, wenn die ersten Reporter nachfragen. Was für ein Thema für die Medien! Ich denke mal, dass es morgen losgehen wird.

In der Leitung knackst es zweimal. Ich lande beim Portier. Unser Chefjurist ist bis nächsten Montag im Urlaub. Tolle Ausrede für mich, gleich wieder alles hinauszuschieben. Aber er ist da wirklich kompetenter.

Und ich kenn ihn ganz gut. Und seine Vertretung gar nicht. Dann warte ich halt einmal ab.
Heute ist ein ruhiger Tag. Eingeplant hauptsächlich, mich für die Gedenkmesse am Abend vorzubereiten. Unser Sekretär hat mir die Liste der im vergangenen Jahr Verstorbenen ausgedruckt. 32 Namen, bei einem steht sogar „im 101. Lebensjahr". Aber ich habe Frau Leuchtner nie kennengelernt. Sie lebte schon lange in einem Altersheim, hatte ihre alte Wohnung aber behalten, wozu eigentlich?
Der Kürbiskopf grinst mir vom Balkon aus entgegen. Ich sitze zwar vor meinem PC, habe mich aber gerade mit einer Tasse Tee zurückgelehnt. Ich hab das immer für eine seltsame Idee gehalten, dass sich die Menschen so vor den Verstorbenen gefürchtet haben, also vor den eigenen Vorfahren. Als ob sie immer noch da wären und ihnen ins Leben pfuschten von „drüben" aus.
Aber gerade das ist wohl der Normalzustand gewesen im Laufe der Menschheit. Naturvölker besänftigen die Geister der erlegten Beutetiere und bitten sie um Vergebung, damit sie ihnen nicht Schaden bringen. Schlechtes Gewissen, ja, das mag es schon geben, wenn wir etwas versäumt haben, die nötige Aussöhnung, einen herzlichen Abschied - manchmal zumindest. Ich denke mal, das macht traurig, aber das löst doch keine Ängste aus.
Aber mehrmals schon habe ich gehört, dass alle möglichen Riten die Toten dazu bewegen sollten, endlich wirklich ganz zu sterben und sich nicht mehr ins Leben der Lebenden einzumischen. Bis dahin, dass man „Vampiren" Pflöcke ins Herz rammte und schwere Steine auf den Körper legte. Auch die christliche Lehre vom Fegefeuer verstanden viele wahrscheinlich so, als wären sie noch nicht wirklich drüben angekommen. „Re-

quiem“ heißt ja Ruhe: Gott, gib ihnen die ewige Ruhe! Als wären sie noch in Bewegung und aktiv. Ein Gedanke, der mir bisher fern lag. So wie diese Geschichten von „Geisterhäusern“ und Geistern, die sich angeblich beim Tischerücken zu Wort melden.
Ich sehe die Liste vor mir durch. Die meisten habe ich persönlich nicht gekannt. Wie das so ist in der Großstadt. An manches Gespräch vor dem Begräbnis aber kann ich mich noch erinnern. Etwa an die Tochter, selbst schon in Pension, die immer mit der Mutter gemeinsam gelebt hat, bis zuletzt. Sie hat die Mutter neben ihrem eigenen Geschäft gepflegt, niemanden sonst hat sie an sie herangelassen, hat selbst nie geheiratet. Die Mutter war fraglos ihr „Lebensmensch“. Was sicher viele seltsam fanden oder belächelt haben. Auch manche, die schon so oft Erich Fried zitiert haben: „Es ist, was es ist, sagt die Liebe.“ Sie wünscht sich, ihre Mutter auch weiterhin irgendwie nahe zu spüren. Sicher ganz ohne Angst.
Ja, ein Mann fällt mir da auf, plötzlich und noch ziemlich jung gestorben. Der ist mir durch fremdenfeindliche Sprüche aufgefallen. Er dachte wie selbstverständlich, das sei christlich und ich würde bestimmt ebenso denken. Wollte mich bestimmt nicht provozieren, aber hineinziehen in seine unsympathische Denkwelt. Manchmal saß er hinten in der Kirche, tagsüber, allein. Aber Angst? Ich empfinde eher Mitleid. Auch wegen seiner Enttäuschung, als ich ihm nicht zustimmte.
Aber wer, wer bitte steckt hinter diesem scheußlichen Angriff gestern? Auf eine ahnungslose Vierzehnjährige. Das ist doch krank! Tatsächlich dieser Fälscher, dieser Simonides? Der selbst von seinem mächtigen Onkel missbraucht wurde, wenn das stimmt? Von dem man nicht einmal annähernd weiß, wann und wo er ge-

storben ist. Was will er denn mit diesem Nostradamus, diesem völlig unnützen Pseudopropheten?
Wenn es diese durch und durch unnötigen parapsychologischen Phänomene einfach nicht gäbe! Wem ginge da was ab? Aber irgendwann und irgendwo geschieht es dann doch. Warum brennen Dörfer halb ab? Warum materialisieren sich Gegenstände - oder verschwinden wieder, einfach so? Warum findet Gedankenübertragung immer wieder statt - glaubhaft, aber doch nie unter wissenschaftlicher Beobachtung. Warum übertragen sich Gefühle, aber auch Schmerzen, auf unerklärlichen Wegen, wie von Vanessa auf Cora oder von Soldaten auf ihre Frauen zu Hause? Nützt doch alles nur Wichtigtuern, selbst ernannten Medien und Sensationsreportern. Wem sonst?
Mein Handy! Das ist doch mein Klingelton! Wo liegt das Handy? Ich spüre meinen Pulsschlag in den Ohren. Jetzt ist es ... der Anwalt? Nein, Arnold. Was für eine Erleichterung. Aber nur aufgeschoben. Kommen kann er nicht, aber ich erzähle ihm alles am Telefon. Natürlich ahnt auch er, was da noch alles auf uns zukommen wird.

KAPITEL 16

Gregor

Mittwoch, 4. November

Ich habe Stefan noch selten so angespannt erlebt. Mal abgesehen natürlich von vorgestern, also wahrscheinlich, denn vor lauter Aufregung hab ich da eigentlich nicht so darauf geachtet, wie er ... Hat er was zu befürchten? Ständig haben sie ihn angerufen vom Stephansplatz aus. Als gäbe es dort kein anderes Thema mehr außer diesen seltsamen Vorkommnissen bei uns. Natürlich nicht offiziell, nur hinter vorgehaltener Hand. Ein Freund von der Kinderpastoral, der in der Zentrale arbeitet, hat mir erzählt, was da los ist. Gestern bei einem Feueralarm, als alle in den Hof hinuntermussten und dort warten, bis die Feuerwehr das Gebäude wieder freigegeben hatte. Die Hälfte wusste schon, welche unheimlichen Dinge bei uns vorgingen. Die andere Hälfte erfuhr es bei dieser Gelegenheit. Dass nicht einmal der Exorzist uns helfen konnte. Dass unser Pfarrhof in großen Teilen ausgebrannt sei. Dass sich unser Pfarrer mit eineinhalb Beinen bereits im Gefängnis befinde und ein kirchliches Amtsenthebungsverfahren gegen ihn angedacht werde. Und dass in der als besonders fromm bekannten Gemeinde St. Pietas bereits ein „niemals schweigender Rosenkranz“ für uns gebetet werde, unerbittlich Tag und Nacht!

Und all das ginge jetzt immer weiter nach oben, also zumindest bis zum Generalvikar, und der beobachte den Fall ganz genau und angeblich im Auftrag des Bischofs, der aber gerade Christen im Nahen Osten besucht. Aber selbst dort werde er noch darüber informiert. Und ein

Bericht an den Vatikan sei bereits vorformuliert worden und liege in der Schublade seines Sekretärs „für alle Fälle“.
Nur das Rechtsamt ist sehr dezent und für uns hilfreich vorgegangen. Ihr Direktor hat lange mit Stefan telefoniert und arbeitet gerade eine Strategie aus, wie wir auf eine Klage antworten könnten. Anwaltliche Unterstützung könnten wir jederzeit in Anspruch nehmen. Alles sehr professionell. Aber die Angelegenheit sei so speziell, dass sie zum jetzigen Zeitpunkt noch keine Entwarnung geben könnten.
Und in der Pfarre ist's natürlich auch rundgegangen, besonders am Abend nach dem Allerseelen-Gottesdienst. Da hatte sich schon rumgesprochen, was am Firmwochenende geschehen war. Gerüchte machten die Runde, leise Verdachtsmomente und schon auch lautere Beschuldigungen lösten einander ab. Auch gegen Lena und mich, aber noch viel stärker kam dabei Sam unter die Räder. Manche hätten es ohnehin längst gewusst, dass der „irgendwie verrückt“ sei. Und dass man so einen doch nicht mit Kindern arbeiten lassen könne. Einer, der sich schon mal vor ein Auto geworfen hat. Aus Liebeskummer - oder doch mit deutlichen Anzeichen von religiösem Wahn? Aber das ist doch längst Geschichte - und stimmt so auch gar nicht. Auch wenn Sam von uns allen, einschließlich Stefan, der „Spirituellste“ ist. Na und? Er ist auf alle Fälle glaubwürdig, und verlässlich ist er auch.
Aber wenn wir alle und auch Sam es nicht waren? Dann bleibt für manche nur einer: der Satan! Klar nur für einige wenige. Aber die hatten herumtelefoniert, was ihre SIM-Karten hergaben. Und deswegen sitzen wir jetzt hier, das ganze Firmteam. In Stefans Wohnung. So wurde es von unserem Gast ausdrücklich gewünscht,

der jetzt gerade auf die Minute genau läutet: vom offiziellen, durch den Erzbischof beauftragten Exorzisten. Stefan öffnet. Also den hätte ich mir jetzt doch anders vorgestellt. Lena schaut mich erstaunt an. Mit einem freundlichen Lächeln tritt er ins Vorzimmer ein. Schon mit so einem Priesterkragen. Aber trotzdem keine düstere Erscheinung. Und jung, also zumindest ein paar Jahre jünger als Stefan selbst. Ich hatte mit so einem düsteren, verknöcherten Inquisitor gerechnet. Also zumindest auf den ersten Blick ... Wir stellen uns vor. Ein fester Händedruck, ein eindringlicher Blick, das schon. Und eine Kleinigkeit essen will er auch nicht, vielleicht „nachher". Angst vor Bestechung? Nüchternheitsgebot? Was weiß man?

Wir erzählen, was schon zuvor in unserer Gruppe geschehen war – und natürlich besonders ausführlich, was am Sonntagnachmittag vorgefallen ist. So detailreich, dass er sich nicht bemüßigt fühlt, allzu viel nachzufragen. Notizen macht er sich keine. Aber er hört genau zu, ohne sich auch nur einen einzigen Moment lang ablenken zu lassen. Die Feuerphänomene und die Panik der Hunde, wenn sie auf Leon treffen, all das interessiert ihn sichtlich weniger.

„Was hat diese Cora genau gesagt, als sie diese Schmerzen empfand?" Er schaut mich dabei fest an.

„Gesagt? Gesagt hat sie nicht viel. Zuerst war da nur dieses verzerrte Gesicht, wie erstarrt. Starr und mit weit offenen Augen. Wie bei einem epileptischen Anfall. Ich hab das einmal erlebt bei einem Cousin von mir. Und dann sagte sie ... also eigentlich auch nur, dass es furchtbar wehtut. Sonst nichts. Danach klang es ab, aber das hat gedauert."

„Hat sie irgendetwas Unverständliches gesagt? In fremder Sprache? Oder Kryptisches, wie von hinten nach

vorne gelesen? Nein? Oder Namen, fremdartige Namen vielleicht? Können Sie sich an einzelne Worte erinnern?"
Diese Freude kann ich ihm nicht machen: „Nein, nichts dergleichen. Corinna hat nur immer wieder tief geatmet. Sich dann immer wieder gewunden ... nein, sie konnte gar nichts herausbringen, nur stöhnen und ab und zu ein unterdrückter Schrei. Vielleicht wollte sie auch nicht als die Wehleidige dastehen."
„Corinna? Ich dachte Cora?"
Dem entgeht aber auch gar nichts: „Ja, sie verwendet beide Namen abwechselnd. Macht sich noch einen Spaß daraus, einen immer wieder mit dem anderen Namen zu korrigieren, so ein Faible von ihr."
„Das sehe ich anders. *Das* dürfen wir jetzt nicht übergehen. Wie Sie, Herr Pfarrer, sicher wissen, handelt es sich hierbei möglicherweise um eine bekannte Abwehrstrategie. Nur *der* Dämon kann von dir Besitz ergreifen, der deinen Namen kennt. So wie man Dämonen nur austreiben kann, wenn man sie beim Namen ruft. Darum verwenden sie zahllose Namen und werfen damit um sich. Sie wissen doch, was Diabolos heißt? Nein? Der Durcheinander-Werfer oder Verwirrer." Stefan starrt eher hilflos auf den Fachmann. Über derartiges „Fachwissen" scheint er nicht zu verfügen. Und für wie blöd hält der denn seinen Dämon, wenn der sich durch Cora ... Corinnas Spielchen verwirren ließe?
„Also nochmals, zur Sicherheit: Kein unnatürliches Verdrehen der Augen, keine unverständlichen Worte, keine Namen?"
„Nein, keine Sorge, Herr ..." Wie soll man so einen Typen bloß ansprechen?
„Sorge. Doch, Sorge muss ich haben, das ist meine vordringlichste Aufgabe. Die Last meiner geistlichen Pro-

fession. Aber kommen wir zum wichtigsten Geschehen: Sie schließen also aus, dass sich irgendjemand zum Zimmer dieser Laura Zutritt hätte verschaffen können. Sie sagen, das einzige Fenster war vergittert, die Tür war von innen versperrt. Und wenn sich jemand versteckt hätte? Unterm Bett, im Schrank?"
Stefan kommt erstmals aus seiner Schockstille heraus: „Ja, wie gesagt: Wir alle standen doch vor der Tür. Wir haben das im Nachhinein rekonstruiert, daran besteht kein Zweifel. Und die ganze Zeit, als sie schrie, war die Tür von innen versperrt. Eine ziemlich massive Tür jedenfalls."
„Gut, gut, aber jemand anders? Jemand von den Pfadfindern, die sonst in dem Haus sind? Jemand, der seine Ortskenntnisse arglistig ausgenützt haben könnte?"
„Nein, da war niemand. Natürlich haben wir unter dem Bett und im Schrank nachgesehen, gleich nachher, auch hinter dem einzigen Vorhang. Da war niemand. Und sie hat ja auch niemanden gesehen, das macht es ja so unheimlich. Nur gespürt, mit übermächtiger Kraft. Der hat sie niedergedrückt, festgehalten – und die Tätowierung gestochen. Sie sagte, sie habe sich gar nicht mehr bewegen können ... vielleicht auch der Schock! Ich mag mir das ja gar nicht vorstellen."
„Liest das Mädchen alte Sagen oder so etwas?"
„Sagen? Mit 14? Laura? Sicher nicht, also vielleicht Fantasy-Geschichten, aber warum?"
„Das Brünhilde-Syndrom. Brünhilde wird von Siegfried überwältigt, dem stärksten aller Ritter, mithilfe der Tarnkappe im Auftrag ihres schwächlichen Mannes Gunther ... Nibelungen, Herr Pfarrer?"
„Ja, ach so, aber glauben Sie denn an Tarnkappen?"
„Nichts lässt den Bösen so auflachen und so mächtig werden wie unsere Überheblichkeit. Ich warne Sie ein-

dringlich, unterschätzen Sie ihn nie! Gerade das macht ihn mächtig. Der verfügt über weit mächtigere Mittel als es sich ein Zwerg Alberich erträumen könnte, glauben Sie mir! Und nichts macht den Menschen so angreifbar für das Böse wie seine Sexualität!"

„Aber es war doch keine sexuelle Gewalt, brutal ja, aber *das* nicht!"

„Und dieses zweite Tattoo, das Sie nicht gesehen haben? Vermutlich an intimer Körperstelle? Das soll keine sexuelle Gewalt gewesen sein? Das sehe ich anders! Und das sollten Sie auch! Ein ganz besonders perfider Übergriff! Ich müsste unbedingt mit ihr sprechen."

„Das geht nicht. Sie wird wohl nie wieder bei uns mitmachen. Und dass sie dazu bereit wäre, mit ..."

„Mit einem Exorzisten wie mir? Mein Gott, wer bin denn ich? Ich bin doch nur ein hilfreiches, wenn auch unerschrockenes Instrument Gottes. Aber dass ich da nach all dem keine Chance habe, da haben Sie wohl recht. Und Drängen wäre nur noch ein Akt der Gewalt mehr. Auch wenn Sie das nicht vermuten: Besonders ich verurteile die Zeiten der Inquisition. Meine Waffen gegen das Böse, das sind Gebete, Tränen und Gebete – und ein wacher Blick. Wie auch immer: Sie, lieber Mitbruder, Sie meinen tatsächlich, dieses blutige ‚NOSCENTIVIL' dechiffriert zu haben?" Auch dieses Unwort hat er sich gemerkt.

„Ich denke, das war gar nicht so schwer."

„Also wenn Sie mich fragen: Was für ein überschätztes Machwerk, nichts dahinter, nichts als plakativer Grusel. Beeindruckt mich wenig."

Einmal ein Punkt, in dem er mit Stefan offensichtlich völlig übereinstimmt. Der hat das auch bemerkt und entspannt sich ein wenig:

„Sie stimmen also meiner Deutung zu? Es geht hier um

Nostradamus? Um die Prophezeiungen seiner berüchtigten ‚Centurionen'?"
„Ja, ja, Nostradamus. Ein elender Möchtegern. Aber sein Unsinn ist nicht kleinzukriegen. ‚Blut vergossen, das nicht fortgewischt werden kann.' Billiges Machwerk! Kein einigermaßen ernst zu nehmender Dämon ersinnt so etwas. Welchen Eindruck machte das Mädchen auf Sie?"
„Sie war natürlich völlig verschreckt, brachte zunächst kaum ein Wort heraus. Sie war restlos erschöpft. Sie schien mir auch Schmerzen zu haben. Ich meine, wie von einem Abwehrkampf – und natürlich die Tattoos selbst. Und sie ließ niemanden an sich heran."
„Und? Wundert Sie das?"
„Nein, natürlich nicht. Aber auch sie ... nein, keine verdrehten Augen, keine rätselhaften Worte, keine seltsamen Namen, nur Panik. Eben wie ein Mensch, dem unerklärlich Gewalt angetan worden ist."
„Und ... also dass sie es selbst getan hat, sich selbst tätowiert hat? Ist das nicht möglich? Um euch einen Schreck einzujagen und ihren Eltern natürlich? In dem Alter kommt so was schon mal vor."
Da mischt sich erstmals Sam ein: „Ich habe mich erkundigt. Dafür braucht ein erfahrener Profi-Tattoo-Künstler mindestens eine Stunde. Sie hatte aber höchsten 15 Minuten Zeit. Das ist eigentlich unmöglich!"
„Und sonst ist nichts geschehen. Also Sie haben mir alles erzählt, all diese Vorkommnisse in der Gruppe?"
„Nein, also ja, ich denke, wir haben Ihnen alles erzählt. Aber ... aber reicht Ihnen das nicht? Also mir gibt das schon ordentlich zu denken, was das soll – was denn da dahintersteckt."
„Gut, gut, also darüber können Sie, Herr Samuel, ja mit Ihrem Pfarrer sprechen. Ich für meinen Teil, ich wollte

ja nur sichergehen. Trotzdem frag ich mich jetzt schon, warum Sie mich *dafür* hergeholt haben?“ Sam sieht den Exorzisten nicht gerade so an, als fühle er sich von ihm verstanden.

Das ist gut, wirklich gut! *Wir* sollen *ihn* hergebeten haben? Sonst noch was!? Aber bevor jemand von uns noch etwas herausbringt, setzt er seine Belehrung fort: „Also, es gibt Besessenheiten, *wirklich* unheimliche Übergriffe des Bösen, von denen Sie wahrscheinlich keine Ahnung haben. Ich wünsche es Ihnen auch nicht! Wenn du wirkliche Besessenheit mit ansehen musst, da brauchst du einen starken Glauben, oh ja, einen ganz starken. Manche glauben ja, unsereiner brauche vor allem großes Wissen und überragende Bildung. Mag schon sein. Aber wirklich entscheidend ist, ob dein Glaube *dem* standhalten kann. Dem ... unaussprechlich Bösen.“ Er macht eine längere Pause. „Aber in ihrem Fall liegt wahrscheinlich nur *Um*sessenheit vor, etwas viel Harmloseres. Wenn überhaupt.“

„*Um*sessenheit?“, fährt es Stefan ungläubig heraus.

„Noch nie gehört? Auch nicht beim Studium der Aszetik? Wiener Fakultät, ach ja, wie typisch, wirklich typisch! *Be*sessen ist ein Mensch, den ein Dämon des Bösen bereits ganz und gar in seinen Besitz genommen hat. Und dem er nach dem Leben trachtet, zuerst natürlich nach dem überirdischen Leben, manchmal auch nach dem irdischen, auch wenn diese Geschichten weit übertrieben werden, als ob es auf dieses armselige Leben hier so sehr ankäme. *Um*sessen heißt: Ein Dämon macht sich an dich heran, hat aber noch keinen Eingang in dich gefunden. Alles spricht dafür, dass sich diese Laura gerade in diesem Stadium befindet. Sie bräuchte dringend Hilfe, wirklich professionelle Hilfe. Bloß keinen Allerweltspsychologen, bloß nicht! Denn

jetzt ist es für Exorzisten wie mich noch ein Leichtes, sie davor zu bewahren. Aber wenn das nicht möglich ist, was bitte mache ich dann noch hier? Wissen Sie denn, wie viele fast schon verlorene Menschen mich in ihren inneren Abgründen wirklich brauchen? Wie viele verzweifelte Angehörige auf mich warten? Vergeblich warten, weil ich meine kostbare Zeit hier bei Ihnen vergeude? Nein, davon haben Sie keine Ahnung. Die Öffentlichkeit empfängt einen wie mich nur mit mitleidigem Lächeln oder gleich mit offener Aggression. Aber wenn es sie selbst einmal trifft ... ja, dann kommen sie heimlich zu mir, verstohlen, einer nach dem anderen, mit entsetzten Augen, Panik in der Stimme ... Sie haben ja keine Ahnung, was für eine verlogene Doppelmoral mir begegnet. Tagtäglich! Ich höre ihn lachen, schallend lachen, den Bösen. Machen Sie sich keine Mühe, ich finde selbst hinaus ..."
Natürlich will er jetzt nichts mehr essen. Zeitverschwendung? Wer verschwendet denn hier wessen Zeit? Hätten wir ihm den Kuchen einpacken sollen? Nein, den essen wir jetzt lieber selbst.

KAPITEL 17

Lena

Freitag, 6. November

Seltsamer Typ, dieser Typ, den sie Silvio nennen. Seinen tatsächlichen Namen nennt er nur ungern, weiß Stefan – natürlich von Gerald. Was für ein raffiniertes Täuschungsmanöver! Also eigentlich war der ja gar nicht so unsympathisch auf den ersten Blick. Aber wenn man weiß, dass die alle in einer einzigen, höchst eigenartigen römischen Ausbildungsanstalt auf Linie gebracht werden. Ist gar keine vatikanische Institution, hat mir Stefan vorher gesagt. Ihre Absolventen werden aber durchweg anerkannt. Und jeder Diözesanbischof muss dann einen von denen ernennen, ob er was davon hält oder nicht. Aber bitte, wer geht denn freiwillig und lässt sich zum Exorzisten ausbilden? Das ist doch schon ein Krankheitssymptom an sich, ein psychisches, oder? Wird uns aufgedrängt „von fast ganz oben" – und dann ist der auch noch eingeschnappt, weil wir für ihn doch gar kein ernst zu nehmender Fall sind, viel zu harmlos, um mit uns seine kostbare Zeit zu vergeuden. Ein überqualifizierter Dämonenaustreiber – gibt's überhaupt noch was Unnötigeres?

Wenigstens war der Spuk relativ kurz und ich habe jetzt noch Zeit, mich bei der Theaterprobe einzuschleichen. Das Treffen am Mittwoch haben wir ganz gegen unsere Gewohnheiten ausfallen lassen. Unser Wochenende, diverse Schularbeiten und Tests – und dann noch die immer häufigeren Proben. Was zu viel ist, ist zu viel. Außerdem waren wir über die Pause ganz froh. Wer weiß, was vorgestern wieder alles geschehen wäre.

Hier bei den Proben passiert nie etwas ... also bisher nicht. Jetzt ist es kurz nach sieben. Sie proben schon seit vier. Nele und Vanessa sind gerade auf der Bühne, in einem Garten vor einem Haus, also eher Häuschen. Nele spielt eine Alte im Lehnstuhl, mit langem Rock. Vanessa eine Frau mittleren Alters in Jeans und T-Shirt, also eher ins Heute versetzt. Das muss schon gegen Ende sein, ich hab das irgendwann einmal lesen müssen, eine durch und durch grausliche Geschichte, wo die Frauen nur ausgenützt werden und man ein Baby mit voller Absicht sterben lässt.

Nele und Vanessa, die spielen gerade die beiden Kindsmörderinnen, obwohl die jüngere gerade so tut, als hätte sie das nicht gewollt. Soeben haben sie den Brief mit der traurigen Nachricht geschrieben, da platzen Marianne, die ahnungslose Mutter, und was weiß ich wer noch alles herein.

Kim spielt die Marianne. Sommerstiefel, enger und sehr kurzer Rock, bauchfreie Bluse, über dem Nabel verknotet. Typisch Kim eben. Die tritt doch zuvor in einem Varieté auf, sehr freizügig, weil sie nur so Geld für ihr Kind verdienen kann. Kim im Varieté! Ich will ja gar nicht wissen, was sie da dann anhat ... oder *nicht* anhat! Ich hoffe, dieser arrogante Typ weiß, was er einer Fünfzehnjährigen zumuten darf. Ich muss mir unbedingt noch einmal die ganze Probe ansehen. Ein unpassenderes Stück ist ihm nicht mehr eingefallen, diesem Herrn Regisseur, der sich Boromino nennt, was für ein origineller Künstlername!

Kim fragt die beiden gerade: *„Wo ist er denn – wo ist er denn –?“*

Die beiden übergeben Kim den Brief. Leon spielt den unsympathischen Typen aus dem Prater: *„Na, wo ist er denn, der kleine Leopold? Der Opapa ist da. Der Opapa!“*

Kim lässt den Brief fallen. Cora hebt ihn auf. Cora im gelben Sommerkleidchen. Das erste Mal sehe ich sie nicht in Schwarz. Sie liest den Brief und bringt als einzige das Wort „tot“ über die Lippen. Nele und Vanessa fallen übereinander her und beschuldigen sich gegenseitig, am Tod des Buben schuld zu sein. Raffael, wahrscheinlich der Vater des toten Kindes, ist enttäuscht. Er hat beim Wetten Geld gewonnen, das er – angeblich – der Mutter für das Kind geben wollte. Kann jetzt jeder behaupten! Kim hadert mit Gott und lässt sich dann doch von Mike küssen, der sie jetzt heiraten will, weil ja das uneheliche Kind als Hindernis wegfällt. Ende.
Grauslich, Hannah hat recht, einfach nur grauslich! Und wie sie das spielen, übertrifft meine Erwartungen. Aber meine schlimmsten! Obwohl der Text offensichtlich modernisiert wurde, passt er überhaupt nicht zu ihnen. Wie sollte er auch? Trotz Bühne und Kostümen sehe ich nur unsere Firmgruppe, nicht die Charaktere aus dem Stück. Sie sind einfach zu jung dafür, sie wissen doch gar nicht, was sie da spielen. Die beiden Frauen stürzen sich in einen halbherzigen, kichernden Zickenkrieg, nicht in einen Kampf auf Leben und Tod. Damals gab's doch noch die Todesstrafe für eine Kindsmörderin. Ich oder du! Davon ist wenig zu spüren. Und es fällt ihnen schon sichtlich schwer, eine Mittdreißigerin auch nur einigermaßen glaubwürdig zu verkörpern, von der alten Frau ganz zu schweigen.
Und Kim? Also diese Marianne. Mit ihrem Leben am Ende, mit allen Menschen fertig, also vor allem mit allen Männern. Lässt sich von diesem fiesen Kerl abschleppen, wie sich ein aufgebrezeltes, halb besoffenes Mädchen von einer Party abschleppen lässt. Oh Mann, kann man diesen Zug hier nicht mehr anhalten, bevor er noch ganz aus den Gleisen springt? Wer soll sich

das denn ansehen? Man muss unsere Leute ja geradezu davor warnen, sich das anzuschauen!
Der geniale Regisseur, bemerkt der das denn gar nicht? Hat kein einziges Mal eingegriffen. Cora rauscht an mir vorbei. Wenn die mich jetzt gefragt hätte, wie ich sie finde, auweia, ich kann doch nicht so massig lügen. Jetzt auch noch Kim. Sie sieht mich. Aber bevor sie etwas fragen kann, komme ich ihr zuvor: „Kim, sag mal, wie spielt ihr denn diese Szene im Varieté, in dem die Marianne auftritt?"
„Was, wie ..." Aber sie hat mich sehr wohl verstanden, erschrickt und wird sogar ein wenig rot, wenn ich mich nicht irre hier im Halbdunkel. Aber sie schaut mich nur fragend an, gespielt gelangweilt.
„Kim, du schaust wie immer super aus und das da ist ja auch okay so, gerade noch okay. Aber ..."
Sie grinst mich an: „Keine Angst, Lena. Bei der Szene in dem Lokal, da sieht man uns gar nicht."
„Wie ... sieht man euch nicht, aber ihr steht da doch im Mittelpunkt!"
„Alles nur ein Schattenspiel. Wir tanzen, also schon ... na ja, aber man sieht ja nur unsere Schatten. Raffiniert, was? Sei beruhigt: ganz jugendfrei! Wir haben das schon aufgezeichnet, wird dann nur noch eingeblendet. Glaub mir, so eine kleine Pause tut gut. Ich kann ja bis jetzt noch nicht den ganzen Text. Wird aber echt super, was?"
Ich muss die Frage nicht beantworten, weil sie schon wieder weg ist – in Richtung Garderobe. Ich bin erleichtert. Doppelt.

KAPITEL 18

Arnold

Samstag, 7. November

Stefan hat keine Zeit. Ja, also ich eigentlich auch nicht, zumindest so kurzfristig nicht. Ich sitze morgen früh um sieben Uhr im Flieger nach Berlin. Zu einem Seminar, auf das ich mich schon freue. Kein Allerwelts-Basiskurs, sondern schon das dritte Folgetreffen mit wirklich interessierten und großteils auch kreativen Kultur-Verantwortlichen. Alles Ehrenamtliche - und zahlen das aus der eigenen Tasche, also die Hälfte zumindest. Da kann ich nichts aus dem Ordner ziehen. Denen möchte ich schon wirklich was bieten. Und deren Aufgabenbereich im Spannungsfeld Kunst und Kunst-Organisation ist ja wirklich kein einfacher.

Also, mal ehrlich, ich glaub, ich hab gerade mehr Stress als Stefan. Aber darum geht's ja gar nicht. „Du hast da das richtige G'spür für so was." Ja sicher. Die Lena war gestern hier bei der Probe. Und die hat unseren lieben Stefan aufgescheucht. Er hat ohnehin immer noch die Panik wegen dieser rätselhaften Tattoo-Geschichte. Ein Anwaltsbrief steht da offensichtlich noch aus, ein Verhör, eine Anzeige, was weiß ich.

Also Lena ist das hier nicht geheuer: dieser, na, sagen wir sehr selbstbewusste Herr Regisseur und seine Proben mit den Jugendlichen, die „voll auf ihn abfahren". Wo Stefan recht hat: Die Verantwortlichkeit ist tatsächlich nicht geklärt. Die Eltern haben ihre Kinder bei uns angemeldet, nicht bei ihm. Wenn er sich jetzt irgendwie danebenbenimmt, sie irgendwie blöd angeht, heruntermacht - oder gar einen Vorwand sucht, sie zu be-

rühren, wo seine Pfoten gar nicht hingehören. Bloß das nicht! Wir kennen ihn ja kaum. Klar muss er wissen, was er tut, aber solange das *hier* stattfindet, können wir uns nicht aus der Verantwortung ziehen.
Noch dazu bei einem Stück, das ja gerade sexuelle Übergriffe und männliche Machtspielchen anprangert. Und dass er nur und unbedingt diese „Geschichten aus dem Wienerwald" spielen wollte ... also aufpassen müssen wir da schon. Wir? Nein, ich! Bei so was Heiklem drückt sich der gute Stefan, wo's nur geht. Na gut, mit selbstbewussten Typen, auch mit übertrieben selbstbewussten hab ich wirklich mehr Erfahrung und Übung als er.
Ich kenne das Stück ganz gut und merke gerade, dass ich ein paar Minuten zu spät gekommen bin, um diese riskante Szene zu sehen. Marianne erscheint da mit Kolleginnen ziemlich unbekleidet auf der Varieté-Bühne. Im Publikum: ihr Vater und einige Bekannte von ihr. Die Mädels haben Lena erzählt, das inszenieren sie als harmloses Schattenspiel, vorab gedreht und mit Beamer eingeblendet. Find ich eine gute Idee ... wenn's wahr ist.
Wofür ich mich so gar nicht erwärmen kann, sind die durchwegs modernen Outfits der Personen. Gewalt gegen Frauen, fromme Redereien und so, das gibt's bestimmt zu allen Zeiten. Aber die Details der Geschichte sind doch eindeutig Zwischenkriegszeit. Diese Todesammen, denen man die Kinder zum Sterbenlassen übergab, natürlich unausgesprochen, aber alle wussten Bescheid. Also das ist zum Glück Vergangenheit. Diese bauchfreie Marianne in ihrem Minirock, also für mich ergibt das wenig Sinn.
Aber eins muss ich sagen, nach wenigen Sätzen schon, und das überrascht mich jetzt: Die spielen schon gut.

Und die Personenführung überzeugt mich auch. Da steht keiner bloß herum. Die wissen mit ihren Händen etwas anzufangen. Auch so einen schmierigen Möchtegernfreier musst du mit 14, 15 erst einmal hinbekommen. Der spielt ja einen Kerl, der ist sagen wir mal viermal so alt wie er selbst. Und nicht karikierend übertrieben, dafür umso bösartiger:
„65 Schilling ...“
Obwohl Marianne von ihm angewidert ist, kann sie sich dem Anblick des Geldes nicht entziehen: *„Das ist viel Geld.“*
„Das will verdient sein.“
„Nein. Danke.“ Aber man spürt, dass sie ganz kurz nachgedacht hat. Sie denkt ja noch, sie müsse für ihr Kind sorgen. Aber sie schiebt ihm das Geld wieder zurück.
„Was heißt das?“
„Ich kann nicht. Sie haben sich in mir geirrt, Herr ...“
Er packt ihr Handgelenk, macht sich gar nicht die Mühe, es wirklich wie einen Diebstahl ihrerseits aussehen zu lassen: *„Halt! Halt, du hast mich jetzt bestohlen, du Dirne, Diebin, Verbrecherin, Hand aufmachen – auf!“*
„Au!“
„Da. Hundert Schilling! Meinst, ich merk das nicht, du blöde Hur? Polizei! Polizei!“ Und gibt ihr eine schallende Ohrfeige ... war die jetzt echt? *„Diese Hur hat mich bestohlen! Hundert Schilling! Polizei!“*
Und sie reißt sich von ihm los, mit entschlossener Wut: *„Ihr sollt mich nicht mehr schlagen! Ich will nicht mehr geschlagen werden!“*
Das geht unter die Haut. Endlich! Endlich, denk ich mir, lässt sie nicht mehr alles mit sich geschehen. Obwohl sie ja doch ihm glauben und sie inhaftieren werden. Diesem unguten Typen, der ja gesellschaftlich auch nur

ein wenig über ihr steht und sich an der noch Schwächeren abputzt. Und der es nicht fassen kann, dass sie für sein bisschen Geld doch nicht zu allem bereit ist. Was für ein armseliger Stolz.
Und das alles haben die beiden jetzt gespielt, glaubwürdig, mitreißend. Das überrascht mich jetzt schon gehörig. Also wie auch immer er es anstellt, denn er greift nur selten ein: Der Herr Regisseur hat schon was drauf. Nicht nur handwerklich. Der hat die ganz in seinen Bann gezogen, in den Bann dieses Stückes. Also wenn die anderen auch so gut spielen.
Pause.
„Noch ein Beobachter aus dem Dunklen? Muss ich mit pfarrlicher Zensur rechnen, Herr ...?“ Dieser halb sarkastische, halb amüsierte Ton gefällt mir nicht.
„Conzelmann. Keine Angst. Es sei denn, sie neigen zu sexuellen Übergriffen gegenüber Jugendlichen.“
Ha! Damit hat er jetzt nicht gerechnet. Hätte er bei Stefan auch nicht müssen. „Denn als Vertreter unserer Gemeinde bin ich mitverantwortlich für das, was hier geschieht. Nehmen Sie es bitte nicht persönlich, aber ich kenne Sie ja nicht. Und die Eltern haben *unsere* Anmeldung unterschrieben, nicht Ihre.“
„Sie sind ja erfrischend direkt. Gefällt mir. Nein, kommen Sie doch, sooft Sie wollen. Was ich nicht aushalte, sind Leute, die um den heißen Brei herumschwafeln. Und diese ominösen Varieté-Szenen, die ja bei Horvath wirklich nicht gerade jugendfrei sind ... bleiben Sie ruhig hier, die wiederholen wir jetzt gleich noch einmal. Ich hab mich für Gegenlicht entschieden, also ein Schattenspiel. Für keines der Mädchen peinlich, aber doch erotisch. Die Mädchen waren allein hinter der Leinwand und haben zur Musik getanzt. Und was sie dabei an- oder ausgezogen haben, da misch ich mich

nicht ein. Wissen Sie: Ich brauch keine Skandale. Skandale brauchen die Unfähigen, die Langeweiler, die nur so Aufsehen erregen können. Ich brauch so was nicht! Und glauben Sie mir, für Aufsehen werd ich hier schon noch sorgen - doch ... und wie! Aber sicher nicht auf Kosten der Jugendlichen. Entschuldigen Sie mich bitte, Ende der Pause, wir brauchen jede Minute."
„Sie haben schon viel erreicht. Die spielen unglaublich gut."
„Ich schick Ihnen das Video per Mail, dass Sie ruhig schlafen können, Herr ... Dann brauchen Sie nicht den ganzen Abend hierzubleiben."
Und das war's.
Doch nicht: „Was ich noch sagen wollte: Wir werden eine Falltür einbauen. Und ich lass uns noch eine Starkstromleitung legen wegen der zusätzlichen Strahler. Ich schick die Rechnung ans Sekretariat, wird aber nicht viel kosten, keine Angst. Nur dass Sie sich nicht wundern, wenn über die Deadline, die uns der Jugendschutz setzt, hier noch gearbeitet wird. Also ich arbeite die nächsten Nächte wahrscheinlich durch ... mehr oder weniger."
Das war's. Trommelt alle zusammen, um mit ihnen möglichst starkes Aufsehen zu erreichen, wie er sagt. Das war doch bisher immer *mein* Job hier!

KAPITEL 19

Gerald

Sonntag, 8. November

„Du, ich hab da etwas herausgekriegt, das wird dich interessieren! Aber zuvor musst du noch dein Versprechen einlösen!"

„Welches Versprechen?" Natürlich hat Stefan das längst wieder vergessen.

„Du hast mich damit beauftragt, einen ‚wirklich guten' Wein zu besorgen, und das hab ich getan: Schau mal! Einen Spitzenburgunder, 13er-Jahrgang, gerade richtig. 36 Euro 10."

„36 Euro? Für eine Flasche Wein? Also ..." Er starrt die Flasche an.

„Hätte dich 39 gekostet, wenn ich nicht gleich eine ganze Kiste davon genommen hätte."

Wortlos zählt er das Geld aus seiner Brieftasche, die er genauso wortlos aus seiner Jacke im Vorzimmer geholt hat – und dorthin zurücksteckt.

„Den Dekanter hab ich mitgebracht. Du hast ja so was nicht." Für das, was Stefan „Wein" nennt, braucht man ja auch wirklich keinen Dekanter. Na ja, Stefan und Weine: Die eine Hälfte des Burgunders ist hiermit vergeudet, die andere werde ich umso mehr genießen.

„So, also was hast du herausgekriegt?"

„Zum Wohl! Ist jetzt schon sehr okay, der wird aber noch besser, sag ich dir." So viel Zeit muss sein. Eine ganz leichte Unausgewogenheit spüre ich schon noch, ein kleiner Säurerest, wo er nicht hingehört. Aber das kann sich noch geben, der braucht noch Zeit. „Ja, also:

Sagt dir der Name Hammerschmied etwas, Franz Xaver Hammerschmied?"
Er schaut mich ahnungslos an. Dachte ich mir.
„Also nicht. Ist ja auch schon lange her. Aber gerade das ist unsere Chance. Unsere Archivarin machte mich kürzlich darauf aufmerksam, dass jetzt wieder einige Jahre freigegeben wurden. Immer so nach hundert Jahren. Also die Akteneinsicht in die meisten Schriftstücke vor 1920. Und in genau diese Zeit fällt der Jesuitenpater Hammerschmied, tätig von 1903 bis 1916 in Canisius."
„Einer meiner Vorgänger? Und? Hatte der etwas mit Tischendorf und Simonides zu tun?"
„Warte! Kommt schon noch. Nein, kein Pfarrer, damals lebten und arbeiteten hier zahlreiche Jesuiten. Und viele hatten mit der Pastoral gar nichts zu tun. Er war Altphilologe, und zwar einer der besten seiner Zeit."
„Obwohl dieses Fachgebiet gerade damals blühte?"
„Genau. Kein Star seiner Zunft, kein Tischendorf, aber in der Wirkung, also durch seine Veröffentlichungen à la longue einer der wichtigsten."
„Aber was macht dieses Jesuiten-Archiv am Stephansplatz? Gehört das nicht mehr dem Orden?"
„Bei den Jesuiten hab ich auch ein paar Einträge gefunden, aber nichts besonders Erhellendes. Nein, ich meine unser Diözesan-Archiv. Und jetzt kommt's: Der hatte einen Prozess am Hals, einen kirchlichen. Zwar nicht mehr mit der klassischen ‚Inquisition', die wurde ja 1908 abgeschafft. Aber mit dem ‚Heiligen Offizium', der zugegeben weniger Furcht einflößenden Nachfolgeorganisation. Also wir sprechen da jetzt nicht mehr von Scheiterhaufen oder Haft. Aber doch von Lehrverboten, Druckverboten und was noch schlimmer war: Wer mit dir zusammenarbeitete, dich zitierte oder einlud, stellte

sich damit selbst auch ins wissenschaftliche Aus. Also warst du da schnell isoliert, gewissermaßen wissenschaftlich auf dem Abstellgleis. Das traf natürlich nur Katholiken. Aber als Jesuit hattest du da kaum noch Spielraum." Ich sehe, Stefan ist beeindruckt.
„Aber was haben sie ihm denn vorgeworfen?"
„Schlimme Dinge! Wirklich. Man warf ihm vor, er habe die immerwährende Jungfräulichkeit von Maria geleugnet!"
„Oje! Ich rieche Pech und Schwefel. Aber mal ehrlich: Wie kam er denn darauf? Hatte der nichts Besseres zu tun? Ich meine, wenn er schon nicht daran glaubte, warum es an die große Glocke hängen? Oder war das eine Intrige gegen ihn? Angezettelt von neidischen Kollegen?"
„Nein, da war schon was dran an dem Vorwurf. Hammerschmied behauptete, Jesus habe leibliche Brüder gehabt, gleich vier ..."
„Steht ja auch so in der Bibel: vier Brüder und Schwestern im Plural, also mindestens sechs Geschwister. Und an anderer Stelle, dass deren Mutter Maria hieß, also gleich doppelt ... Und Jakobus wird stets ‚Herrenbruder' genannt und hatte eine erstaunlich wichtige Position in der frühen Kirche. Für Protestanten eine klare Sache. Aber bei uns hat man aus denen irgendwelche ‚Cousins' gemacht und argumentiert, man habe damals nicht nur leibliche Brüder ‚adelphói' genannt." Ein bisschen muss er mir schon zeigen, dass er auch nicht alles vergessen hat seit unserer gemeinsamen Uni-Zeit.
„Sehr gut. Also: Das Problem war Joses, einer der vier genannten Brüder."
„Und warum ausgerechnet der?"
„Gute Frage, die zum Entscheidenden hinführt. Also wenn ich diese seltsamen Verhör-Protokolle richtig ver-

stehe, zitierte er mehrmals aus einem ‚Joses-Evangelium'."

„Das ein echter Bruder von Jesus geschrieben hat ... haben soll?"

„Steht alles nicht so direkt da, aber darum muss es gehen."

„Aber so ein Evangelium gibt's doch gar nicht! Da gibt's vieles, angeblich von Thomas, Bartholomäus, Gamaliel, was weiß ich, ja klar, auch dieses seltsame von Judas. Aber doch keines von Joses oder den anderen ‚Herrenbrüdern'! Ich habe auch manches davon gelesen, aber abgesehen von dieser Spruchsammlung eines ‚Thomas' ist das doch alles furchtbar leibfeindlich und überheblich gegenüber den ‚Nichteingeweihten'. Besserwisserische Eingebungen schrecklich eingebildeter ‚Gnostiker'. Allesamt meilenweit und Jahrhunderte von Jesus entfernt, in den sie ihre seltsamen Lebensweisheiten hineinprojizieren. Unnötig wie ... na, wie eine Prophezeiung von Nostradamus."

Ich muss Stefan da ja recht geben. Aber unmöglich ist gar nichts bei der Vielfalt christlicher Gruppen in der Antike, auch neue Funde wären da durchaus denkbar: „Stefan, nimm einmal dieses medial so gepushte, aber höchst eigenartige Judas-Evangelium! Das hat es auch nicht gegeben – bis zum Jahr 1976. Zugegeben: Frühe Kirchenväter haben es erwähnt, ein ‚Joses-Evangelium' erwähnt kein einziger Autor der Antike. Aber wer weiß?"

„Du meinst, es könnte irgendwann einmal auftauchen, wie Tischendorfs ‚Sinaiticus' irgendwo in einem uralten Kloster?"

„Nein, das meine ich nicht ..."

Jetzt hab ich ihn verwirrt: „Sondern?"

„Es *wurde* bereits entdeckt! Zumindest große Teile davon. Was Hammerschmied in diesem Protokoll aussagt, das scheinen Zitate daraus zu sein. Also wenn du mich fragst: Der hatte den Text in der Hand! Und man untersagte ihm streng, ihn zu veröffentlichen - aus bekannten Gründen."

„Für so einen Fachmann schlimmer als der Tod!"

„Na ja, fast. Alles was ich im Archiv gefunden habe, deutet darauf hin, dass er dachte, er habe das Zeugnis eines Mannes in der Hand, der Jesus von Kindertagen an genau kannte - viel besser als Matthäus oder Lukas! In einem der Protokolle spricht er von einer Geschichte mit dem Inhalt ‚Als Jesus einem fremden Heiler drei Fragen stellte' oder ‚Als Jesus einem hungrigen Fischer das Nötige gab'. Geschichten, die wir sonst nirgendwo erwähnt finden. Und noch etwas wurde besonders hinterfragt: Er scheint behauptet zu haben, Jesus wäre mit seinen Eltern nie in Ägypten gewesen, also nicht geflüchtet."

„Ist ja auch weit hergeholt bei Matthäus. Das soll ja vielleicht nur sagen, dass Jesus der noch größere Moses ist, der sein Volk befreit, wie der es aus Ägyptens Gefangenschaft rettete."

Ich lege noch eine Schippe nach: „Schlimmer noch: Er sei gar nicht in Betlehem geboren, sondern schlicht in seiner späteren Heimatstadt Nazaret."

Stefan macht große Augen: „Ich verstehe, das war zu viel. Nur ... also mal angenommen, dass er den Text in der Hand hatte, eine alte Handschrift, die er für echt hielt, er, der Fachmann. Wer bitte beweist uns jetzt, dass sie wirklich echt war? War er selbst sich da so sicher? Er hat sie ja auch nicht aus der Hand gegeben."

„Mein lieber Stefan, genau das ist die Frage. Er könnte ja auch einem Fälscher wie Simonides auf den Leim gegangen sein ... Der war damals schon einige Jahre

tot oder zumindest verschwunden. Seit 1867. Aber jetzt kommt's. Der wichtigste Lehrer von Pater Hammerschmied war ... na, rate mal wer?"
Stefan schaut mich überrascht an, dann plötzlich richtig entgeistert: „Du meinst doch nicht ... Tischendorf? ... Tischendorf! Aber der war doch Protestant?"
„Trotzdem! Sagt doch nur, wie genial dieser Jesuit gewesen sein muss, dass ein Tischendorf ihn bei sich am Institut hat habilitieren lassen. Einen Jesuiten! Mehr ist nicht herauszubekommen. Vielleicht hat er ihm ja sogar dieses ‚Joses-Evangelium' zukommen lassen oder vererbt, als er 1874 verstarb."
„Weil er sich selbst nicht mehr imstande sah, es zu erforschen?"
„Oder weil er an der Echtheit zweifelte – und keinen weiteren Streit mehr auslösen wollte wie den mit Simonides zuvor? Oder gar weil er eine Blamage befürchtete. Obwohl ... ich denke, die Schrift war echt!" Noch einmal hab ich ihn überrascht. Der Lohn tagelanger Recherchen! „Eines der Zitate kam mir irgendwie bekannt vor ... hier: *Und Jesus sprach: ‚Der Mensch gleicht einem weisen Fischer, der sein Netz ins Meer warf; er zog es aus dem Meer, voll von kleinen Fischen; unter ihnen fand er einen großen, schönen Fisch, der weise Fischer. Er warf alle kleinen Fische ins Meer und wählte den großen Fisch, ohne Anstrengung. Wer Ohren hat zu hören, der höre.'*"
„Das kommt auch mir bekannt vor, aber woher ...?" Stefan schenkt mir gedankenverloren nach.
Ja, ich hatte recht! Jetzt hat der Burgunder seinen Höhepunkt erreicht. Ich helfe ihm auf die Sprünge: „Thomas-Evangelium. Spruch Nummer 8. Und die meisten Exegeten meinen, einzelne Sprüche Jesu im Thomas-Evangelium könnten wirklich wörtlich auf Jesus selbst zurückgehen."

„Einspruch, euer Ehren! Das beweist nichts. Ein Fälscher könnte das aus dem tatsächlich sehr alten Thomas-Evangelium eingefügt haben, um Alter vorzutäuschen." Jetzt glaubt Stefan, er habe mich bei einem Zirkelschluss erwischt.
„Könnte sein, wäre das Thomas-Evangelium nicht erst 1945 gefunden worden. Zuvor gab es nur kleine Zitate oder Papyrus-Fragmente. Spruch Nummer 8 war vor 1945 völlig unbekannt. Also hatte Franz Xaver Hammerschmied eine echte, also auch eine ungefälscht echte Sensation in Händen, möglicherweise aus den Händen seines Lehrers." Jetzt musst du staunen, lieber Stefan!
„Oder aber doch, wenn auch nicht sehr wahrscheinlich, hatte ein Fälscher, sagen wir einmal Simonides, schon früher als alle anderen ein Exemplar des Thomas-Evangeliums gefunden."
Er lächelt, und ich gebe mich geschlagen: „Okay, dieser kleine Rest Unsicherheit bleibt. Der mich aber weiter nicht beschäftigen wird. Was mich wirklich beschäftigt, ist die Frage: Wo ist der unschätzbare Fund hingekommen, wo ist er heute? Oder ist er für immer verloren?"
„Verloren? Also es war dann ja Krieg und Hammerschmied kam nie wieder zurück. Von irgendeinem ‚Erben' verscherbelt und in einem privaten Safe verschwunden, weil illegal erworben?"
„Oder irgendwo hier, bei dir in Canisius?"
„Ja, aber wo denn? Wir haben keine alten Archive. Keine alten Kästen oder zugemauerte Kämmerchen wie am Sinai. Vergraben wird er sie auch nicht haben, seine Schätze. Da wäre längst alles vermodert, aber das wusste er doch."
„Also verloren! Unwiederbringlich. Bis auf die paar Zitate in den Prozessakten. Schade. Auf Schriften wie

dieses Judas-Evangelium könnte ich ja verzichten, gerne sogar. Aber was er da gefunden hat. Das hat ihn so begeistert. Er hat so viel riskiert dafür. Schade, für ewig schade ... Na wenigstens nicht schade um den Wein. Also der, der hat sich sensationell entwickelt!"
„Ich lass ihn dir. Ich hab noch einen Retsina im Kühlschrank."

KAPITEL 20

Stefan

Mittwoch, 11. November

Es ist einfach zermürbend, dieses Warten. Gestern schien es dann so weit zu sein. Fast war ich erleichtert, dass dieser gelbe Zettel in meiner Post lag. Einmal ein paar Minuten weg, schon liegt's im Postkasten, als ob der Postbote nur darauf gewartet hätte. Ein Rückscheinbrief Klasse A, nur eigenhändig zu übernehmen, an meinen Namen. Das war's dann also, das kann nur der Anwaltsbrief sein. In den letzten Jahren ist die Post immer weiter von uns fortgewandert. Aber längere Spaziergänge sind ja gesund, heißt es.
Die freundliche Beamtin überreicht mir das blaue Kuvert, ausnahmsweise, wie sie sagt. Es sei ja noch gar nicht eingeordnet gewesen. Ich atme auf: vom Finanzamt. Normalerweise kein Grund zum Aufatmen, aber heute bin ich richtig erleichtert darüber. Und sie wollen nicht einmal Geld wie üblich. Nein, sie schicken mir einen neuen PIN-Code. Wofür denn bitte! Ich hätte ihn angefordert für meinen Web-Zugang zu ‚finanz.online.at'.

Habe ich sicher nicht! Egal, immerhin keine Vorladung zu einem Verhör. Jetzt sind schon eineinhalb Wochen vergangen – und immer noch nichts. Vielleicht ... ich wage es kaum zu hoffen.
Ich komme noch ein wenig zu früh fürs Firmtreffen im Pfarrhof an. Aber ein Blick in die Jugendräume zeigt, dass ohnehin schon fast alle da sind. Also bleibe ich gleich unten. Alle bis auf Mike, der ist auf Französisch-Woche in Paris, ob ich das denn nicht weiß? Auslandswoche Mitte November? Früher fuhren sie doch eher in der schöneren Jahreszeit. Sparmaßnahmen, weil jetzt die Unterkünfte billiger sind? Oder muss da eine der seltenen Schularbeitspausen genützt werden, aber gibt's die denn überhaupt noch?
Sie sitzen nicht wie üblich vor ihren Handys, sondern vor einem mehrfach verkabelten Laptop. Ein paar Lautsprecher liegen auf dem Boden.
„Komm schnell, da schau, da ist Mike!"
Tatsächlich: Mike in Paris. Unverkennbar die Glaspyramide des Louvre im Hintergrund und alle möglichen altersgleichen Gesichter, die abwechselnd in die Kamera lachen: „Könnt ihr euch jetzt endlich mal verabschieden!" Mike wirkt gereizt. Dabei haben sie dort offensichtlich weit besseres Wetter als hier bei uns. Er und fast alle in T-Shirts, Mike sogar in Flipflops, wie ich erkenne, als die Kamera einmal kurz nach unten wegkippt.
„Echt mega-öd, diese Aktion hier. Stehen schon seit über einer Stunde in der Schlange, wie total verblödete Touris, und das geht sicher noch mal so lange, mindestens. Alle müssen Mona Lisa schauen – fuck Mona Lisa ..."
„Mike, der Pfarrer ist da, brems dich!"
„'tschuldigung! Aber ... da bist du in Paris, verstehst du: in Paris! – und stehst dir hier die ..."

„He Mike, bei uns ist echt ein Sauwetter, bei euch ist ja noch Sommer, also reg dich ab!"
„Wenigstens das ..."
„Bitte steckt eure Tickets ein, ein zweites können wir uns nicht mehr leisten ... Mike? Ja, auch du! Bitte rückt doch nach!" Eine Lehrerin muss das sein, die zeitweise den Blick auf Mike verstellt.
Der zeigt es in die Kamera: „METRO-Ticket, für eine ganze Woche, kostet ein Schweinegeld, 50 Euro oder so. Und übrigens: echt süß, die Mädels hier ... Nein, nicht im Museum, wer geht denn freiwillig in ein Museum in der eigenen Stadt? Man müsste halt noch mehr Französisch können ... Oh quel dommage!"
Gespielte Bestürzung und tiefes Seufzen: „Ach, Mike, *du* bist für uns verloren ... Oh quel dommage!"
„Verdammt, was heißt denn das?", fährt Leon dazwischen.
„Ach, wie schade!", seufzt Kim.
„Ihr könnt ja dann nachher noch einmal versuchen, ihn zu erreichen. Aber ich würde sagen, wir fangen jetzt doch besser an." Gregor ruft zur Ordnung, denn Mike ließe sich sichtlich gerne noch länger von uns unterhalten.
„Au revoir, Michel, mon cher!", haucht dann noch Cora ins Mikro, bevor die Leitung abbricht.
Nach einem kurzen, aber lauten und heftigen Aufwärmspiel kommen wir zu dem Thema, das wir uns für heute und das nächste Mal vorgenommen haben: Was ist das Wichtigste an unserem Glauben? Was macht einen Christen aus? Woran erkennt man, wer wirklich Christ ist? Zuerst sammeln wir alle Vorschläge, danach wollen wir sie diskutieren und zuletzt sollen sie selbst entscheiden, worauf es wirklich ankommt.

Und ab sofort greifen wir dann jedes Mal eines dieser Erkennungszeichen heraus und legen fest, wie wir das in der kommenden Woche verwirklichen wollen. Wenn „Helfen“ wichtig ist, soll jede und jeder einmal jemandem helfen. Und nächste Woche tauschen wir dann aus, was uns gelungen ist, ob das Ganze wirklich sinnvoll war, ob es leicht- oder schwergefallen ist ... Wenn „Ehrlichkeit“ wichtig ist, versuchen wir eine Woche lang nicht zu lügen, und wenn das zu schwer ist, weil Wahrheit ja manchmal auch brutal sein kann: mal halt gar nichts sagen.

Die ersten Zettel werden gerade beschrieben: beten, Bibel lesen, teilen, weniger CO_2 verursachen, Jesus, Schwächere verteidigen, kein Sex vor der Ehe - Kichern, eh klar -, Heilige, Liebe ...

Da geht die Glastür auf und Mike kommt herein. Ganz unauffällig mit einem leisen: „’tschuldigung, U6-Störung.“

„Mike!?“

„Wie bitte ...?“

„Was machst du denn hier?“

„Das is ja irre! Sag, bin ich bescheuert?“

„Wie kommst du denn ...“

Der sieht uns ganz entgeistert an: „U6? Zu Fuß? Wie immer, was is’? Teilsperre der U6, also mehr zu Fuß als sonst!“

„Aber du bist doch ... Mann, das geht doch gar nicht!“ Nicht nur Jonas kann es nicht fassen.

„Was bin ich, was ist los mit euch, selbst noch nie zu spät gekommen, ha? Was soll das Theater, Leute?“

„Aber wie kommst du denn ...“

Mike blickt auf seine Flipflops hinunter und grinst: „Ach so! Bin ein bisschen underdressed heute. Und? Stört’s euch? Okay, ich kann mir auch Socken anziehen, wenn euch das hilft - und mir jemand welche borgen könnte. Hab mich bloß schon für die Theaterprobe nachher gestylt."

Melanie greift ein: „Aber ... du warst doch gerade noch in Paris! Wie ... Du bist doch auf Sprachwoche in Paris, also wie ... äh ... was?"

„Seh ich so aus, als wäre ich in Paris? *Nächste* Woche! Von Montag bis Sonntag. Ich war noch nie in meinem Leben in Paris, nicht einmal in Frankreich. Geht's wieder?"

Melanie reicht's jetzt aber: „Wir haben dich doch gesehen, vor dem Louvre! Wir haben doch gerade mit dir geskypt, verdammt noch mal. Und dort war's warm – und du hast exakt dieselben öden Klamotten angehabt wie jetzt!" Niemand widerspricht ihr, alle nicken.

„Sagt einmal, spinnt ihr? Ich zieh mir in der grindigen U6 illegale Pizza- und Dönerschwaden in die Nasenlöcher, renn dann den halben Gürtel entlang, bis ich ... Und ich soll in Paris gewesen sein. Versteckte Kamera, oder was?"

Aber Gregor sagt, Melanie hat recht. Wir alle haben ihn dort gesehen, noch vor wenigen Minuten, bei schönstem Wetter, in einer endlosen Warteschlange vor dem Museum, also dem Louvre. Mike schaut mich hilflos an, aber auch ich kann nur nicken. Murmelt dann etwas von „Massenpsychose".

Da springt Jonas auf: „Moment, Moment einmal. Jetzt will ich's wissen. Mike! Greif doch einmal in deine Hosentasche, in die ... rechte, bitte!"

Der tut nach einigem Überlegen, was von ihm verlangt wird. Wird auf etwas aufmerksam, holt einen Zettel heraus, nein, ein steifes Ticket, schaut es ungläubig an.

„Und, was bitte ist *das*?"

„Was *ist* das?" Mike starrt auf das Ticket in Scheckkartengröße: „Navigo ... stif ... mein Bild, mein Name, wo ..."

Die Karte geht reihum. Sie ist seit Montag gültig. Die Euro-Münzen, die er auch noch in der Hand hält, sind bis auf eine deutsche lauter französische.
„Ich *war* dort noch nie, ehrlich! Keine Ahnung, wie ... ich kapier's nicht."
In der anderen Hosentasche findet sich eine zerknüllte Serviette von McDonalds, aber bei genauerem Hinsehen: McDonalds 116 Rue de Rivoli.
„Wollt ihr mich verarschen? Ich flieg am Montag, 16. November, verdammt früh um 6 Uhr 20 mit Easyjet. Da könnt ihr alle aus meiner Klasse fragen, die meisten fliegen mit."
Gut, okay, unglaublich, aber ... wie kriegen wir jetzt wieder die Kurve. Es ist reichlich spät und wir hatten doch gerade erst angefangen. Selbst Gregor ist ratlos. Aber er versucht, den Faden wieder aufzunehmen: „Was haltet ihr selbst für typisch christlich? Was ist unverzichtbar für uns, wenn wir's ernst nehmen? Oder was denkt ihr, sagen andere, also eure Eltern vielleicht?"
Viel kommt dabei nicht mehr raus, auch als Lena ruhige Hintergrundmusik einspielt, was sonst oft hilft. Die Luft ist raus. Und immer wieder beginnen zwei oder auch kleinere Grüppchen zu tuscheln. Aber nicht mit dem üblichen Kichern, sondern ernster, irgendwie ratlos. Wen wundert's?
Wir beginnen, die Zettel gemeinsam zu ordnen, die wichtigsten Beiträge in die Mitte, die ihrer Meinung nach weniger notwendigen wie „Rosenkranz" und „Bischofsweihe" eher an den Rand. – Wieso bitte „Bischofsweihe"?
„Habt ihr den Mike gesehen?" Melanie kommt gerade herein, wahrscheinlich vom WC. „Ich dachte, der ist nur schnell mal raus, na, ihr wisst schon, wohin. Aber dort ist er nicht."

„Ist wahrscheinlich eingeschnappt", meint Cora so nebenher.
„Aber der *war* doch in Paris. Wir haben ihn doch ... Versteht *ihr* das? Der war dort und die von seiner Klasse und die Lehrerin. Ich mein, spinn ich?" Jonas kann das nicht verstehen. Und wenn er etwas nicht durchschauen kann, lässt er nicht mehr locker. „Wisst ihr, was, wir rufen ihn jetzt noch einmal an, vielleicht linkt er sich ja ein."
Er tippt auf seinem Laptop herum, steckt zwei Kabel hinein – und wartet gespannt. Den Rest des Abends können wir uns schenken, wieder einmal. Gregor und Sam packen schon zusammen. Alle anderen blicken gespannt auf den kleinen Bildschirm. Ein Bild erscheint, anfangs noch ruckelnd und mit einigen Ausfällen, doch dann ... erscheint Mike. Ja, Mike. In seinem halb lustigen T-Shirt und seinen Flipflops, immer noch in der Schlange. Man hört ihn schimpfen, aber fast schon resigniert. Zuerst scheint das noch gar nicht an uns gerichtet: „Scheiß Mona Lisa, Scheiß Venus von Milo! Was? Es geht weiter? Ich merk nichts davon. Nie wieder so was! Frau Professor, nie wieder geh ich in irgendein Museum ...
He, Leute! Ihr schon wieder? Ich wär jetzt echt lieber bei euch als in dieser ... Wo soll ich gewesen sein? Bei euch? Wusste gar nicht, dass beamen schon funktioniert, noch dazu so weit. Wär sicher spaßiger mit euch als hier. Jetzt stehen wir schon ...", er schaut auf seine Uhr, „seit fast drei Stunden herum, drei Stunden verlorene Lebenszeit! Ich könnte ..."
„Moment, zeig her! Zeig mal her, Mike!" Jonas ist etwa aufgefallen.
„Was soll ich herzeigen?"
„Was hast du da in der Hand? ... Nein, in der rechten!"

„Äh, das? Was ist das, versteh ich jetzt nicht, ich hatte doch einen Kugelschreiber."
„Zeig's in die Kamera!"
„Bitte!"
„Das ist ... das ist einer von den Stiften!"
„Von welchen Stiften, du nervst!"
„Na von uns hier, vom Firmtreff, einer von den dicken, da schau! Gleiche Aufschrift!"
Jonas hält ihm einen von unseren Filzschreibern vor die Kamera: „Da, so einer. Du hast den orangen ... genau den, der bei uns jetzt fehlt!"
„Keine Ahnung, wie ich zu dem komme, is' ja auch egal. Los geht's, endlich, die lassen uns hinein. Ich glaub alle, die noch warten, alle auf einmal."
„Warte, warte noch einen Augenblick! Du hast etwas vergessen bei uns. Etwas Wichtiges: Da, schau!" Die bisher ganz stille und verunsicherte Nele legt sich ins Zeug. Sie hält das Metro-Ticket vor die Linse, die Mike, ja derselbe Mike, wer denn sonst, bei uns liegen gelassen hat.
Der starrt uns an, also eigentlich seine Kamera: „Wie? Das ist ja mein Ticket! Oder?"
„Klar ist das deines, ist ja dein Bild drauf und dein Name. Saublöd, war sicher teuer."
Er wühlt, findet aber nichts in seinen Taschen: „Teuer? Das kannst du laut sagen. Scheiße, auch das noch! Aber ich versteh gar nichts mehr. Wie kommst du zu meinem Metro..."
Da reißt die Leitung ab. Technische Probleme? Oder darf er jetzt endlich hinein – und muss dabei natürlich alle technischen Geräte abgeben? Nele legt das Ticket zurück auf den Tisch: „So, und jetzt sagt mal: Müssen Christen eigentlich alles erklären können? Ich meine, auch so was ...?" Dabei starrt sie mich heraus-

fordernd, aber doch auch hilflos an. „Ich verstehe gar nichts mehr!"

Die Antwort musste ich ihr schuldig bleiben. Natürlich müssen wir nicht alles erklären können. Aber das ist ja vor unseren Augen geschehen. Wir haben mit ihm gesprochen, er hat auf uns reagiert und geantwortet. Das war alles echt, kann keine vorgefertigte Fake-Aufnahme sein. Und geschockt waren wir restlos alle. Ein Anruf bei einem seiner Klassenkollegen, dessen Nummer wir mit einiger Mühe ausfindig machen konnten, hilft da auch nicht weiter. Natürlich ist er mit uns in Paris, bis zum Sonntag. „Und borgt sich jetzt überall ein paar Euro aus wegen dem Fahrschein, den er verloren hat, der Depp."

Neles Nachforschung ergibt zweifelsfrei: Genau dieser orangefarbene Faserschreiber, den er in der Hand hatte, genau der fehlt tatsächlich. Und unter den Zetteln findet sich einer mit seiner Handschrift und dem Wort „Wunder". Warum erstaunt mich das jetzt nicht? Weil mich einfach nichts mehr erstaunen kann, gar nichts mehr!

Eine Kleinigkeit noch, eigentlich nicht der Rede wert nach all dem: Als wir gerade sehr schweigsam geworden waren, Neles Frage noch im Raum schwebte, alle ganz still und nachdenklich wie nie zuvor ... da flammt das Ticket auf dem Tisch plötzlich auf und verbrennt innerhalb weniger Sekunden zu grauschwarzer Asche. Zu Flugasche, denn als die Älteren zur Türe hereinstürmten, ließ der Windstoß nur ganz wenig davon zurück.

KAPITEL 21

Stefan

Sonntag, 22. November

Wieder einmal in Granzendorf, dem Bildungshaus weit weg von Wien. Aber diesmal nicht mit dem Pfarrgemeinderat, sondern als Auserwählter. Auserwählt, um am „systemischen Entwicklungsprozess" der Erzdiözese mitzuarbeiten. So bin ich mitten in die Leitungsebene der Diözese hineingeraten, sozusagen mit einer Wild Card, als einer der Unwichtigsten unter den Wichtigen.

Manche sind schon den ganzen Tag über hier gewesen, haben ihn zu ausgedehnten Spaziergängen durch die Weingärten des Hügellandes genützt. Die schon gestern angereist sind, wissen oft mit einem Nebensatz, aber doch unüberhörbar anzudeuten, dass sie natürlich trotzdem die Sonntagsmesse nicht versäumt haben. Die Leiterin der EDV-Stelle schwärmt von dem „frischen und doch so sonnigen" Herbsttag. Der Chef einer mir unbekannten Abteilung erwähnt larmoyant, dass doch schon der freie „Leopoldi-Tag" heuer dem Sonntag zum Opfer gefallen sei. Die „freien Tage" für diözesane Angestellte bringen für mich meist einige Zusatzaufgaben, da ich nicht freihabe, kein Normalbürger auf die Idee kommt, dass die anderen freihaben – und ich folglich ihre Arbeit machen muss. Erwischt, jetzt bin *ich* larmoyant.

Ich komme nach Messe, Pfarrcafé, Taufe und Taufjause gerade noch rechtzeitig zum Beginn der Tagung. Mein Zimmer muss ich dann nach der ersten Einheit beziehen. Auf einer Magnettafel erspähe ich in einer Papierwolke: „Welche Erwartungen habe ich an den Entwicklungsprozess?“

Da fangen wir also wirklich gleich mit der wichtigsten aller Fragen an. Ich habe keine Erwartungen. Absolut keine. Wie sollte ich auch etwas Bestimmtes erwarten, wenn ich doch gar nicht weiß, worum es hier überhaupt geht? Ehrlich: Ich habe nicht die geringste Ahnung! Es hat mir auch noch keiner erklärt. Auch auf mehrfache, zugegeben vorsichtig formulierte Anfrage hin nicht. Dabei bin ich hier schon bei meinem ... tatsächlich vierten derartigen Treffen. Anfangs dachte ich ja noch: Gut, das Ganze hat ja auch ohne dich angefangen, dich hat man erst später, sozusagen als „Vertreter der Basis“, mit ins bereits abgefahrene Boot geholt. Die anderen wissen es natürlich und werden dich im Laufe der Zeit einweihen. Wie könnte ich auch so vermessen sein, von diesem externen Beratungsteam zu verlangen, in allgemein verständlicher Sprache zu erklären, was das hier soll?

Und als kleiner Pastoral-Wicht unter den Leitungsgrößen der mächtigen Bau-, Rechts-, Finanz- und Schulämter willst du da doch nicht stören, wenn andere schon so voll engagiert bei der Sache sind und heftig über Begriffsklärungen diskutieren. Nur wirklich naive Menschen verstehen den Unterschied zwischen „Kernaufgaben“ und „Projekten“: das eine mach ich immer, das andere eine Zeit lang. What else? Seit wir jetzt aber schon über eine Stunde lang darüber diskutieren, allerlei Alternativ-Termini aus der System-Organisations-Theorie abwägen und sogar die entsprechenden Positionen führender System-Theoretiker diskutieren, heftig und emotional ... Seit der Moderator es aufgegeben hat, die entsprechenden Wortmeldungen zu begrenzen ... Seither bin ich nicht mehr so naiv.

Es fällt mir jetzt aber auch auf, dass genau genommen fast immer nur dieselben vier oder fünf diskutieren, während die anderen neunzig Prozent staunend zuhören. Und weiter fällt scheinbar nur mir auf, dass diese Wortführer zufällig genau aus jenen Arbeitsbereichen kommen, die von der pastoralen Arbeit am weitesten entfernt sind. Es kommt in mir ein Verdacht auf, schleicht sich leise zur Tür herein und verlässt mich also nicht mehr, dieser Verdacht: Geht's den allermeisten hier genauso wie mir? Obwohl sie hier schon zwei Einheiten mehr als ich durchgesessen haben?
„Nach so viel konzentrierter geistiger Arbeit und nach Klärung dieser Vorfragen, wirklich entscheidender Vorfragen ... Nach dieser wichtigen Weichenstellung für alles Kommende, also da haben wir uns schon einen Kaffee verdient. Wir machen in ... 17 Minuten weiter, also um 18 Uhr 35."
Arbeit ... Klärung ... Weichenstellung ... auch diese Begriffe müsste man eingehend diskutieren. Ich kenne sie jedenfalls mit ganz anderen Bedeutungen als aus dem Mund unseres Sachverständigen. Aber so ungern ich bisher meine Zeit hier abgesessen habe, so angenehm fühlt es sich heute an. Hier sind interessante Leute, man braucht nichts zu sagen oder zu entscheiden, man kann hier eigentlich gar nichts falsch machen, wie beruhigend, man sitzt einfach nur hier und hört amüsiert zu, lässt die anderen sozusagen für sich „arbeiten", „Lösungen finden" und „Weichen stellen". Und ist meilenweit weg von unheimlichen Vorfällen, verunsicherten Jugendlichen, enttäuschten Exorzisten, verdoppelten Paris-Urlaubern und deren aufflammenden Metro-Karten. Für nichts, was ich hier nicht sage, kann ich polizeilich verhört werden. Nichts erschüttert hier mein Weltbild bis in die Grundfesten. Im Gegen-

teil: Alles bestätigt meine vorgefasste Meinung über System-Berater-Teams. Hier kann und will ich zwar den Schelm nicht herauskehren, aber dem inneren Schelm frönen – wo sonst gelänge mir das besser?
Die kurzen Gespräche in der Pause holen mich jedoch wieder ein Stück weit in die irritierende Wirklichkeit zurück. Wer auch immer auf mich zukommt ... stimmt, heute kommen sie auf mich zu, sonst bin ich es eher ... jedenfalls alle wollen wissen, was denn da bei uns in Canisius vor sich geht. Nichts hat so sehr die Runde gemacht wie der Besuch des Exorzisten bei uns. Dessen enttäuschte Reaktion erleichtert es mir auch, die Sache herunterzuspielen.
Die Leiterin der Seniorenpastoral weiß sogar etwas, das mir noch gar nicht zu Ohren gekommen ist: und zwar nach einem Besuch bei uns aus eigener Anschauung. Unsere tägliche Rosenkranz-Gruppe hat ein eigenes Gebet in ihren Rosenkranz eingefügt, ein Gebet „für unsere Firmgruppe und alle, die sie leiten". Der Geist Gottes möge die Verführungen des Bösen überwinden helfen. Der allgemeine Rosenkranz wurde im Laufe der Jahrzehnte bereits mehrmals erweitert. Und was da einmal drin ist, kommt nie wieder raus! Ein schönes Zeichen, wie ich meine, auch wenn all die unheimlichen Vorkommnisse im Grunde weder gut noch böse sind, sondern einfach nur irritierend.
Ein Studienkollege, den ich immer sympathisch fand, steht plötzlich neben mir. Ich glaube mich daran zu erinnern, dass er eine eher untergeordnete Abteilung leitet. Den könnte ich vorsichtig ansprechen. Vielleicht kann er mir ja erklären, was wir hier machen – und wofür das alles gut sein soll? Ich frag ihn, abseits von allen anderen in einer Ecke. Aber er lacht mich nur aus.

„Du, ehrlich, Bernhard, ich hab keine Ahnung, keinen Schimmer!"
„Stefan, worum es hier geht? Das fragst du noch? Es geht doch immer nur um dasselbe ..."
„Wie, jetzt sag schon!"
Er ist ehrlich erstaunt: „Das weiß doch jeder. Ist doch egal, worum es im Detail geht. Im Grunde geht es doch immer nur um ... Einsparungen und wieder Einsparungen. Und wenn wir mit allen Kürzungsplänen endlich fertig sind, dann geht's endlich wieder um ..."
„Wieder um Einsparungen!"
„Bingo! Stefan, du bist ja doch noch von dieser Welt!"
„Und sonst?"
„Worum es hier sonst noch geht oder angeblich geht ... wen interessiert denn das? Na ja, du hast ja gesehen, wie wenige ... also mich sicher nicht!"
„Und warum kommst du dann hierher? Sag nicht, weil die Teilnahme verpflichtend ist. Das hat doch dich noch nie sonderlich gekümmert." Er lächelt, bis mir endlich ein Licht aufgeht: „Du meinst, wer nicht kommt, bei dem wird *zuerst* eingespart. Wer mitmacht, kann das Ärgste verhindern?"
„Warst ja immer schon unser klügster Kopf, Stefan! Aber jetzt sag einmal, stimmt das, was man von euch so hört. Ist ja richtig gruselig. Lädst du mich mal ein in eure irre Firmgruppe, kannst mich ja einschleusen als Fachmann für „Bewahrung der Schöpfung" oder so, geh bitte, kein Schmäh', dann könnt ..."
„Ende der Pause. Bitte die Zeit immer exakt einhalten, damit wir gut vorankommen." Immerhin bewahrt mich der Typ von der Beratungsfirma davor, auch noch einen „Undercover-Agenten" mit in unser Chaos hineinzuziehen.
Aber wozu diese Eile? Ist es nicht völlig egal, wie lange oder wie kurz wir das hier abziehen? Ein mal null ist

null, zwei mal null ist null, drei mal null ist null. Mathematisch nicht zu widerlegen.

„Nachdem wir wichtige, ja, ich würde sagen, entscheidende Vorfragen geklärt haben, bitte ich meinen Mitarbeiter Sebastian, zum Thema dieser Tagung zu kommen."

„Danke, liebe Valeria! Aber bevor wir voll einsteigen, bitte ich Sie zum Aufwärmen um eine kleine Blitzlichtrunde. Um ganz kurze Beiträge zu folgenden Fragen. Und lassen Sie alle Beiträge einfach im Raum stehen, also keine Kommentare oder Diskussionen. Und die Fragen sind – meine Mitarbeiterin wird sie Ihnen auf Wölkchen präsentieren: Also ...

1. Wie sehr habe ich das Gefühl, dass wir als gemeinsames Führungsteam auf dem richtigen Weg sind? 2. Was kann ich als Führungskraft im Rahmen der Entwicklungstage einbringen? Also bitte um kurze Beiträge!"

Ein sogenanntes „Blitzlicht" stellt man zu genau *einer* Frage, nicht zu zwei. Es soll ja nur ein knapper Einstieg sein und alle Unmotivierten und Schläfrigen mit ins Boot holen. Das weiß sogar ich, und das wissen auch unsere Firmleiter. Herr MagMag. Sebastian weiß es nicht. Schwerwiegender ist, dass er auch nicht weiß, wie unmotiviert und schläfrig ich gerade bin. Daran wird auch das Blitzlicht nichts ändern. Und was er unbedingt wissen sollte und nicht einmal ahnt: Neunzig Prozent der Anwesenden geht es offensichtlich ähnlich wie mir.

Ich bin an der Reihe. „Also zu Ihrer ersten Frage: Ich bin überzeugt, dass wir mit dem gleichen Eifer und demselben Engagement unterwegs sind wie bei den letzten Malen. Und einbringen möchte ich, da ich ja schon einer der Älteren hier bin, meine Erfahrung."

Er bedankt sich. Ich habe nichts gesagt – und also auch nicht gelogen. Und für den Rest der Tage hier hab ich meine Ruhe, muss sogar das Handy abstellen, um diesen entscheidenden Weichenstellungsprozess nicht zu stören. In drei Tagen ist dann wieder Firm-Abend. Aber diese Erfahrung werde ich hier sicher mit niemandem teilen können. Im Übrigen ist hier gut geheizt.

KAPITEL 22

Gregor

Sonntag, 29. November

Lena ist mit ihrer besten Freundin zum Skifahren losgefahren, schon gestern. Die haben da irgendwo ein Haus beim Hochkar. Und an diesem Wochenende feiern die dort schon Saison-Eröffnung. Normalerweise machen wir so etwas ja gemeinsam, aber es geht da weniger ums Skifahren als um die beste Freundin. Sie muss unbedingt mit ihr reden, ganz ausführlich. Ihr Freund hat ihr einen Hochzeitsantrag gemacht und sie ... also genau genommen hat sie nur hintenherum erfahren, dass er ihr diesen Antrag „zeitnah" machen will, vielleicht zu Weihnachten. Kann mir zwar egal sein, aber der Gedanke, sie könnte mit ihrer Freundin ... wenn's bei uns einmal so weit ist. Fänd ich jedenfalls nicht so gut. Sollen sie doch die Wahl des Hochzeitskleides beratschlagen, so viel und so lange sie wollen. Aber entscheiden wird sie sich doch hoffentlich selbst!
Also nütze ich den Sonntagnachmittag für etwas lange Hinausgeschobenes: aufräumen unseres „Kammerls". Also des kleinen Abstellraumes, der alle unsere Materialien für Kinder, Firmung und Jugend aufnehmen

muss. Und seit diesem bis heute unerklärlichen Brand herrscht dort noch das reinste Chaos - also zumindest auf den zweiten Blick. Die Zeit ist gut investiert, denk ich mal, nach all den zeitraubenden Suchaktionen der letzten Wochen. Hannah hat gesagt, sie will mir dabei helfen. Aber bisher ist sie noch nicht aufgetaucht.
Ist ja auch noch gar nicht so lange her, seit sie weggelaufen ist zum familiären Mittagessen. Fast wären wir beide davor noch in einen spektakuläreren Zickenkrieg hineingezogen worden. Sorry, mir fällt kein anderes Wort ein für dieses fast schon beängstigende Naturereignis - ausgefochten zwischen unserer Kim, der dann noch Vanessa zu Hilfe kam, und einem in etwa gleichaltrigen Mädchen afrikanischer Abstammung. Eine gar nicht so kleine Gemeinde von afrikanischen Katholiken feiert seit Kurzem bei uns die Messe - und nachher meist ausgiebig weiter. Sie beginnen erst um zwölf Uhr in der Krypta, also wenn sich die meisten von uns schon verabschiedet haben.
Der Regisseur unserer Theatertruppe hatte ohne jede Nachfrage ebenfalls für zwölf eine weitere Probe eingeschoben, weil knapp zwei Wochen vor der Premiere ... also warum auch immer. Er ist ganz offensichtlich Perfektionist. Aber soweit ich es mitkriege, lassen sie sich das alles gefallen, hängen sie an seinen Lippen und versuchen sie seine Wünsche akribisch genau nachzuvollziehen.
Blöd nur, dass die afrikanische Gemeinde gar nicht davon angetan war, „ausnahmsweise“ oben in der kalten Kirche feiern zu müssen. Sie feiern in der Regel fast zwei Stunden lang Messe. Und heute steht auch noch eine Taufe auf dem Programm. Im Nachhinein hab ich dann erfahren, dass es die große Schwester des Täuflings war, die deswegen so emotional wurde.

„Nur weil wir Schwarze sind, müssen wir in die Saukälte da oben, tolle Gastfreundschaft ist das bei euch!"
„Wir können doch nur auf der Bühne proben. Feiern könnt ihr oben genauso. Und die Canisius-Gemeinde feiert ja auch jeden Sonntag in derselben Saukälte, also reg dich wieder ab!"
„Feiern? Feiern nennt ihr das? Ur-fad ist das - und nicht einmal eine Stunde lang. So können nur Deutsche feiern! Und Messe ist wichtiger als euer blödes Getue da auf der Bühne!"
Zuerst hatte ich's ja nur ums Eck gehört, was hier in unserer Einfahrt abging. Dann wollte ich mich einmischen, als mir Vanessa zuvorkam und das empörte Mädchen von Kim wegschob. Die konnte natürlich nicht wissen, dass Vanessa den vorletzten Karate-Gürtel trägt. Der natürlich streng gebietet, die entsprechenden Griffe und Schläge auf die Kampfmatte zu beschränken. Aber ein Blick in Vanessas Augen zeigte mir, dass man sich darauf besser nicht verlassen sollte. Und so ging ich dazwischen. Tätlichkeiten konnte ich verhindern, nicht aber, dass das Schreiduell eskalierte:
„Ihr vertreibt Jesus aus der Kirche, das werdet ihr noch bereuen! Das wird euch noch leidtun. Alles Böse soll dich treffen ...!"
„Und wie ich mich fürchte! Mir zittern die Knie. Es ist zwölf, du wirst zu spät kommen!"
„Du Schlampe, wie du rumläufst, das ist Sünde. Das wirst du noch bereuen! Ich wünsche dir alle Schmerzen dieser Erde!"
Kim, schon in ihrem knappen Theaterkostüm, bedachte sie nur noch mit einem verächtlichen „Blöde Kuh!" und zog ab, gefolgt von Vanessa. Das dunkelhäutige Mädchen wurde gerade da von ihrer aufgeregten Familie gefunden und in Richtung Kirche weggezogen. Na, die

werden einen Eindruck von uns haben. Im Grunde hatte sie ja recht: Die Afrikaner waren vorher da - und ihnen stand die Krypta zu. Die anderen nahmen das aber weit gelassener als die wild entschlossene große Schwester.
Da hab ich dann die immer noch wortlos dastehende Hannah nach Hause geschickt. Ihre Familie wartet sicher schon auf sie. Und ich nahm mir vor, mit Stefan darüber zu sprechen, damit nicht schon in den ersten Wochen Aversionen entstehen, die dann kaum mehr auszubügeln sind. Im sonntagmittäglich stillen Pfarrhof ging ich die Stufen zum Kammerl hinauf in der Gewissheit, in den nächsten drei, vier Stunden kein Tageslicht mehr zu erblicken.

Und tatsächlich war es schon ziemlich dämmrig, als ich den inzwischen übervollen Altpapierbehälter mal ausleeren ging. Unten in der Einfahrt, genau vor den Mülltonnen, läuft mir Hannah in die Arme.
„Da bist du. Ich dachte, du wolltest noch mal kommen."
„Du, Gregor, ich pack's nicht, es geht schon wieder los!"
„Was geht los? Nein, nicht schon wieder ...!" Aber da fällt mir der Streit von vorhin wieder ein. Den hatte ich ganz verdrängt. Und bin - muss ich zugeben - richtig erleichtert: „Ach so, ich dachte schon ... du meinst diesen Streit mit dem afrikanischen Mädchen?"
„Nein, die hab ich nicht mehr gesehen. Nein, Kim, die schreit, die kann nicht gehen, keinen Schritt, weil ihre Fußsohlen ... also ich denke mal, ihre Fußsohlen, sie selbst sagt ja nichts, bringt gar nichts raus. Immer, wenn sie was sagen will, muss sie aufschreien, ganz wild ..."
„Mal langsam, Hannah. Hat sie sich wehgetan, verletzt ...?"

„Könnte sein, sie geht ja über die Wiese, diese Wiese, also die im Garten vor dem Haus, in diesem Stück, du weißt schon ...“
„Ja und, nur vom Gehen?“
„Barfuß, sie geht ja barfuß über diese Wiese, also diesen grünen Teppich, es ist ein ganz dicker Teppich, soll ja aussehen wie eine echte Wiese, sieht auch so aus ...“
„Moment, Hannah, ganz ruhig: Hat sie sich geschnitten? War da etwas in dem Teppich? Ist euch vielleicht zuvor etwas zerbrochen?“
„Nein, das heißt: Ich weiß nicht. Sie ist auf die Wiese getreten, eine Zeit lang – und dann ganz plötzlich richtig umgefallen. Und konnte nicht mehr auf, unmöglich, wir haben sie hingelegt, aber es kam trotzdem immer wieder.“
„Und? Hat sie Verletzungen, also Schnitte, oder blutet sie?“
„Nein, gar nicht. Es ist absolut nichts zu sehen. Ich sag ja, schon wieder, wie bei Cora damals. Aber ... Du weißt doch noch, was mit Cora war ...“
„Damals hat sich Vanessa verletzt, ist in ein Auto gerannt – und Cora hat das gespürt. Vermutlich weil sie ihre beste Freundin ist ... Du meinst, es ist wieder etwas geschehen? Und diesmal spürt es Kim. Sind eigentlich alle da? Waren alle bei der Probe?“
„Also von der Gruppe sind alle da, aber vielleicht jemand, der nicht in unserer Gruppe ist ...“
Raffael kommt die Einfahrt heraufgelaufen, sein Smartphone in der Hand: „Kein Empfang in der Krypta!“
„Wo rennst du hin?“, ruf ich ihm noch nach.
„Nur auf die Straße hinaus, muss doch den Arzt rufen!“
Kaum ist er auf der Straße, kommt Leon hinterher: „Ist der Raffael ...?“

„Ja, draußen, er telefoniert!" Er hat ein paar Pizza-Kartons in den Händen, ohne sie zu bemerken. Die sind ja voll durch den Wind. Er stopft sie in den Altpapier-Container und hat plötzlich etwas in der Hand, das dort nicht hingehört. Und scheint das nicht einmal zu bemerken.

So etwas ärgert mich, nicht zum ersten Mal. Auch Hannah regt so etwas auf: „Wer bitte kapiert das schon seit Jahren nicht? Auch Stoffreste und Altkleidung haben da nichts zu suchen. Und auch keine Stoffpuppen. Obwohl – so eine hässliche gehört eindeutig weggeworfen, armes Kind!"

Leon gibt sie ihr, ohne sie anzuschauen, und rennt auf die Straße hinaus: „Raffael! Was ist? Kommen die endlich?"

Diese „Puppe" ist offensichtlich selbst genäht, recht grob noch dazu. Ich will sie gerade in den Restmüll daneben werfen ...

„Gregor, halt, was ist denn das? Zeig doch mal her!"

Ich fische die Puppe noch einmal heraus, mit wenig Begeisterung.

„Schau doch! Da – was ist denn das? Da in den Füßen?"

Hannah macht große Augen und schaut mich dann ganz entsetzt an.

Diese grottenhässliche Puppe ... in ihren Füßen stecken auch noch Nadeln, jede Menge Nadeln, besonders in ihren Fußsohlen.

Hannah zieht mit einiger Mühe eine davon heraus. Sie ist ganz schön lang: „Das glaub ich jetzt nicht! Das ..."

„Keine Ahnung, ob sie ihre E-Card dabei hat, wahrscheinlich nicht, aber Sie müssen doch trotzdem kommen ... Erst wenn die E-Card ... Ja, wir holen sie." Raffael am Handy ist immer lauter geworden, nur drei Meter von uns entfernt. Und rennt an uns vorbei: „So ein

Arschloch, kommt erst, wenn wir ihre ..." Rennt wieder hinunter zur Krypta.

„Los, hilf mir! Schnell!" Hannah zieht eine Nadel nach der anderen heraus, was gar nicht so leicht geht. Die dichte Füllmasse lässt es kaum zu. Und dann haben wir es doch geschafft. Ich nehme Puppe und Nadeln sicherheitshalber mit und wir laufen nun auch hinunter.

Kim liegt auf drei zusammengestellten Sesseln. Eine Strickjacke unter ihrem Kopf, zusammengekrümmt und schwer atmend. Alle außer Raffael und dem Regisseur stehen im Kreis um sie. Vanessa bringt ihr gerade ein Glas Wasser, das sie schnell austrinkt.

Raffael will wieder loslaufen, einen anderen Arzt anrufen. Da wehrt Kim ab: „Lass mal! Es ist besser jetzt, auf einmal *deutlich* besser. Ich weiß überhaupt nicht ... Eigentlich ist es weg! Seht ihr da was auf meinen Fußsohlen?"

Alle Blicke recken sich zu ihren nackten Füßen. Nach und nach verneinen sie, so nahe und genau sie auch nachgeforscht haben.

„Seltsam, es ist weg, einfach weg. Als wäre nichts gewesen." Kim berührt ihre Fußsohlen zuerst vorsichtig, knetet sie dann ungläubig durch.

„Du ... du spürst gar nichts?"

„Nein, wie weggeblasen. Nur Herzklopfen, das spür ich schon noch, aber auch kein Wunder. Aber so was, so was hab ich noch nicht erlebt."

„Dann können wir also weitermachen? Wir haben fast eine Stunde verloren!"

Und zu meiner Verwunderung stimmen alle zu, einschließlich Kim, die zuerst vorsichtig, bald aber schon ungestüm herumläuft.

„Wir müssen euch aber doch noch etwas sagen!", wirft Hannah irritiert ein.

Empfängt aber nur ein: „Bitte nicht, nicht jetzt! Alles, was aufhält, bitte nach der Premiere. Bitte bereit machen: Dialog Valerie – Alfred, Tontechnik bitte „An der schönen blauen Donau“, und wenn die Musik verklingt, seid ihr beide dran.“
Hannah folgt mir ungläubig. Draußen legt sie aber dann los: „Sag einmal, Gregor, hältst du was von ... Voodoo? Das ist doch Voodoo! Das waren die Nadeln in dieser Puppe! Als wir ... als sie draußen waren ... und schon geht es ihr besser!“
„Aber diese Puppe schaut ihr doch gar nicht ähnlich, nicht im Geringsten. Warum dann ausgerechnet Kim? Und warum legt sie uns jemand direkt vor die Nase?“
„Das gilt doch immer dem, der verflucht wird. Hab ich mal wo gehört, denk ich mal. Nur so Nadeln in einer Puppe tun gar nichts. Es muss so eine Art Fluch dabei sein, sicher ... obwohl: An so was glaub ich doch gar nicht!“
„Du meinst: dieses Mädchen? Mit der sie zuvor so wild gestritten hat, sie und Vanessa? Aber das sind doch billige Klischees. Afrikaner und Voodoo. Die redet doch Deutsch wie wir beide auch. Und ich denk mal, so wie sie redet, die ist doch in Wien aufgewachsen. Was soll die denn mit Voodoo, selbst wenn da doch was dran wäre ... was ich auch nicht glaub.“
„Gregor, sollen wir sie aufheben, diese Puppe?“
„Nein, wirf sie weg!“
„Was geschieht dann mit ihr?“
„Also wenn sie keiner mehr findet, und dafür können wir ja sorgen, dann kommt sie in die Müllverbrennung, was sonst.“
Sie nimmt, nein, sie reißt mir das unförmige Ding aus den Händen: „Nein, wer weiß denn, was Kim dann noch passiert, also wenn dieser Fluch immer noch wirken sollte.“

„Du glaubst doch nicht daran, oder?“ Ich fürchte, ich habe gelächelt. Ihr ist aber sichtlich nicht danach. „Sicher ist sicher. Ich behalte sie, werde sie verstecken, eine Zeit lang wenigstens. Damit nicht doch ...“

KAPITEL 23

Hannah

Mittwoch, 2. Dezember

Natürlich war ihm diese Aktion peinlich, schrecklich peinlich, Stefan, unserem Pfarrer. Aber als wir ihm davon erzählt hatten, Gregor und ich, musste er der Sache mit Kims unerklärlichen Schmerzen und der Puppe natürlich nachgehen. Frag mal jemanden, ob sie Voodoo betreibt, mit Verfluchungen und all diesem Psycho-Zeug, nur weil sie dunklere Hautfarbe hat als wir! Aber andererseits findest du ja auch nicht jeden Tag so eine widerliche Puppe, schnell und schlampig zusammengeflickt, ein Stück Kunstpelz für die Haare und sonst alles nur aufgemalt. Mit Nadeln in den Fußsohlen drin, und das nicht zu knapp. Und wenn sich dann noch ein Mädchen vor Schmerzen windet, Schmerzen genau dort, nur dort, ohne dass man irgendwas sieht. Und wenn diese Schmerzen wie weggeblasen sind, sobald du die Nadeln rausziehst. Darf frau sich da nicht doch schon mal was denken? Und wenn's noch so politically incorrect klingt?

Zu Stefans Erleichterung waren der afrikanische Priester und einige Gemeindevertreterinnen noch da, als er zur Taufgesellschaft dazustieß. Und bevor er irgendet-

was sagen konnte, musste er natürlich ordentlich etwas essen, trinken - und auch tanzen! Die beiden konnten ihm danach immerhin bestätigen, dass die gesamte Tauffamilie die ganze Zeit über im Saal gefeiert hatte. Sie standen gemeinsam mit ihrem „Baby Francis“ stets im Zentrum des Geschehens. Weiter wollte er nicht fragen, denn dann hätte er wohl den Grund seiner Neugier nennen müssen.
Mit einiger Mühe gelang es ihm, auf das Thema Voodoo zu kommen. Wie, das verriet er mir nicht. Ich habe den Verdacht, weil er sich dabei nicht ganz an unseren Wochenauftrag „Nicht lügen!“ halten konnte. Vielleicht hat er ja mit gespieltem Lächeln vorgeschützt, irgendjemand in der Pfarre hätte die Sorge geäußert, dass die Afrikanerinnen Voodoo betreiben ... oder so ähnlich, was weiß ich.
Jedenfalls lachten seine Gesprächspartnerinnen nur und eine fragte ihn, ob er zu Weihnachten auch wieder Walknochen abnagen würde. Denn Voodoo wurde früher in Westafrika betrieben, heute eher in der Karibik. Die meisten Mitgliederinnen ihrer Gemeinde stammen allerdings aus dem Kongo, jedenfalls aus Zentralafrika. Und das sei nun mal so weit von Voodoo entfernt wie Wien von Grönland. Für den Rest des Abends kam er jedenfalls nicht mehr los. Immerhin konnte er dabei noch beobachten, dass die vor Stunden ausgeflippte Schwester von Baby Francis mit den kleineren Kindern spielte und zumindest dem Anschein nach den Streit völlig vergessen hatte. Was uns etwas beruhigte, aber auch wieder nichts erklärte.
Auch als wir uns heute Nachmittag trafen, war Kim nichts mehr anzusehen. Sie hatte mit den anderen ja auch gestern schon wieder eine Probe absolviert. Dabei soll es jedenfalls zwischen Kim und Cora zu einem

heftigen Streit gekommen sein. Als ich Nele zuvor auf der Straße traf, hat sie mir das gesteckt: Cora meinte, die Hauptrolle der Marianne würde viel besser zu ihr passen, denn sie könne stärkere Emotionen auf die Bühne bringen als Kim, die zwar geil aussehe, aber das allein macht's eben nicht aus. Sagt auch Raffael, angeblich. Was darauf folgte, kann man sich leicht ausmalen. Doch der Regisseur griff schnell durch, stellte beide auf die Bühne, wo sie ja auch erbitterte Gegnerinnen darstellen. Und diese Schlüsselszene soll dann zum ersten Mal „ein echter Hammer" geworden sein. Womit sie sich beide wieder einigermaßen einkriegten. Über ihren Theater-Guru lassen die ja alle nichts kommen.
Von all dem ist aber heute nichts mehr zu spüren. Heute Abend hat Sam die Leitung. Wir erproben jetzt jede Woche etwas, das für Christinnen wichtig ist, ja, sogar charakteristisch. Aus den Zehn Geboten haben wir letztens das achte ausgewählt. Eigentlich meint das ja, man soll niemanden falsch beschuldigen, also mobben oder so. Aber wir haben uns vorgenommen, auch auf kleinere und unwichtigere Unwahrheiten zu achten. Obwohl ich inzwischen bezweifle, dass sich das wirklich alle vorgenommen haben.
Also wenn die Kathi aus meiner Klasse ewig nervt und anruft, ob ich schon fertig bin „mit allem", also mit meinem ganzen Schulkram und dem Gitarre-Üben, weil sie mit mir schon wieder irgendwas shoppen gehen will, weil sie nie weiß, welche Klamotten zu ihr passen. Wenn ich da überhaupt kleinen Bock drauf hab, dann bin ich eben *noch nicht* fertig. Aber diesmal heißt es eben nicht lügen, na gut, also ... na gut, es hat mich einen ganzen Nachmittag gekostet. Aber ich hab's durchgezogen.
Das erzähl ich auch gleich mal. Wofür mich Jonas be-

dauert, der lieber zur Zahnärztin geht als zum Shoppen, wie er glaubhaft auspackt.

„So kommst du ja auch daher! Aber wer nicht wie ein lausiger Nerd rumlaufen will ..." Kims Welt ist eine andere. Aber auch das ist ja nichts Neues.

„Leute, zurück zum Thema!" Sam muss eingreifen. „Wem ist es gelungen, nicht zu lügen? Wenigstens einen ganzen Tag lang?"

„Mann, was kann ich dafür, wenn so ein Scheiß in der Bibel steht?" Plötzlich ist es ganz still, aber Leon macht das keineswegs verlegen: „Psychologen haben doch längst herausgefunden, dass jeder Mensch am Tag zweihundertmal lügt, also was soll's? Machen wir uns doch nichts vor!" Er lehnt sich gelangweilt zurück, als habe er das Vorhaben jetzt endgültig ausgehebelt. „Außerdem, wenn immer alles verboten ist, was Spaß macht ..."

Gregor kommt Sam zu Hilfe: „Versteh ich jetzt nicht: Worin besteht denn der Spaß, andere anzulügen? Außerdem schreibt das mit den zweihundertmal seit Jahrzehnten einer vom anderen ab. Jüngere Studien sprechen von zweimal pro Tag. Eine echte Schrott-Studie muss das sein. Wann treff ich denn überhaupt jemals zweihundert Leute an einem Tag, die ich anlügen könnte?" Irgendwie logisch.

Und Sam legt auf seine Art noch nach: „Kann schon sein, dass *man* das so tut, zweimal oder zweihundertmal. Aber ‚man' ist nicht unser Thema, sondern Jesus Christus. Und der will bestimmt nicht, dass wir uns mit dem Durchschnitt zufriedengeben."

„Christen als Übermenschen? Dieses Elitedenken liegt mir gar nicht!", kontert Raffael.

Sam will unbedingt dranbleiben, dagegenhalten: „Christen wissen, dass Gott sie liebt, das genügt doch, das ist

doch das Größte! Wir brauchen uns doch nicht größer machen und besser, als wir sind. Wir dürfen Fehler haben. Wozu also lügen? Daher kommen doch die meisten Lügen, weil wir uns besser machen wollen."
Aber Leon lässt nicht locker: „Lüge ist doch überall, Mann. Bei den Mogelpackungen, die nur halb voll sind. Bei den Sonderangeboten, die in Wahrheit sauteuer sind. Lüge steckt in jedem Handyvertrag, der Entscheidendes verschweigt - und in dieser ewigen Werbung voller glücklicher Familien und fitter Rentner ... so ist unsere Welt. So läuft's eben!"
Melanie wirkt heute schon den ganzen Abend über nachdenklich, fast traurig - und sie kennt sich auch in der Bibel aus: „Jesus haben sie mit so viel Tralala angekündigt. Was haben sie von diesem Messias nicht alles erwartet. Und dann kommt er und bei der ersten Gelegenheit verkündet er auch noch großspurig: Ich bin die Hoffnung der Armen. Ich werde die Gefangenen befreien, die Behinderten ... sorry, wie muss man die heute nennen? - jedenfalls will er sie heilen und und und ... Und was ist dabei herausgekommen? Was denn? Ein bisschen dick aufgetragen schon, was? So dick, dass es fast schon gelogen ist."
Und bevor jemand etwas erwidern kann, kommt sie auf ihr Lieblingsthema zu sprechen, das Theaterspielen: „Dabei geht's doch darum, Leuten etwas vorzuspielen, Illusionen zu wecken - und jemanden ganz anderen spielen als sich selbst. Und das wahre Theaterspiel, das endet nicht mit Bühne und Vorhang, das geht im Leben weiter. Das Leben selbst ist doch ein einziges Theater, sagt Mario. Nichts ist so, wie es scheint. Deine wahren Gefühle interessieren niemanden, du bist jetzt nicht du, sondern irgendwer. Und musst Dinge sagen und tun, die nicht zu dir passen, aber so überzeugend, als

ob du das doch selbst wärst. Nichts ist so wichtig am Theater – wie die Täuschung, die *perfekte* Täuschung."
Melanie hat die Theater-Theorie ihres Meisters offenbar schon ganz verinnerlicht. Ich kann das gar nicht mehr hören. Gut, dass ich mich geweigert habe, da mitzutun! Liebes Bauchgefühl, hast mich wieder einmal nicht enttäuscht.
Aber einmal versuch ich's noch: „Und euren Freundinnen? Spielt ihr denen auch etwas vor? Immer und überall, so zum Spaß oder was weiß ich, warum? Mit Lügen halte ich mir die Leute vom Hals, okay. Muss vielleicht manchmal sein, geb ich ja zu, wenn auch ungern. Aber ... ich brauch doch auch jemanden, der mir nahekommen darf. Und da muss ich dann doch ehrlich sein, wie soll ich ihm sonst vertrauen, etwas Wichtiges anvertrauen?"
Aber Melanie ist nicht zu überzeugen. Und die anderen scheinen ihr völlig zuzustimmen, auch wenn sie wenig sagen: „Hannah, du bist immer so ernst und so brav! Wir spielen uns etwas vor, na und? Spiele gehören zum Leben. Unser Leben *ist* ein Spiel! Wenn wir uns schminken, spielen wir den anderen etwas vor. Extensions machen deine Haare länger, als sie sind, Absätze machen dich größer, Parfums verdecken, wie wir wirklich riechen ... Und was zeigen wir bei Instagram? Wie wir wirklich sind oder wer wir gerne wären? Lüge ist das halbe Leben – und ich denk mal, die lustigere Hälfte! Und wer will schon so alt sein, wie er ist? Zuerst wollen wir immer älter aussehen und dann den Rest des Lebens jünger. Nur ganz, ganz kurz wollen wir so alt sein wie wir sind, vielleicht mit 18, 19, 20 ... den Rest des Lebens spielen wir einander was vor!"
Das war's. Und wie sehr sich Sam und Gregor auch bemühten, die Sache war gegessen, interessierte keinen

mehr. Ab sofort ging alles in Blödeln unter. Und auch wenn Stefan heute da gewesen wäre, er hätte sie nicht überzeugen können. Ich weiß nicht, warum, aber plötzlich hatte ich das Gefühl: Jetzt ist es heraus! Jetzt, ausgerechnet heute, waren sie mal ehrlich. Genauso denken sie, und zwar alle, also bis auf Nele vielleicht, aber die sagt ja nichts, sagt fast nie etwas. Aber was wollen die hier, in einer Firmvorbereitung? Hier geht's doch um was, nicht um irgendwelche Ansichten!
Dieser Theater-Fuzzi, der hat die doch alle gleichgeschaltet. Das alles ist nicht auf Melanies oder Kims Mist gewachsen. So unterschiedlich sie auch sind, wenn ich nur an Jonas und Kim denke, so einig sind sie sich darin ... Oder spielen sie uns auch das nur vor?
Nein, also das war's für mich! Ich kündige. Ich steig hier aus. Es reicht mir jetzt. Obwohl ... obwohl ... steckt da noch mehr dahinter? Nein, egal, ich will's gar nicht mehr wissen. Ich kann mir auch nicht vorstellen, dass unser Firm-Team so weitermacht. Ich sag's ihnen morgen, nicht vor allen, das muss ich mir nicht auch noch geben. „Leute, auf mich warten morgen und am Freitag zwei haarige Schularbeiten, ich muss dann ..."
Gerade einmal Lena hat sich von mir verabschiedet, aber auch sie nicht ganz bei der Sache, irgendwo anders ... ohne Umarmung.
Das mit den Schularbeiten war jetzt gelogen, glatt gelogen, bloß ein harmloser Test steht an. War der einfachste Weg, mich ungefragt abzuseilen. Ich gehe vorbei an den Steckdosen, die so plötzlich abgebrannt sind. Vorbei am Treppenabsatz, wo Claire sich das Scheinbein blutig geschlagen hat. Vorbei an den Mülltonnen, in denen diese widerliche Puppe lag ... das ist ja das reinste Horrorhaus inzwischen!

KAPITEL 24

Arnold

Samstag, 12. Dezember

Zum Glück hab ich heute Abend nichts Besseres zu tun. Obwohl ... jeder billige Serienkrimi wär echt eine Alternative zu dem, was mich jetzt hier erwartet. Was uns alle hier erwartet, denn die Krypta ist voll. Sie stellen gerade noch Stühle auf. Aber nur noch auf Plätze, von denen siehst du gerade mal die halbe Bühne ein, wie bei seitlichen Logenplätzen in der zweiten Reihe. Und noch immer kommen Leute. Die wenigsten davon kenn ich von Canisius. Sogar einiges an Presse ist angekündigt, obwohl sich die verteilen auf die gestrige „Vorpremiere“ und die offizielle Premiere heute.

Der Mann ist einfach größenwahnsinnig! Als Kindertheater-Versuch ginge es ja vielleicht noch durch. Aber das hier ist ja als Theaterereignis angekündigt worden wie ... ja wirklich fast wie eine Burgtheater-Premiere. Zwei oder drei der Redakteure kenne ich sogar aus Zeitungen, aus dem Fernsehen? Was weiß ich. Die haben wirklich ihre erste Garde geschickt – mein Gott, dafür! Die Kids können ja nichts dafür, die sind alle 14 oder 15, die wissen es nicht besser. Aber dieser ach so geniale Regisseur! Will uns der lächerlich machen, die Canisius-Pfarre oder die Kirche überhaupt? Aber das fällt doch auch auf ihn selbst zurück, dieser Schmarrn hier. Immerhin hab ich noch einen Eckplatz weit hinten ergattert, der eine schnelle Flucht erleichtert. Das Programmheft ist ja ganz passabel, also ehrlich gesagt sogar ... ja, das hat Klasse: Layout sehr ansprechend

und inhaltlich wirklich informativ. Sicher irgendwo abgekupfert, aber egal.
Stefan hat es mir heute Mittag zugesteckt. Und mich gewarnt, eindringlich gewarnt. Vor dem, was mir jetzt noch bevorsteht: „Keinem auch nur einigermaßen mit mir befreundeten Menschen würde ich raten, sich das anzusehen. Aber bitte, geh trotzdem hin heute Abend. Sie tun mir ja leid, die Jugendlichen - und wir können sie bei diesem Debakel doch nicht alleine lassen. So ein tragisches Stück, so richtig hinterhältig, das war schon von Anfang an die völlig falsche Wahl. Das ist etwas für Erwachsene. Aber dass sie das dann auch so naiv runterspielen! Alles so starr und aufgesagt. Und an den allerärgsten Stellen, ausgerechnet da haben sie den Text vergessen und mussten lachen, also fast lachen zumindest. Schauerlich!"
Ich war ziemlich irritiert über Stefans Einschätzung. Von Theater versteht er was, weit mehr als von Wein. Aber diese Probe vor gut einem Monat, die fand ich gar nicht so schlecht, nein, ganz im Gegenteil. Hatte er gestern einen schlechten Tag? Oder war ich damals zu euphorisch? Da wollte ich doch auch wissen, wie die Aufführung vom Publikum aufgenommen worden war:
„Und wie waren die Reaktionen? Sind sie denn ausgebuht worden? Oder der Regisseur?"
„Wenn's wenigstens das gewesen wäre, das passiert ja auch anderen Theatern manchmal."
„Also was? Was heißt das denn ... *nicht einmal* ausgebuht?"
„War ja kaum noch jemand da zum Schluss. Die Presseleute, also all diese Theater-Fachleute, die haben ja spätestens zur Pause das Weite gesucht. Und viele andere mit ihnen. Wie im Stadion eben, wenn es null zu vier steht und die Heimmannschaft stehend k. o. ist. Zum

Schluss waren fast nur noch die Familien und Angehörigen da. Die haben halt ein bisschen applaudiert ... Also wenigstens einer Kim und einer Vanessa hätt' ich ein wenig Talent zugetraut, aber glaub's mir, die sind einfach ... unterirdisch! Und zwar durch die Bank."
„Na super. Das heißt aber, ich sollte bis zum Ende bleiben, bis zum bitteren Ende. Damit sie nicht vor leerem Haus spielen müssen."
„Ja, bitte ..."
Wirklich tolle Aussichten sind das. Und was für ein Kontrast zu den sicher schon hundert Zuschauern in froher Erwartung. Kann meine Erinnerung mich so täuschen? Oder ist ihnen das Ganze im Laufe der vielen Proben über den Kopf gewachsen? Gut, viel hab ich damals ja nicht gesehen. Seltsam schon, dass sich dieses Fiasko noch nicht herumgesprochen hat. Die meisten Zeitungen haben dieses „Ereignis" wohl einfach übergangen, nichts berichtet, den verlorenen Abend einfach abgeschrieben als doppelt bezahlte Abendstunden immerhin. Oder auch nur auf morgen gewartet, weil man vor der offiziellen Premiere nichts veröffentlichen soll?
Eine Glocke kündet den Beginn an. Gleich wird der Vorhang aufgehen. Wir paddeln fröhlich und eifrig im angenehmen Sonnenschein - die Niagarafälle sind nicht zu erahnen - und doch nur noch wenige Meter vor uns.
Der liebliche Sonnenschein in der Wachau, der sich vor uns ausbreitet, der wirkt irgendwie seltsam fahl und künstlich, als läge ein Gewitter in der Luft. Find ich mal nicht schlecht. An so einer Stimmung muss man lange tüfteln. Auch wenn man das Stück nicht kennt, kann man da jetzt atmosphärisch schon etwas spüren, etwas Bedrohliches im Harmlosen.
Alfred besucht seine Mutter in ihrem schmucken Häuschen in der Wachau zu Füßen der romantischen Burg-

ruine. Geht's noch idyllischer? Sie freut sich, dass er doch wieder einmal den Weg von Wien zu ihr hinausgefunden hat. Sie ist ja stolz auf ihren Sohn, den Herrn Bankbeamten mit der guten Stellung. Und er schlingt begeistert runter, was sie ihm hinstellt, weil es ihm bei ihr halt am besten schmeckt.
Also ich finde, das ist gar nicht *so* schlecht gespielt fürs Erste. Denn vom ersten Augenblick an ahnst du, dass sich die zwei etwas vorspielen. Sie ist ihm schon auch ein wenig böse, dass er sich so lange nicht hat anschauen lassen, der Bub. Erst jetzt, wo sich eine einfache Mitfahrgelegenheit ergeben hat, kommt er halt einmal vorbei. Und er schlingt das alles nicht nur hinunter, weil es ihm so gut schmeckt. Nein, der Freund mit dem Auto wartet ja schon – und mehr als eine halbe Stunde will er hier nicht bleiben. In der seine Mutter noch so nebenher erfährt, dass er seinen Job aufgegeben hat – oder doch eher verloren hat. Das sagt er nicht, aber man spürt es. Und im Streit mit Valerie erfahren wir, dass er Pferdewetten vermittelt und dabei seine Kunden übers Ohr haut.
Der Freund verplappert sich dann noch und verrät, Alfred hätte doch schon öfters mit ihm mitkommen können. Das haben wir aber schon gewusst, zumindest geahnt, obwohl er zuvor das Gegenteil behauptet hat. Dieser „Alfred", also ich kenne die Namen der meisten Jugendlichen noch nicht, also der hat das sehr subtil einfließen lassen. Und die Mutter, die hat das doch auch von Anfang an gewusst, es nur nicht wahrhaben wollen. Also das kann Stefan nicht gemeint haben. Das war nicht gut, das war jetzt wirklich großartig gespielt. Und wüsste ich es nicht: Keinen Moment lang hätte ich diese Mutter für eine Fünfzehnjährige gehalten.
Ich finde auch die nächsten Szenen durchaus anspre-

chend. Die sind aber nicht so schwierig. Mal sehen, wenn es sich bald zuspitzt. Wenn's jetzt so richtig zweischneidig, doppelbödig ... zwielichtig wird. Ja, genau: Marianne und ihr verlobter Fleischhauer, dieser für sie doch viel zu alte Oskar. Und nichts an seinem Charakter könnte da irgendetwas aufwiegen. Mal sehen ...
„Manchmal glaub ich schon, dass du es dir herbeisehnst, dass ich ein böser Mensch sein soll." Marianne spürt, dass er immer auf sie herabschauen wird. Was er mit einem Hinweis auf seine „christlichen Grundsätze" noch bestätigt. Sie glaube doch auch an Gott, wirft sie ein. Er räsoniert, aber wieder moralisch von oben herab, dass sie ihn ja doch nur verachte und nicht liebe. Da hat er sogar recht. Und sie antwortet ja auch nur ausweichend mit *„Was ist Liebe?"* Aber wie widerlich dieser Kerl doch ist. Er, der sich das „herzige Maderl" kaufen möchte, nein, so sieht er sich nicht. Und dass man einen wie ihn doch niemals lieben kann, schon gar nicht in ihrer Position.
Wes Geistes Kind dieser Fleischhauer ist und wie viel Gewalt in ihm steckt, verrät er mit naiver Brutalität: *„Jetzt möcht ich in deinen Kopf hineinsehen können, ich möcht dir mal die Hirnschale herunter und nachkontrollieren, was du da drinnen denkst."* Und gleich danach schenkt er ihr goldverpackte Likör-Pralinen ...
Dieser Oskar kommt nicht gleich zu Beginn der Szene so grauslich rüber, wie er ist. Seine Verstellung ist ungelenk und süßlich, aber er spielt mit uns Zuschauern, sodass wir doch zumindest einen Augenblick lang auf ihn hereinfallen. Und wir ahnen auch irgendwie, nicht nur ich, denke ich mal, dass Marianne sich nicht wirklich konsequent wehrt, weil da irgendetwas ist, sein muss ... Ein schlechtes Gewissen, ein Schatten auf dem „Maderl". Sie ist ja von diesem Alfred schwanger, was

der Herr Fleischhauer natürlich nicht wissen darf. Und das schwächt sie in ihrer Abwehr, wie unser Immunsystem geschwächt sein kann.
Jetzt frag ich mich aber schon: Was war da gestern mit Stefan los? Die spielen auch das, was zwischen den Zeilen steht. Und sie vermitteln Hintergründe und Abgründe – und du weißt nachher gar nicht ... wie. Das ist große Kunst, das ist wirklich nicht alltäglich. Und wieder: Dieser Oskar bewegt sich und schaut und schnauft ... wie ein behäbiger Mittfünfziger eben. Daran müssen große Schauspieler lange arbeiten!
Und das lässt auch nicht nach bis zur Pause. Eingeleitet zuerst von ungläubiger Stille. Aber dann mit herzlichem Applaus. Nicht nur ich spüre: Da liegt etwas in der Luft, das ist nicht alltäglich. Und niemand ist bisher wieder gegangen. Im Gegenteil: Beim Buffet höre ich einen von denen aus der ersten Reihe beschwörend ins Handy hinein gestikulieren: „... ja und wenn du mit deiner Freundin gerade im Bett liegst ... hörst du mir nicht zu? Du *musst* dir das ansehen, wenigstens den zweiten Teil ... zehn Minuten, länger nicht ... Soll ich dir die Miriam geben, wenn du's mir nicht glaubst? ... Ja, keiner über fünfzehn. Das isses ja, das glaubst du nicht ... In einer Kirche, ja ... ich ja auch nicht, hier doch nicht ... Ich halt dir einen Platz frei, also stell einen Stuhl dazu, erste Reihe, beeil dich!"
Zweiter Teil. Langsam strömen alle wieder herein, aber wirklich alle, kein Sitz bleibt frei. Im Gegenteil: Einige stehen sogar ganz hinten. Erwartungsvolles Gemurmel. Nur, fällt mir gerade ein, eins ist schon seltsam. Ich kenn doch das Stück, und wie auch immer er das inszeniert ... Frage: Wofür braucht er da bloß eine Falltür?

KAPITEL 25

Hannah

Freitag, 18. Dezember

Melanie und Raffael ... also jetzt sind sie, glaube ich mal, alle gekommen. Sitzen alle ganz vorne, Kim und Cora natürlich soweit wie möglich auseinander. Raffael setzt sich neben Kim. Die hat sicher alles drangesetzt, diesen Platz für ihn frei zu halten. Coras Gesicht sehe ich nicht, aber ich kann es mir ausmalen - in giftgrünen Farben.

Hätte ich ihnen nicht zugetraut, meiner Firmgruppe, also meiner *ehemaligen* Gruppe. Ich hab's jetzt endgültig aufgegeben mit denen, versuch's halt nächstes Jahr wieder. Lena, Gregor und die anderen haben es dann ja doch geschluckt, also meinen Abgang. Nach diesem Abend, der ja wirklich so erbärmlich war. Die sind ja ganz besessen von diesem Theater. Keine braucht mehr ehrlich zu sein. Schauspielerinnen sind die großartigsten Lügnerinnen. Und die größte Kunst ist es, einander was vorzuspielen, möglichst perfekt.

Jetzt haben sie's gespielt, letzten Freitag und Samstag. Ich wollt' mir das nicht reinziehen, aus Prinzip nicht und dann wegen diesem Stück. Und seither wird überall gestritten, ob sie fantastisch waren oder grottenschlecht. Man könnte sich ja drauf einigen: „So lala" oder „Na, für den Anfang gar nicht mal so schlecht". Nein, nur null oder eins, genial oder jämmerlich, nichts dazwischen. Selbst die eher müden Typen kommen sich richtig in die Haare. In jeder Hinsicht gibt's nur Extrempositionen: Inszenierung, schauspielerisches Können, Atmosphäre, ja sogar die Textsicherheit konn-

ten die einen nur begeistern, die anderen nur abtörnen. Es gäbe jetzt nur einen Weg, gleich heute ... nein, ich *will* es mir nicht ansehen!
Heute Abend gehen die Vorstellungen wieder los, fast eine Woche lang jetzt jeden Abend, weil die Schule jetzt eh praktisch nur noch im Christkindlmarkt-Modus läuft. Trotzdem hätte ich nicht geglaubt, dass sie es alle in die Jugend-Rorate schaffen. Die meisten wohnen ja gar nicht so in der Nähe wie ich, da ist sechs Uhr eine ganz schöne Herausforderung. Klar geht's, wenn man will, ohnehin nur einmal im Advent. Aber dass sie überhaupt kommen *wollen* ...
Ich hab mich zu meinen Eltern ganz nach hinten gesetzt. Obwohl ... hier ist es ganz schön dunkel ... gar nicht so leicht zu lesen, diese Lied-Kopien, die Leon gerade noch rechtzeitig gebracht und ausgeteilt hat. Ich denk mal, das meiste kann ich eh auswendig. Wow, Ulli ist da! Ulli? Die ist doch fast immer irgendwo im Ausland, Biologie-Praktika ohne Ende. Ich muss schnell nach vorne, sie umarmen! Sie stimmt schnell noch ihre Gitarre, was seit dem Sommer nicht mehr geschehen ist, nicht zu überhören.
Eine Woche vor Weihnachten. Früher immer Tage der Panik: noch fast keine Geschenke gefunden! Hilfe! Rein ins Gewühle! Da steh ich heute drüber. Das war früher. Natürlich hab ich noch wenige Geschenke, aber die Panik, die hab ich mir abtrainiert. Ein Brief, eine Einladung ... das schaff ich immer noch. Und das zählt für mich auch viel mehr.
Für die vielen, die gekommen sind, klingt's noch ganz schön mickrig, unser Gesang, trotz Gitarre. Was, heute kommt schon die Weihnachtsgeschichte? Mit verunsichertem Josef und so? Also die andere. *Das* Kind lag auch im Zug in seiner Krippe. Dem war zunächst auch

nicht immer warm in der Nacht. Aber überlebt hat es, da haben sie schon draufgeschaut. Und geliebt haben sie ihr Kleines. Nicht so wie das Baby in der Wachau! Dieser hilflose Winzling, der keine Chance hatte. Wie man so was nur zu Weihnachten spielen kann!
Ulli spielt. Das Gabenlied. Moment ... wo ist das denn, alles kreuz und quer auf den Zettel kopiert, extra winzig verkleinert, wer soll denn das lesen bei dem Licht?
Wumm!
Kein Knall, nicht wirklich laut, eher dumpf, wie ... wie wenn eine schwere Holzplatte auf den Boden fällt.
Ein Aufschrei. Von vorne.
Was war denn? Es hat ... geblitzt, gleichzeitig hat da was aufgeleuchtet. Was macht denn Stefan da? Ich seh's nicht, weil vor uns alle aufgesprungen sind. Ich sehe nur ein Flackern ... an der Decke, als Widerschein, der das ganze Gewölbe ausleuchtet. Blaugrüne Flammen, die manchmal über die Köpfe hinaus vor mir aufflammen. Feuerzungen?
Stefan wirft Tücher auf den Altar, was er zur Hand hat bei einer Messe. Weil da was brennt, direkt am Altar? Bin auch aufgesprungen. Ja, auch auf dem Boden vor dem Altar brennt etwas, nicht viel, aber ... jemand tritt drauf. Dort mit Erfolg.
Aber diese Feuerzungen, immer noch! Sie schreien auf, immer wieder, die Leute vor uns gehen in Deckung, springen wieder auf, geraten in Bewegung, drängen hinaus. Da ist immer noch dieser flackernde Widerschein an der Decke, aber wo kommt der denn her?
„Das, das ist zu viel, das ist jetzt zu viel!"
„Raus, raus, alle raus!"
„Ruhe, beruhigt euch!"
Jetzt hab ich mich aus den Stuhlreihen heraus ... und bin links auf die Theaterbühne hinauf. Da! Es ist der

Kelch! Der Kelch brennt, mit einer schaurigen Flamme, gut einen halben Meter hoch. Flackert wie wild, zwischendurch kleinere Explosionen, die ein Stück von der bläulichen Flamme abreißen, nach oben hin schweben lassen. Stefan versucht, dieses Stoffquadrat draufzulegen, das da immer rumliegt, wofür auch immer, um die Flammen zu ersticken ... aber das brennt gleich selbst, die Flamme ist zu unruhig, viel zu heftig.

Einige sind schon durch die Türen hinaus, die Mehrheit bleibt, ist aber wie erstarrt. Ein Mann, den kenn ich vom Kirchenchor, sonst nicht, kommt mit dem Feuerlöscher im Anschlag hereingestürmt. Einmal ist es nicht Sam! Eine ruft, er soll das ja nicht tun, das wird dann nur noch viel schlimmer. Was denn? Ach so, wie man Waser nicht auf brennendes Öl schütten darf. Aber das ist doch ein Feuerlöscher, der ist doch dafür gebaut!

Franz, der alte Mesner, will den Kelch hinaustragen.

„Nicht Franz, weiß doch keiner, was das ist!"

„Ich bin schon alt, dann soll's halt mich treffen!"

Er greift hin, schreit aber schnell auf: „Verdammt! Ist das heiß! Ich dachte, bei der blassen Flamme ..." Er bläst sich auf die Finger.

Jetzt erst bemerke ich: Die erste Reihe ist frei, fast alle Firmlinge sind geflüchtet.

„Nicht auszudenken, wenn das *nach* der Wandlung geschehen wäre!"

Franz kommt mit einer Decke zurück, packt den Kelch, niemand reagiert, und läuft mit dieser ... also, ja, mit dieser Fackel hinaus. Erst jetzt beginnt sich unsere Anspannung etwas zu lösen.

„Wie kann denn der einfach so brennen?"

„Hat sich ganz von selbst entzündet, der Wein. Die Kerzen waren doch weit weg!"

„Was will Gott uns damit sagen? Das müssen wir uns da

schon fragen: Da ist eine Botschaft an uns alle. Wahrscheinlich eine Warnung. Wie damals, als ..."

Als was? Auch Stefan fängt sich langsam wieder: „Ist irgendwer zu Schaden gekommen? Nein? Wir sollten gründlich lüften." Es riecht zwar kaum, bloß ein wenig nach Alkohol, nach ... klingt blöd, na ja, nach Glühwein eben, aber halt ohne Gewürze. Und ein wenig auch nach verbranntem Stoff.

Gregor ist plötzlich auch da: „Aber Wein brennt doch nicht. Da braucht man doch 40 Prozent oder fast so viel zumindest. Und von selbst? Da müsste ja jedes Schnapsglas brennen! ... Sollten wir nicht das Licht einschalten?"

Als das Licht angeht, verlassen gerade die Letzten die Krypta. Wer noch Zeit hat, in Richtung Pfarrsaal zum Frühstück. Und zum Rätseln. Meine Eltern sind schon voraus. In der Tür laufe ich Emma in die Arme, das heißt in ihre Kiste. Sie hat sich bereit erklärt, frische Semmeln für uns alle einzukaufen. Und weiß noch von nichts.

„Was ist denn mit euch los? Ist die Rorate-Messe denn schon aus? Jetzt schon? Und wie schaust du denn drein, Hannah? Bist du einem Geist begegnet? Hallo, Hannah, schau mich doch mal an!"

Wie soll ich ihr das jetzt so schnell erklären. Ich versuche es, während jemand von drinnen rauskommt und ihr die Kiste aus der Hand nimmt.

„Das gibt's doch nicht! Letztens wollte ich was flambieren, aber der Weinbrand war nicht stark genug, nicht einmal der. Erst als ich den ganz teuren genommen ... Sag mal, das ist doch eure Firmgruppe, wo dauernd so was passiert. Wart ihr heute auch da?"

„Ja, alle. Aber ich, also ich hab aufgehört, mir ist das alles zu viel. Und andererseits zu wenig, was da abläuft.

Ich hab mich abgeseilt. Aber scheinbar entkommt man dem nicht!“

Wir kommen in den voll besetzten Saal, als gerade wieder Hektik aufkommt. Ein mir wenig bekannter Mann zeigt diesem ... Arnold, glaub ich, heißt er ... ein Blatt Papier, ja, so ein Liedertext-Blatt von vorhin. Was soll denn bitte damit wieder sein? Gebrannt hat es sichtlich nicht. Arnold hält es gegen das Licht – eigentlich schade, dass sie das so grell aufgedreht haben. Nimmt jede Stimmung, obwohl: welche Stimmung denn! Auch andere halten diese Zettel hoch.

Und dann höre ich nur noch: „Der Teufel!“ – „Satan, ist das Satan?“ – „Das ist ja grauenhaft!“ – „Du hast recht! Dass ich das nicht schon zuvor gesehen habe?“ – „Haben wir alle übersehen, war ja auch so dunkel!“ – „Beruhigt euch! Das ist doch derselbe Zettel wie voriges Jahr, also wie bitte ...!“

Ich dränge mich durch und endlich bekomme ich so ein Blatt in die Hand. Na, was denn? Zuerst gar nichts. Nur wenn man es gegen eine Lichtquelle hält, verkehrt herum ... eine Teufelsfratze, also in etwa so wie ein Krampus, zugegeben wie ein echt grauslicher Krampus, der niemals zu Kindern kommen sollte. Nur ganz schwach erkennbar, wie ein Wasserzeichen, leicht zu übersehen. Noch dazu bei Kerzenlicht. Aber wenn du es einmal erkannt hast ... Allerdings ist auf manchen der Zettel gar nichts zu erkennen.

„Wir haben doch nur das Blatt vom Vorjahr kopiert, also nachkopiert, weil so viele gekommen sind. 40 Stück, weil kaum noch 30 da waren.“ Auch Ulli kann es sich nicht erklären. Kim hat mir geholfen dabei, ganz kurz vor der Messe.“ Kim nickt, nippt an einer Schale Tee, der ihr sichtlich noch zu heiß ist.

Selbst Gregor widert das alles sichtlich an: „Also bevor

jetzt noch Diskussionen über den leibhaftigen Teufel oder seine Dämonen anfangen: Sammelt die Blätter ein und gebt sie mir."

„Moment! Eines, lass bitte eines zurück! Natürlich eines ohne ... dieses Gesicht!" Ulli denkt da ganz pragmatisch.

„Für nächstes Jahr?" Gregor versteht sofort.

„Ja, zum Kopieren!"

„Ulli, das haben wir jetzt schon siebenmal kopiert oder so. Wir könnten uns mal auch was Neues einfallen lassen. Wäre ein Anlass?"

Ulli nickt. *Sie* wird es nicht treffen. Sie ist ja fast immer irgendwo in der Welt unterwegs: bei Pfeilgiftfröschen im Dschungel Französisch-Guyanas – oder auch nur hinter Waldrappen her, quer durch die Toskana.

Jetzt erst kommt Stefan in den Saal herüber. Weniger entsetzt als resigniert: „Der Franz, unser Franz, typisch ... hat alles fein säuberlich gewaschen und geputzt. Den Kelch, die kleinen Kannen für Wein und Wasser. Alles blitzeblank geputzt, so schnell hab ich gar nicht schauen können."

Arnold setzt sich zu uns, während es rundum immer weniger werden, um Schule, Uni und Jobs noch rechtzeitig zu erreichen. „Nein! Ich hätte doch zu gerne gewusst, ob da was drinnen war. An Übersinnliches glaub ich erst, wenn da kein Phosphor nachzuweisen ist. Oder von diesem Metall, das sich selbst entzündet ... Natrium, genau. Er hat alles geputzt?"

„Franz ist kompromisslos ordentlich. Hätte ich wissen müssen! Aber ich denke mal, Phosphor, aber auch Natrium, das kann man auch noch in kleinen Mengen nachweisen. So gründlich kann er doch gar nicht ... Und die Spritzer auf dem Altartuch. Ich hab ihm ausdrücklich verboten, auch das noch zu waschen."

„Glaubst du wirklich, Stefan, dass jemand von uns oder auch aus dieser seltsamen Gruppe ... ? Also irgendeinen Knallkörper hochjagen ... ja, aber *da* gehört mehr dazu. Eine kalte, unbrennbare Flüssigkeit zu einem ganz bestimmten Zeitpunkt erstens entzünden zu lassen und zweitens über lange Zeit brennen zu lassen. Ich wüsste nicht, wie das gehen soll. Also ... naturwissenschaftlich betrachtet wenigstens."

„Ich weiß es aber genau, ich hab den Wein ja selbst in den Kelch gegossen, wie immer. Aber ich möchte das trotzdem untersuchen lassen, kann nicht so ein Aufwand sein, auf Phosphor, Natrium, Magnesium und so halt. Und wenn nichts ist ..."

„Was dann?"

„Keine Ahnung. Und ich hatte schon gehofft, mit Weihnachten sei der Spuk dann endlich vorbei."

„Ist ja noch eine Woche bis dahin."

Verdammt! So spät schon? Ich komme zu spät! Ausgerechnet beim Buchinger, na echt super! Und wenn ich ihm *das* erzähle ...

KAPITEL 26

Gerald

Freitag, 18. Dezember

Jetzt hat er mir auch noch eine Mail geschickt: „Kommst du eh, hast du nicht vergessen? Wichtig! Stefan." Aber ja, auch wenn ich ein paar Tage vor Weihnachten schon was zu tun gewusst hätte. Abgeschickt schon vor einer halben Stunde. Aber ich hatte natürlich auf *lautlos* gestellt hier im Beichtzimmer.

Beichte und Aussprache im Dom vor Weihnachten, da wird dir nicht langweilig. Das geht den ganzen Tag durch. Und jetzt am Abend kommst du gar nicht mehr nach, so viele wie da warten. Der eine will nur einen Kanister voll Weihwasser, ja tatsächlich einen ganzen Kanister. Der Vorrat hier reicht gerade. Wofür er das braucht? Gegen böse Energiefelder in seiner Wohnung. Vielleicht ... mehr kann ich ihm nicht helfen, denn er eilt sofort davon.

Sehr ernste und wahrhaftige junge Menschen. Angeleitet wohl von Priestern, die genauer und ernsthafter sind als ich, ist einmal so. Natürlich will ich ihnen ein guter Begleiter sein. Und ein Stück weit, glaub ich, gelingt es mir auch, ihrem hohen Anspruch an sich selbst im Gespräch gerecht zu werden. Obwohl ... ich misstraue allem, das so ganz ohne Anflug von Humor und Selbstironie daherkommt. So bin ich eben. Manchmal gelingt es mir ja auch, der einen oder dem anderen nicht ihre Wahrhaftigkeit, aber doch etwas von ihrer Ängstlichkeit zu nehmen. Wenn sie sich dann mit einem Anflug eines Lächelns verabschieden und „frohe Weihnachten" wünschen, ist mir das wichtiger als die

alles umfassende, tiefe Reue ... Aber das fällt jetzt auch unter das Beichtgeheimnis! Immerhin, gar nicht so wenige kommen wieder!
Den wirklich psychisch schwer Kranken kannst du kaum helfen. Dafür brauchst du keine lange Schulung: Das sind jene, bei denen sich sehr bald alles im Kreis dreht. Wenn du irgendwo einen kleinen Ansatzpunkt findest, irgendetwas mit einem Schein von Hoffnung oder gar Lösung – nein, nein, nur etwas von einem allerersten Schritt ... Aber sobald du das auch noch so vorsichtig ansprichst, löst es sich sofort in Luft auf, wird es nicht aufgegriffen, im Gegenteil, abgewehrt wie der böseste aller Feinde. Und drei weitere unauflösbare Fragen oder Zustände oder Angstzustände treten auf die Lebensbühne, alles Bisherige in den Schatten stellend – dann beneide ich ihre Psychiater nicht, zu denen sie danach von mir aus zurückkehren. Und sie würden doch auch stundenlang auf dich einreden, einklagen. Wenn da nicht noch so viele Wartende wären. Und das kreisrunde Reden bewirkt doch nur, dass die Spuren ihres Leidens sich noch tiefer eingraben.
Das geht einem schon nach. Sogar mir, obwohl manche behaupten, ich würde vieles im Leben auf die leichte Schulter nehmen. Vergleichsweise ... ja, stimmt das schon. Der Supermarkt am Eck hat schon geschlossen. Auch nicht gerade eine Vinothek, aber im Vergleich zu dem, was mir bei Stefan wieder droht! Zum Glück hat er auch diesen Arnold wieder eingeladen, den ich nach den paar Treffen ganz gern mag, nicht nur wegen seiner durchaus akzeptablen Weine. Also hoffentlich ...
Stefan hat mich schon am Montag angerufen. Klang sehr seltsam wegen dieser Theateraufführung bei ihm in der Pfarre. Er war ganz durcheinander, weil er sich da etwas nicht erklären konnte. Dabei müsste er doch

langsam in Übung sein mit Vorgängen, die er sich nicht erklären kann. Zuerst verstand ich gar nichts: Ich sollte herausfinden, wie die wirklich gespielt hatten. Ich, vom Dom aus? Wo er doch selbst in der Vorstellung war. Weil er und alle jetzt stritten, ob sie gut gespielt hätten. Die Meinungen polarisierten immer mehr, dass er schon fürchtete, den Verstand verloren zu haben – also seinen *Kunst*verstand zumindest. Auch mit Arnold war er ganz über Kreuz gekommen deswegen. Sorgen haben die Leute! Aber echt.

Ich horchte nur auf, als er mir erzählte, die Kritiken in den Medien seien fast ausschließlich gut, manche sogar euphorisch. Ein Pfarrjugendtheater in „den Medien"? Einige wenige jedoch bestenfalls wohlwollend, jedenfalls sehr knapp. Ob ich dem nachgehen könne. Ich hätte ja beste Kontakte zur Presse. Ja, ich bin mit dem Pressesprecher der Diözese befreundet, besuche jährlich den Journalistenempfang beim Erzbischof, treffe ab und zu ... Aber was ich rausgefunden hab, das wird ihn überraschen, ist echt ein Knaller. Da wird er nachher wieder besser schlafen können. Und mit dem Arnold muss er auch nicht mehr streiten deswegen.

Freitagabends ist es still im Pfarrhaus Canisius. Nur freitagabends. Ich schaue auf den Saalplan: Tai-Chi und Qigong im Großen Saal, japanischer Bibelkreis in der Bibliothek. Beides nahezu lautlose Veranstaltungen. Ich hieve mich in den Lift und bemerke dabei, wie voluminös meine Tasche heute ist. Ich habe alle Zeitungen aufgekauft, die über die Aufführung berichten. Ist sogar die Süddeutsche dabei, man glaubt es nicht. Wenn auch erst zwei Tage zeitversetzt. Hat die Runde gemacht, auch bei Leuten, die sonst nie eine Kirche von innen sehen.

Arnold ist schon da. Zum Essen gibt's die Kekse vom Seniorenklub vorgestern. Sollen ausgezeichnet sein, sagt der Gastgeber. Na ja ... *sind* saugut, aber echt! Schon lange nicht so gute ... Ich akzeptiere den anfänglichen Tee. Aber unter der Bedingung, dass Arnold seinen Wein - Gott sei Dank! - jetzt gleich in den Dekanter füllt.

„Na? Und? Was hast du herausgebracht?“ Stefan hat sich noch nicht einmal hingesetzt. „*Hast* du was herausgebracht?“

„Setz dich her, die Sache ist ganz einfach. Wenn auch sehr seltsam. Einfach gesagt: Eure Theatergruppe ist grottenschlecht - und sie ist so fantastisch, dass die Fachwelt bis München über euch den Mund nicht mehr zukriegt.“

Arnold schaut mich entgeistert an: „Versteh ich nicht, was soll das heißen? Sie müssen doch entweder ... oder ... Und ich fand sie ja auch fantastisch, auch wenn ich da kein Profi bin.“

„Wenn jemand grottenschlecht *und* fantastisch spielt ... Was ist er dann?“

Stefan lässt meine Teetasse fast übergehen: „Was soll das, jetzt sag schon!“

„Sie spielen mal so, mal so, nach Lust und Laune. Also nach Lust und Laune des Regisseurs. Wie heißt der noch? Boromino?“

Arnold kapiert schneller: „Das heißt, sie sind unglaublich gut. Weil sie uns eine miese Truppe so glaubhaft vortäuschen konnten. Sie spielen uns vor, dass sie lachen müssen und den Text vergessen haben, dass sie nur sich selbst, also Vierzehnjährige spielen können - obwohl, obwohl ... sie's unglaublich viel besser können. Was sie tags drauf auch gleich beweisen.“

Jetzt will ich ihnen aber schon zeigen, dass ich diese Infos nicht von selbst bekommen habe: „Und führen damit die ganzen Presse-Kapazunder aufs Glatteis. Wenn mir das der Harald nicht erzählt hätte, mit dem ich am Dienstag essen war. Wär ich selbst nie darauf gekommen. Dabei hatten die noch Glück. Denn es ist selbst bei der Journaille Usus, dass man vor der eigentlichen Premiere nicht detailliert berichtet. Und groß berichten wollten die ohnehin nicht über irgend so ein Pfarrjugend-Theater. Wie's der geschafft hat, die alle hierherzulocken, also so weit bin ich noch nicht."

Jetzt erst hat Stefan verstanden: „Ist ja unglaublich! Arnold, das erklärt auch unseren Streit. Ich denke, das hat er absichtlich so eingefädelt. Dieser Stillhaltetag hat also genügt, dass die Theaterkritiker hinter den Kulissen das durchschauen konnten ..."

Nein Stefan, so einfach läuft das nicht: „Ob die sich austauschen? Genug, um das zu durchschauen? Harald hat mir gesteckt, er hat vom Regisseur eine Mail bekommen, eine ‚Hintergrundinformation', Moment, da hab ich's ... aber bitte vertraulich! Also: ‚... wollten wir zeigen, dass meine Auffassung von Theater vielschichtiger ist, gebrochener im Ansatz, Theater im Theater gewissermaßen, die perfekte Illusion' und dann: ‚Nur Gute können wirklich schlecht spielen, Schlechte aber niemals gut – also gut und schlecht so perfekt zu spielen, *das* können nur die Besten, und das sind wir, das ist meine Truppe.'"

„Arrogant bis in die Haarspitzen, aber logisch. Sollten wir uns das nicht noch mal anschauen, die fangen doch jetzt gerade wieder an damit!" Arnold hat Feuer gefangen. Auch ich muss zugeben, dass ich diese Chuzpe genial finde. Schon allein als PR-Gag.

„Und die Schmierblätter, die aus der U-Bahn und so, die ließ er dumm sterben. Die stehen jetzt ganz schön blöd da mit ihrem Verriss. Und ärgern sich sicher, dass sie überhaupt etwas berichtet haben."

„Die schreiben doch sonst nur über Skandale!“ Stefan versteht das ganze Theater immer noch nicht.
Da habe ich so meine Theorie: „Stimmt. Die kann man nur mit Skandalgeschichten locken. Vielleicht hat er denen stecken lassen, dass er mit Minderjährigen realistische Szenen im Striplokal spielt, nein, weiß ich nicht, nur so eine Idee. Und die haben sich dann darüber geärgert, dass sie keinen Skandal zu sehen bekamen ... und keine nackten Mädchen, ach, wie enttäuschend, und haben sich so ‚gerächt‘. Also nur so eine Idee ... Aber sollten wir nicht runtergehen? Wäre gerade noch rechtzeitig. Ich hab's ja noch nicht gesehen, und du, Stefan, nur die Schrott-Version.“
Aber Stefan reagiert für mich ganz überraschend ungehalten: „Sicher nicht, also ich ganz bestimmt nicht! Ihr könnt ja, wenn ihr wollt.“
„Das könnte dir so passen, mein Lieber. Wir gehen runter – und du leerst inzwischen allein den Barolo? Aber du bist ja richtig geladen, was ist denn?“
„Gerald, merkst du nicht, was hier vor sich geht? Du kommst doch gerade aus dem Aussprachezimmer im Dom? Wenn dort von heute an alle lügen, also Dinge behaupten, die überhaupt nicht stimmen, sich ein Spiel draus machen, dich zu täuschen, dir was vorzuspielen. Sich einen Spaß daraus machen, irgendwelche Unwahrheiten und Täuschungen in die Welt zu setzen. Lügen oder Fakes, wie das heute heißt, zu verbreiten und hinterrücks über die Idioten zu lachen, die das glauben? Und dieser Rattenfänger, dieses selbst ernannte Genie von einem Regisseur, der zieht das ausgerechnet mit Jugendlichen durch, mit halben Kindern noch! Die für ihn ihre ganze Freizeit opfern, vielleicht auch ihre Freiheit. Dass ich das erst jetzt durchschaue! Die Hannah hat das von Anfang an gespürt, ist nur mir, also

uns zuliebe bei der Gruppe geblieben, bis sie es jetzt nicht mehr ausgehalten hat. Und ich fall ihm auf den Schmäh' mit dem Charity-Theater herein!"

Ich möchte etwas erwidern, aber Arnold ist schneller: „Stefan? Stefan, jetzt steigerst dich aber ganz schön in was rein, findest du nicht? Also erstens ist der Typ wirklich ein einzigartig guter Regisseur - künstlerisch und pädagogisch, zweitens find ich den Gag mit dem Schmierentheater, auf den wir ihm alle reingefallen sind, echt grenzgenial - und drittens kommt da wirklich ein Haufen mehr herein als wenn ihr euch vor einen Supermarkt stellt. Was soll die prophetische Aufregung? Ich mein', Theater ist Theater. Wenn zwei auf der Bühne heiraten, sind sie nachher immer noch ledig, und das weiß doch jeder, der zusieht! Und wer gerade erschlagen wurde, verbeugt sich Minuten später zum Applaus."

„Ihr habt ja seine Jünger nicht gehört, wie die reden über Wahrhaftigkeit und Ehrlichkeit. Die machen sich doch darüber nur lustig. Für die ist das alles langweiliger Kram. Nur die perfekte Täuschung, ja, die zählt. Und das auch im realen Leben!"

Wieder ist Arnold schneller: „Stefan, du weißt doch, wie das in der Volksschule läuft: Wer die allerärgsten Schimpfworte weiß, der ist der King - und alle sagen es ihm nach, auch zu Hause, und schauen, was passiert, wenn das ... die Oma hört. Und mit 14? Da läuft doch dasselbe Programm ab, nur halt eine Stufe raffinierter. Die provozieren euch! Und das seid ihr nicht gewöhnt, weil ... normalerweise ist in der Firmgruppe der Gregor der Guru oder vielleicht auch die Lena. Und die ziehen voll mit und lassen sich von euch begeistern. Aber die? Die *haben* ihren Guru schon - und behandeln euch wie ganz normale Erwachsene, das ist alles!"

Die Nachdenkpause nütze ich, um endlich einzuschenken: „Zu lange sollten wir den Barolo nicht stehen lassen, Jahrgang 2006, sonst lässt er nach ... zum Wohl!"
„Zum Wohl!"
...
„Stefan? Stefan!"
„Ach so, ja ... zum Wohl!"
Wir haben ihn ruhiggestellt, unseren zornigen Propheten. Aber überzeugt haben wir ihn nicht.
Ich halte mein Glas demonstrativ gegen das Licht: „Der ist wirklich gut. Also ein Barolo sowieso ... aber der ist wirklich, also selbst für einen Barolo ... Dank dem edlen Spender!"
„Danke! Sag einmal, hat dir Stefan schon erzählt, was heute in der Früh geschehen ist? Habt ihr schon telefoniert?"
Noch etwas? „Nein, wir haben zuletzt vorgestern ..."
Stefan muss erzählen. Noch so eine seltsame Canisius-Schauergeschichte! Aber diesmal nicht in der Firmstunde, sondern vor aller Augen. Also vor den Augen der hier offensichtlich zahlreichen Frühaufsteher. Ich glaub's nicht:
„Stefan Katzner und der Feuerkelch. Klingt nach Bestseller. Ihr solltet schnell mal euren Messwein wechseln. Stefan und Wein, ihr werdet wohl nie beste Freunde!"
Aber diesmal ist selbst Arnold nicht zum Lachen zumute. Beide sind sie ehrlich hilflos. Warum geschehen ausgerechnet hier in Canisius so viele unerklärliche Dinge? Und noch nie zuvor sind diese „Vorkommnisse" so nahe an das Heilige herangekommen. Nur wenige Minuten später ... nicht auszudenken.
Arnold ringt um einen sachlichen Zugang: „Was bringt Wein, sogar gewässerten Wein einfach so zum Bren-

nen? Oder brennt *in* Wein? Oder schwimmt brennend *auf* Wein?"

Ich war als Einziger nicht Augenzeuge, kann mit dem wenigen, das sie mir gerade erzählt haben, noch wenig anfangen: „Hast du den Wein gesehen, ob da vielleicht was drin war?"

Stefan verneint. Er ha ja nur die Flammen gesehen. Und zuvor sei es fast dunkel gewesen. Und wer achtet denn um diese Zeit auf so etwas?

„Und euer Mesner hat alles weggeschüttet?"

„Nicht nur das, sogar sorgsam ausgewischt. Und dann runtergespült. Viel wird da nicht mehr zu finden sein. Außer den Spritzern und Funken, die auf dem Altartuch gelandet sind."

„Also ich weiß nicht, was ihr zwei Pfarrer an Chemie studiert habt. Aber ich denke da an Phosphor oder auch an Natrium. Dieses Zeug entzündet sich von selbst. Und davon müssten Rückstände nachzuweisen sein."

Stefan war auch schon so weit in seinen Überlegungen: „Das Altartuch jedenfalls, das hab ich sichergestellt. Aber Phosphor hat doppelte Dichte von Wasser, ja, auch von Wein, der geht unter, kann so sicher nicht brennen. Natrium aber ist praktisch gleich schwer wie Wein. Aber das glüht und zischt doch, soweit ich mich erinnere. Es hat aber der Wein gebrannt, die gesamte Oberfläche. Doch wer weiß. Da sind aber noch zwei Stoffe, die leicht brennen, sich sogar selbst entzünden können: Lithium ist sehr leicht, das käme infrage, Kalium könnte schwimmen, aber das reagiert sogar mit Wasser, und zwar heftig, also auch mit Wein, das zischt und brodelt eher, denk ich mal. Das muss man unter Öl aufbewahren."

„Stefan, unser Musterstudent an der Wikipedia-Akademie! Du hast recht, ihr solltet das untersuchen lassen,

also nur um sicherzugehen, dass da keiner getrickst hat!“
„Gerald, hältst du mich wirklich für so belämmert, dass ich nicht merke, dass ich da solches Zeug in meinen Kelch schütte. Außerdem reagieren diese Materialien alle sehr schnell, nicht erst nach gut fünf Minuten Bedenkzeit! Also ich weiß nicht ... Und wenn das alles wirklich unerklärlich ist? So wie diese Selbstentzündungen in Sizilien damals. Das dort hatte wenigstens ein Ende. Es verging wieder und verschwand dann einfach so. Unerklärt.“
Ich will ihn nicht verunsichern, aber das muss ich ihm jetzt doch noch sagen: „Ich sag's euch ja nur ungern, aber am Stephansplatz redet man oft über Canisius. Manche meinen, wenn das nicht endlich aufhört, dann müsse man die Pfarre schließen, zumindest vorübergehend.“
„Schließen? Wie, was meinst du denn damit? Die Pfarre auflösen?“
„Nein, Stefan, nur für eine gewisse Zeit ... ruhen lassen. Also eure Leute in Nachbargemeinden schicken. Dich natürlich auch, weil die Nachbarn ja dann eine erhebliche Mehrarbeit hätten. Obwohl: Man würde dir einen Sonderurlaub zugestehen. In Sizilien haben sie es doch auch so gemacht, den Ort gesperrt, damit niemand zu Schaden kommt. Und dann war's vorbei mit dem Feuerspuk.“
„Die können uns doch nicht zusperren! Einfach so. Woher wissen die denn von Sizilien? Hast du ihnen gar ...?“
„Nein, der Stadtvikar, der Generalvikar, die Pastoralamtsleiterin. Ich hab gar nichts ... obwohl sie mich ständig löchern. Die haben nur ordentlich die Panik, dass die Presse sich da draufsetzt. Und ich kenne da ein paar Leute, ich meine, ich kenn die ungern ... wenn

sich die auf euch einschießen und verbreiten, dass da ein Fluch auf euch liegt, dass ihr den Dämonen Einlass gewährt habt, dass vielleicht sogar eine Geheimorganisation bei euch ihr Unwesen treibt. Noch haben die nicht Lunte gerochen, aber wenn einmal der Messkelch brennt ..."

„Also gut, ich fahre in den Urlaub. Und wir sperren die Pfarre wegen Feuer- oder gar gleich wegen Dämonengefahr zu. Wenige Tage vor Weihnachten. Soll mir recht sein. Am besten noch eine Mauer rundherum wegen der Ansteckungsgefahr. Ach ja, der Teufel selbst steckt bei uns ... im Kopierer? Das haben wir ihm ja noch gar nicht erzählt. Das mit dem Bild auf dem Liedertext. Dagegen ist ja der Geist von diesem Hammerschmied und diesem Simonides, das ist dagegen ja noch ganz harmlos."

Es gelingt Arnold nicht wirklich, ihn zu beruhigen. Noch ist ja gar nichts entschieden, nicht einmal offiziell angedacht. Ich werde das Tuch und den Kelch einem Chemiker übergeben, den ich schon seit der Schule kenne. Jene Stoffe, die als Zünder infrage kommen, sollten sich doch noch nachweisen lassen. Dummerweise spielen die ihr Stück ja noch bis zum Dienstag, zwei Tage vor Weihnachten. Aber dann ist einmal für gut zwei Wochen Sendepause, kein Firmling im Haus – und vielleicht reißt ja dieser unheimliche Faden dann doch. Es sei denn, die chemische Analyse ergibt etwas Auffälliges. Dann wird's erst recht spannend.

Stefan will uns nicht so schnell gehen lassen. Ich habe den Verdacht, es ist ihm in seiner eigenen Wohnung unheimlich. Darum holt er noch eine Flasche Wein herauf. Vom Messwein, um ihn zu testen. Zum Spaß halte ich ein Feuerzeug daran, aber natürlich brennt da nichts bei 11,5 Prozent Alkohol. So viel Phosphor oder

Natrium kannst du da gar nicht reintun, dass sich da irgendwas tut. Ich glaub nicht, dass bei dieser Untersuchung was rauskommt.

KAPITEL 27

Stefan

Dienstag, 22. Dezember

Da versucht man jedes Jahr von Neuem, den Advent möglichst frei zu halten von unnötigen oder verschiebbaren Terminen. Besonders von administrativen Abendveranstaltungen. Damit Zeit ist für ein Konzert, für eine entspannte Runde, für einen Abend in der Familie oder einen gerade jetzt erwarteten Besuch. Gelingt nicht immer, aber in Ansätzen doch.

Aber heuer? Die Theaterabende mussten unbedingt noch vor Weihnachten angesetzt werden, weil der Regisseur nachher wieder Engagements hat. Dann all diese aufgeregten Gespräche wegen der Gruppe, zuletzt wegen des brennenden Kelches. Dann gleich zweimal zum Rapport auf den Stephansplatz, weil die Wellen jetzt wirklich hochgehen wegen uns. Weil man uns nicht im Stich lassen will in dieser „prekären Situation“.

Ja, alles schön und gut, aber übermorgen ist Weihnachten. Und insgeheim hoffte ich zuletzt, dass das alles mit Weihnachten aufhören würde. Warum eigentlich? Immerhin würde drei Wochen lang kein Treffen der Firmgruppe stattfinden. Und dort in Sizilien war ja auch plötzlich Schluss nach ein paar Monaten. Ein dünner Strohhalm eben ...

„Da fangen die Raunächte aber gerade erst an, das weißt du schon?“ Mal ehrlich, was soll man von so einer Meldung aus dem Mund der Vikariatssekretärin halten? Wo sind wir denn? Wer bitte glaubt denn an so was? Auch wenn sie dabei hintergründig oder gar mitleidig gelächelt hat. Ja, auch weil die Versicherung gedroht hat, unsere Pfarre aus der Police zu streichen „wegen unkalkulierbarer Risiken“. Die Kosten „dieser Vorfälle“ haben sich doch in sehr engen Grenzen gehalten. Abgesehen von neu verlegten Stromleitungen und dem Ausmalen des Materialkammerls ... und all das war ohnehin schon überfällig. Ums Geld geht's hier wirklich nicht, ausnahmsweise.

Und so haben wir heute, zwei Tage vor Weihnachten ... Pfarrgemeinderat! Und statt einer normalen Tagesordnung eine „Diskussion der Vorkommnisse der letzten Monate“. Der Stadtvikar wird sogar selbst kommen und dann auch noch die Leiterin des Lenkungs-Ausschusses der Diözese, eine Mag^{a} Nirzer. Das sind bei uns die, deren Aufgabe es ist, unsere Pfarren aufzulösen und zusammenzulegen. Ja, das wäre natürlich eine elegante Lösung: Man löst unsere Pfarre einfach auf, also zu einem vorgezogenen Termin. Und damit sind alle Probleme gelöst: keine Pfarre mehr – keine „Vorkommnisse“ mehr. Ist doch genial!

Aber Arnold hat auch irgendwie recht: Wir können das alles nicht mehr vor uns herschieben, als wäre nichts geschehen. Schon allein aus Respekt vor allen, die in unserer Pfarre Verantwortung tragen. Sie haben zumindest ein Recht auf Information. Auch wenn ich mir nicht vorstellen kann, welche Lösungen wir heute finden sollten. Wie soll man Lösungen finden für ein Problem, das man sich nicht erklären kann?

Alle sind sie gekommen. Pünktlich! Und noch ein paar

Gemeindemitglieder, die gar nicht zum Rat gehören. Mag[a] Nirzer hat eine Einleitung vorbereitet und liest bedeutungsschwer, das heißt sie liest eigentlich gar nicht, sondern spricht aus dem Gedächtnis:
„Gott, höre mein Flehen, achte auf mein Beten!
Vom Ende der Erde rufe ich zu dir;
denn mein Herz ist verzagt.
Du bist meine Zuflucht,
ein fester Turm gegen die Feinde.
In deinem Zelt möchte ich Gast sein auf ewig,
mich bergen im Schutz deiner Flügel.“
Während sie ausführt, lasse ich die tröstlichen Worte auf dem Zettel vor mir wirken. Es ist ja wirklich einiges aus dem Lot gekommen in letzter Zeit. Ob da wirklich Feinde am Werk sind, die sich gegen uns verbünden? Laura hat das sicher so empfunden ... Laura, was wohl mit ihr ist? Gesehen haben wir sie seit unserem Wochenende nicht mehr und gehört ... Gott sei Dank auch nichts mehr, das heißt von ihrem Vater nichts mehr und vom angekündigten Anwalt. Warum eigentlich? Um seine Tochter zu schützen, nicht alles nochmals aufzuwühlen ... so einfühlsam erschien er mir doch gar nicht ...
„... Sie uns das alles noch einmal aufzählen?“
Wie, was? Ich war einen Moment lang weg. Die Liste, genau die Liste will sie haben, aber die hat doch Arnold ... Der springt gerade für mich in die Bresche:
„Also zuerst war da einmal diese Sache mit den Stromleitungen, Schaltern, Steckern und so ... in den Jugendräumen, gleich mehrmals.“
„Zuvor noch diese ominösen SMS von ‚der Dreizehnten‘, die uns ständig bedrohte und beschuldigte. Und keiner wusste, wofür eigentlich. Wenn da nicht dieses Mädchen gewesen wäre aus der Schule von einem

der Firmlinge. Die ist über den Sommer plötzlich verschwunden und, soweit ich weiß, bis heute nicht gefunden worden. Sie behauptete auch immer, sie werde gemobbt."

„Gut, dann ... Leons unerklärliche ... nein anders: Alle Hunde wurden und werden auch immer noch, soweit ich weiß, völlig panisch, wenn Leon auch nur in Sichtweite kommt. Er tut gar nichts. Aber sie winseln und kläffen und nehmen Reißaus, notfalls auf Nimmerwiedersehen. Er sagt, das sei erst jetzt so, früher nie. Danach diese Papierschnipsel, in Unmengen, unerklärlich, weil niemand im Raum war, niemand sein konnte, und trotzdem lagen gut tausend davon herum. Wie eine Botschaft, aber eine höchst rätselhafte. Denn ein großer Teil davon entstammte einer uralten Zeitung, 150 Jahre alt, mit diesem seltsamen Streit zwischen zwei Altphilologen, wo es um uralte Handschriften geht. Ja, weiter ... diese unerklärlichen Schmerzen von Cora, wirklich heftige Schmerzen, dass sie richtig geschrien hat ...also bis dann Vanessa anrief und von ihrem Unfall erzählte – und es war genau dieselbe Stelle ... und von der Spritze gegen ihre Schmerzen, die gerade zu wirken beginne und die dann auch bei Cora wirkte. Die beiden sind beste Freundinnen, muss man wissen. Dann ... Das musst du erzählen oder du, Lena, du warst am nächsten dran an ... Laura, als ihr das geschehen ist."

„Ja, das war überhaupt das Ärgste, so was hab ich noch nicht erlebt und will ich auch nicht noch mal ... Laura war eingesperrt. Hat sich aber gar nicht eingesperrt, behauptete sie ... Und das einzige Fenster dort ist vergittert. Sie hat gebrüllt, hat sich zusammengekrümmt, als wir die Türe eingetreten hatten, nein, Sam war's mit dem Feuerlöscher, egal, und sie war noch ganz blutig am Arm und wusste nicht, wer und wie, nur dass es ...

also mit Gewalt, mit brutaler Gewalt, gegen ihren Willen, was ohnehin klar ist, wer lässt sich denn so was ..." Ich muss Lena zu Hilfe kommen, sie zittert richtig bei dieser Erinnerung: „NOSCENTIVIL, wahrscheinlich ein Hinweis auf ein Nostradamus-Zitat. Und sie hatte noch ein Tattoo, das wir nicht sehen durften, also an intimer Stelle, noch viel ärger, wie sie sagte, aber sie war ja ganz fertig. Und sie kam seither nie wieder in die Gruppe." Ich spüre, dass mich diese Erinnerung auch nicht kaltlässt.

„Müssten wir da nicht unsere Missbrauchsstelle einschalten?", fragt der Vikar dazwischen, „Das hättet ihr doch längst machen sollen!"

„Aber es war nachweislich niemand bei ihr, es *kann* da keiner gewesen sein. Und Laura ist seither nicht mehr gekommen, für uns alle ist sie unerreichbar", wehrt sich Lena. „Und die angedrohte Anzeige, die kam auch nie. Das glaubt uns doch keiner! Ja, also ... dann Mitte November Mikes Paris-Reise, also mit seiner Schulklasse. Wir haben ihn per Skype in Paris gesehen, den Computer ausgeschaltet - und auf einmal war er da, mitten in der Firmstunde! Stell dir das mal vor! Weiß nichts von dem Anruf, ist noch sommerlich angezogen wie in Paris, hat die Metro-Karte eingesteckt und verschwindet dann wieder und taucht gleich danach wieder in Paris auf, also auf Skype - mit dem Stift, mit unserem Markerstift, den wir gerade erst ausgepackt hatten."

„Was hat er denn nachher dazu gesagt", will der Vikar wissen, „als er wieder zurück war aus Paris?"

Gregor ist der Schnellste von uns: „Ich hab nachher eindringlich mit ihm geredet. Er kann sich an nichts erinnern. Also er war erst in der Woche danach in Paris. Das steht auch so auf der Homepage seiner Schule. Und so

plötzlich verschwunden ist er, weil ihm unser ‚blödes Gerede' über ihn vor dem Louvre angepisst hat. Er dachte, wir verarschen ihn. Aber sein Metro-Ticket hat er bei uns liegen gelassen. Nur das glaubt er uns nicht, was kein Wunder ist: Es ist ja spontan in Flammen aufgegangen."
Bevor noch ein paar derartige Kraftausdrücke kommen, erzähle ich auch noch von dieser ominösen Voodoo-Puppe und dem Streit mit der jungen Afrikanerin zuvor. Und werde ausführlich befragt über den brennenden Kelch. Und muss zugeben, dass die Firmgruppe auch da wieder vollständig vertreten war. Ja, und dann muss ich auch noch diesen Liederzettel mit der blassen Fratze darauf herumgeben. Gregor hat alle bis auf diesen einen geschreddert. Eifrig wird er jetzt gegen das Licht gehalten und entlockt manchen ein erschrecktes „Oh!" oder „Wirklich teuflisch!".
Arnold kann dazu noch ein paar Fakten beitragen: „Also wir wollten doch wissen, was da in unserem Kelch gebrannt hat. So einfach kann knapp zwölfprozentiger Wein ja nicht brennen. „Ein Freund von mir ist Professor auf dem Spezialgebiet der Materialanalyse. Er hat schon Stefans Becher analysiert, aber das führt jetzt zu weit. Also der Kelch war völlig clean, da war gar nichts Greifbares mehr ... Franz hat da ganze Arbeit geleistet. Franz, unser Mesner. Aber die Spritzer auf dem Altartuch, das war Material genug für ihn. Nur ist da nichts Auffälliges. Stoffe, wie sie beim Flambieren entstehen. Zum Beispiel karamellisierter Zucker, Inhaltsstoffe von Wein, so etwas halt, aber sonst nichts Auffälliges. Ja, ein wenig Spuren von Siliziumverbidungen und -oxiden und so. Aber er sagt, die waren wahrscheinlich schon zuvor im Stoff. Das hast du in jeder Malerfarbe. Kann von kleinen Partikeln von der Decke stammen. Blättert ja da und dort mal was ab in unserer

Krypta. Kein Natrium, kein Phosphor – auch kein Pech oder Schwefel. Auch er fand keinen Hinweis darauf, woran sich das entzündet haben soll."

Einen Moment lang weiß keiner etwas zu sagen.

„Also ich schlage vor, wir machen eine kurze Pause. Passt das?" Der Vikar schaut mich fragend an. Mir fällt auch nichts Besseres ein, als zu nicken. Das verspricht immerhin ein paar ausgezeichnete frische Weihnachtskekse. An die ich allerdings haarscharf nicht herankomme, weil plötzlich Frau Wandruschka vor mir steht. Sie ist Pfarrgemeinderätin, die einzige, mit der ich noch nicht per Du bin. Obwohl ich sie sehr schätze. Sie pflegt ihre demente Mutter und kann darum nicht so oft in der Pfarre sein. Vor allem ist sie selten beim geselligen Abschluss mit von der Partie, wahrscheinlich darum.

„Herr Pfarrer, sagen Sie mal, spielen Ihnen die vielleicht einfach etwas vor? Also ich hab's nicht so mit parapsychologischen Phänomenen, mit schwarzer Magie schon gar nicht. Nicht dass Sie mich falsch verstehen, aber von außen schauen die Dinge oft ganz anders aus, als wenn man mittendrin steckt."

Gregor hinter mir lässt mich gar nicht erst zu Wort kommen, obwohl er noch einen Rest Keks im Mund hat: „Unmöglich! Nein, sicher nicht ... Sie müssten wissen, wie oft und wie unnachgiebig die untereinander streiten. Kim und Cora, das reibt sich ständig. Wenn sich Cora und Vanessa miteinander verbünden, dann ziehen die anderen schnell den Kürzeren. Wenn sie's überhaupt merken, denn ein Nerd wie Jonas, den interessieren Mädels doch sowieso nur sehr peripher. Und Leon fühlt sich doch allen überlegen. Und dass die Laura plötzlich wegblieb oder der Julian – gut, der passte nie hinein. Ja, und die Hannah, die geht ihnen jetzt auch nicht sonderlich ab."

Da hat er sicher recht. Obwohl – manches davon war mir gar nicht so aufgefallen. „Frau Wandruschka, die ziehen nie an einem Strick! Und sie haben einander zuvor auch gar nicht gekannt. Denken Sie doch an die Sache mit dem Konfetti: Da war nachweislich niemand im Zimmer! Niemand aus der Gruppe – und auch sonst niemand! Ich würde Ihnen ja nur zu gerne beipflichten, aber ...“
Wir werden unterbrochen. Melanie, Raffael und jemand, der annähernd ihre Mutter sein könnte, kommen aufgeregt zur Tür herein. Sie schauen sich um und steuern auf unsere Gruppe zu: „Mario ist verschwunden, Herr Pfarrer, seit vorgestern, wie vom Erdboden verschluckt, einfach weg ... ach so, wir kennen uns ja noch gar nicht: Thekla, Thekla Barsami, die Lebensgefährtin von Mario.“
„Mario?“ Bei uns gibt es weit und breit keinen Mario.
„Mario Staffner, Sie wissen doch, der Regisseur!“
„Der heißt doch Boromino ... Das ist doch dein Onkel, Melanie?“
„Ja, und Raffaels Vater. Und mit ‚Staffner‘ wirst du nicht berühmt ... Künstlername!“
„Raffaels Vater? Seit wann ist Boromino ... Mario ...? Soll er doch Künstler- oder sonst welche Namen haben, so viel er will, aber warum habt ihr uns denn verheimlicht, dass er sein Vater ist?“ Was wissen wir denn noch alles nicht?
Arnold und der Vikar klingeln gerade die anderen wieder zusammen. Ist ohnehin besser, wenn sie gleich allen erzählen, was jetzt schon wieder passiert ist. Ich bitte sie zu bleiben.
Mario Staffner, oder Boromino, ist vorgestern während Vorhang und Schlussapplaus plötzlich verschwunden. Und seither fehlt jede Spur von ihm. Wo er jetzt auch immer ist, er hat nichts mitgenommen. Auch nicht

seinen Reisepass oder seine fast fertige Dissertation, die er über weite Strecken – wie originell altmodisch – handschriftlich verfasst hat.
Diese Thekla ist seine langjährige Lebensgefährtin. Und kann es sich nicht erklären. Sie selbst war hinter der Bühne und hat genau eingeteilt, wer jeweils vor den Vorhang tritt. Zuerst das ganze Ensemble, dann die Nebenrollen gemeinsam, dann die Hauptrollen einzeln, auch er war dabei, danach dann noch einmal alle einzeln. Nebenrollen, Regisseur, Hauptrollen. Nur ... als Raffael vor den Vorhang trat, sah er seinen Vater gerade noch abtreten, also hinter den Vorhang verschwinden. Hinten ist er aber nie angekommen ... Thekla wunderte sich, wo er bleibt, ärgerte sich sogar, dass er so lange ... also den anderen die Show stahl, aber er war nicht mehr vor dem Vorhang, er war ... weg. Und blieb es bisher auch.
„Die Polizei hat uns vertröstet, man müsse immer ein, zwei Tage abwarten. Er komme schon wieder. Aber er ist doch kein pubertierender Junge, der ausreißt! Und er rennt doch nicht davon, wenn er gerade einen großen Erfolg auskosten kann, Mario doch nicht! Da ist etwas passiert. Aber wie kann man hinter den Vorhang treten – und hinten nie ankommen?“
Wieder weiß niemand weiter. Aber wir können doch nicht schon wieder eine Pause machen. Es nimmt einfach kein Ende. Nein, es wird immer ärger, immer noch ärger, bedrohlicher. Da ist etwas unter uns, etwas Ungreifbares, das ... Es scheut nicht einmal den Angriff auf das Heilige, auf den Kelch der Messe. Ja, es ... nicht einmal, einen Menschen verschwinden zu lassen, spurlos. „Es“, welches „Es“ ist da unter uns, hat sich eingenistet wie ein resistenter Virus, gegen den es kein Mittel gibt, der langsam zum Tod führt?

Melanie sagt noch, dass er jetzt wenigstens endlich zur Fahndung ausgeschrieben wurde. Mir fallen nur noch Begriffe ein wie Wurmlöcher, Paralleluniversen, Quantenfluktuation, aber das ist doch nichts als Schwachsinn, das erklärt doch nichts.
„Es wird wohl nichts anderes übrig bleiben, als diese Gruppe aufzulösen. Sonst kehrt hier niemals Ruhe ein.“ Mag[a] Nirzer kennt sich da aus: Auflösen als Allheilmittel für und gegen alles. Die Gruppe, vorerst nur die Gruppe. Noch greift sie nicht zum Äußersten!
Lena will retten, was noch zu retten ist: „Seit vorgestern ist die Gruppe ja de facto aufgelöst, also zumindest für die drei Wochen während der Ferien. Wir werden ja sehen ...“
„Und was wird mit Mario?“ Tekla ist den Tränen nahe, nein, sie weint: „Verstehen Sie denn nicht? Er ist nicht ausgerissen, er macht keine Auszeit! Mario ist nicht ... irgendwo. Er ist, er ist ... weg!“

KAPITEL 28

Sam

Donnerstag, 24. Dezember (Heiliger Abend)

„Tür zu, sonst kommt’s kalt herein!“ Für die in dicke Decken gehüllten Hirten ist es hier in der Krypta noch warm genug. Aber Miriam und Lilly in feinen Engelskostümen, auf die muss ich aufpassen, damit sie sich nicht ausgerechnet heute zu Weihnachten verkühlen. Da hat meine Freundin Manu sichtlich schon für ihr Hochzeitskleid geübt – und natürlich gefallen sich die

beiden ungemein als Himmelsboten im Flatterkleidchen. Na ja, so weit sind wir zwei noch nicht, sagt sie und hat wahrscheinlich auch recht.
Franz sagt, mit der Heizung stimmt was nicht. Natürlich ausgerechnet zu Weihnachten. Er vermutet, die Pumpe bekommt keinen Strom. Obwohl er schon alle nur erdenklichen Sicherungen und FI-Schalter ausgewechselt und kontrolliert hat. Aber gerade zwischen Krypta und Kirche verlaufen die Leitungen so unübersichtlich, dass selbst er nicht genau weiß, wo welche hinführt – und herkommt. Manche sehen aus, als hätten sie schon den alten Kaiser ins rechte Licht gerückt. Jedenfalls sinkt das Thermometer. Jetzt ist es nur noch bei zwölf Grad. Viel zu kühl. Wenn das so weitergeht, könnten wir ja gleich in die Kirche hinaufgehen. Weitere Engel, Maria und Josef und zwei der drei Hirten sind schon eingetroffen, meist von Omas oder Opas begleitet. Nur Max, der dritte Hirte, wird ganz knapp kommen. Er kennt sich aber gut aus und wird begleitet von der Attraktion des heutigen Spieles: von seiner Schwester, einem ganz echten Baby!
Nach und nach füllt sich die Krypta: „Bitte immer schnell die Tür zu! Unsere Heizung spinnt!“ Zum Glück haben sie gleich nach der letzten Aufführung die Bühne abgedichtet, sodass mehr als der Vorhang die Kälte draußen hält. Kerzen zünden wir heute ohnehin an, was das Zeug hält.
„Du, Sam, da hat wer geklopft!“
Ich hab nichts gehört: „Wo soll wer geklopft haben? Bist du sicher?“
„Na klar, da hinten, da ... irgendwo!“
Bei der Orgel. Ich verstehe: Unser Organist hat gerade auf der Orgelbank Platz genommen. Und hat sie sich zurechtgerückt. Hirt Manuel entgeht normalerweise

nichts – und wenn er sich etwas in den Kopf gesetzt hat ... aber heute ist Weihnachten und das erste Wirtshaus ist schon zu sehen – und das alte Bierfass davor fasziniert ihn so, dass er das Klopfen schnell wieder vergessen hat.

Stefan schaut schon zur Tür herein, nur durch einen kleinen Spalt, schon in voller Montur. Ich nicke ihm zu, alle sind bereit. Sogar das eigentlich noch ungeborene Jesuskind hat schon einmal kurz geschrien. Es wird Zeit!

Stefan hat heuer erstmals mir das Herbergssuche- und Hirtenspiel übertragen. Die schönste Geschichte der Welt. Von dem Kind, das Gott selbst ist – und doch so friedlich und klein. Ich hab mich für eine ganz traditionelle Form entschieden. Nur das, was auch wirklich in der Bibel steht. Mal abgesehen von den Wirten.

Viele Erwachsene sind gekommen, auch wenn sie gerade keine Kinder begleiten. Nach einem Lied beginnt das Spiel. Am Heiligen Abend darf es nicht zu lange dauern. Die Gasthäuser mit ihren abweisenden Wirten befinden sich vor der Orgel an der Hinterseite. Josef klopft heftig an die Türe. Und wie heftig! Dass er bloß nicht gleich das ganze Wirtshaus umwirft! Oder ist da noch etwas, noch ein Klopfen? Dumpfer noch als ... war wohl der Resonanzkasten der Orgel gleich dahinter, an dem das „Wirtshaus“ lehnt. Aber auch einige Erwachsene haben sich überrascht umgedreht, schauen einander fragend an.

In der zweiten Schenke wohnt der finsterste aller Gastwirte. Darum schreckt Josef schnell zurück, sobald sein Gesicht in der Türe erscheint. Wieder ... ja, wieder dieses dumpfe Klopfen wie von viel weiter her. Und auch noch, als der Josef längst zurückgeschreckt ist. Und da ist jetzt keine Orgel hinter diesem Haus. „Hast du g'hört, Sam? Ich sag ja, da klopft *noch* wer wie aus dem

Keller rauf!" - „Manuel, bleib bitte bei den anderen Hirten. Ihr kommt erst nach den Engeln dran! Wir *sind* hier im Keller, drunter ist nichts mehr."
Er trollt sich widerwillig. Und spürt doch sicher, dass auch ich etwas gehört habe. Und einige andere auch, die immer noch nach hinten sehen und flüstern. Ich gebe Josef und Maria das Zeichen weiterzuziehen. Aber jetzt klopft es schon, als sie noch unterwegs sind. Und als sie beim Haus ankommen, noch lauter, unüberhörbar, aber einfach nicht zu orten. Alle haben es jetzt gehört. Ein Raunen geht durch die Krypta. Aber als Josef, sichtlich verunsichert, anklopft ... nichts. Erst wieder, als ihn der etwas freundlichere Wirt zum Stall hin begleitet. Aber da setzt Florian mit dem Lied „Zu Betlehem geboren" ein und man hört von nun an gar nichts mehr. Und als das Kind in der Krippe zu schreien anfängt, so ausdauernd, dass das weitere Spiel stark verkürzt werden muss, haben die meisten das seltsame Klopfen schon wieder vergessen.
„Frohe Weihnachten!", wünscht mir Florian, „Sag mal, wer ist denn da oben in der Kirche, das hört sich ja unheimlich an, wie eine Horde losgelassener Poltergeister? Feiert die afrikanische Gemeinde denn oben?"
Natürlich nicht. Die kommen erst wieder morgen mittags. „Du meinst, das kommt von oben?"
„Na, von unten ja wohl kaum. Und von den großen Pfeifen ist auch keine umgefallen. Was weiß ich. Meine beiden warten schon zu Hause auf mich. Ich muss ja zum Einsingen für den Chor wieder rechtzeitig da sein. Frohe Weihnachten!"
„Frohe Weihnachten, Florian, ich halt dich nicht auf."
Stefan ist schon weg. Ungewöhnlich. Normalerweise zerren die Kinder schon an den Händen ihrer Omas, während er noch mit ihnen spricht, frohe Weihnachten

wünscht, Strohsterne verschenkt, noch schnell ein original Betlehem-Licht organisiert, obwohl hier doch ohnehin alle Kerzen vom Friedenslicht entzündet wurden. Heute ist er schon weg. Vielleicht ja auch mit Franz die defekte Heizung checken.
Am einfachsten ist immer eine Verschwörungstheorie: Graben sie unter uns etwa einen geheimen Atombunker nur für die Bundesregierung? Oder unterminiert jemand gerade unsere Kirche, um sie zu sprengen – und es nachher Muslimen in die Schuhe zu schieben? Langsam würd ich mir jeden Blödsinn einreden lassen. Nur um irgendeine Erklärung zu haben für mittlerweile gut ein Dutzend unerklärbare Dinge.

KAPITEL 29

Gregor

Donnerstag, 24./Freitag, 25. Dezember (Heilige Nacht)

Sie sind fast alle gekommen. Wie soll ich das deuten? Melanie und Raffael ganz hinten, Corinna und Vanessa unmittelbar vor ihnen, Nele mit ihren Eltern mittendrin, Jonas und Mike nahe beim Eingang. Wollen die früher weg? Ja und sogar Kim, ganz allein, ganz vorne, möglichst weit entfernt von Corinna, natürlich. Hannah ministriert, wie es viele der „Älteren“ zu Weihnachten tun, ich ja auch. Nur Leon, den hab ich nirgends gesehen. Fast alle! Damit hätte ich jetzt nicht gerechnet. Aus Solidarität mit Raffael? „Mitgefühl“ wäre bei diesem Haufen wohl ein wenig zu dick aufgetragen. Steckt doch mehr in ihnen, wenn's ernst wird?

Ich halte Stefan das Weihrauchfass hin. Er löffelt eifrig. Hier in der Krypta sollte er es nicht übertreiben! Noch singt unser Chor den Einzug. Raffaels Vater ist immer noch verschwunden, spurlos und ohne irgendetwas mitgenommen zu haben. Einfach weg, ohne irgendeinen Hinweis zu hinterlassen. Zwei Polizisten von der Wachstube sollen heute vormittags noch vorbeigesehen und sich erkundigt haben. Jetzt sind auch sie beunruhigt. Mehr als drei Tage ist er jetzt schon verschwunden, ab da nehmen die das wirklich ernst.
Rundum im Viertel hängen sogar Plakate mit seinem Gesicht. Eilig kopierte, sichtlich von der Familie. Gerade jetzt nach dem Erfolg mit der Theatergruppe und vor dem Wiederbeginn in seinem kleinen Theater – warum sollte er da abhauen? Auch seine Dissertation soll kurz vor dem Abgeben sein. Die meisten wissen davon. Und ich denke, ich bilde mir das nicht nur ein: Die Stimmung hier, das ist nicht wirklich Weihnachten, nein, nervöser, angespannter. Vielleicht liegt es aber auch an der schwindenden Raumtemperatur. Wird bald kaum noch zweistellig sein! Da hätten wir auch gleich oben bleiben können.
Nur ... Max! Was macht er denn? Ich deute zu Lena hinüber, deute ihr mit dem Ellbogen: Stups ihn mal an! Unser kleinster Ministrant ist kurz vor dem Einschlafen! Im Stehen! Sie rempelt ihn leicht an, er erschrickt, lächelt dann aber und streckt sich.
Wir setzen uns. Oberst Kreuzer tritt ans Pult und liest aus Jesaja:
„Denn wie am Tag von Midian zerbrichst du das drückende Joch, das Tragholz auf unserer Schulter und den Stock des Treibers.
Jeder Stiefel, der dröhnend daher stampft, jeder Mantel, der mit Blut befleckt ist, wird verbrannt, wird ein Fraß des

Feuers. Denn uns ist ein Kind geboren, ein Sohn ist uns geschenkt.“

Er hat eine durchdringende Stimme und kann sehr dramatisch lesen. Kein Wunder bei seinem Militärsrang, auch wenn er sich längst im Ruhestand befindet. Einige zucken merklich zusammen, als er das Joch zerbricht, den Stock des Treibers auf uns heruntersausen und die Stiefel dröhnend stampfen lässt.

Aber ... aber, *das* ist jetzt nicht mehr Kreuzer. Hinten wurde es zuerst unruhig, jetzt ist aber auch vorne dieses Dröhnen zu hören, dumpf und schwer zu sagen, von woher. Von hinten? Dort sind ein paar sogar aufgesprungen, drehen sich um, zur Orgel hin. Auch Florian blickt sich irritiert um, sodass er fast den Psalm vergisst. Dann setzt er sich schnell und stimmt für unseren Kantor an.

Was war denn das? Ist es vorbei? Oder übertönt es die Orgel nur, dieses ... ja, was denn eigentlich? Von der Straße hört man doch kaum etwas bis in die Krypta herein. Da müsste schon, also da müssten sie schon ganz schwere Kracher, also diese „Bomben“ gezündet haben, eine Woche zu früh? Anders kann ich mir dieses dumpfe Dröhnen jetzt wirklich nicht erklären. Die Nachbarn werden sich freuen, jetzt um halb eins!

Ich muss hinaus und wieder den Weihrauch holen für das Evangelium. Und danach wieder hinaustragen. Franz, unser Mesner, murmelt mir etwas von einem Erdbeben ins Ohr. Aber das war es sicher nicht. Es war zu hören, keine Frage, aber gebebt hat es nicht. Stefan ist schon mitten in seiner Predigt, als ich mich wieder setze. Und jetzt geht's erst so richtig los, lauter als zuvor. Florian auf der Orgelbank hinten springt erschrocken auf und legt dann seine Hand an die Wand.

Stefan ist irritiert, sagt noch ein paar Worte, verliert

aber den Faden, schaut in sein Manuskript, setzt wieder an ... Aber es hört ihm ohnehin kaum noch jemand zu.

„Was ist denn da hinten los? Spürst du das auch?"

Ja, jetzt ist es auch zu spüren, aber doch kein Erdbeben.

„Ja, ganz deutlich. Die Wand zittert!"

Stille. So eine Stille hab' ich noch nicht erlebt, so eine derart unchillige! Dann weitere Schläge, noch eindringlicher.

„Da! Raus, alle raus, schnell, da stürzt etwas ein! Schnell!"

Bald ist die Hälfte unserer Weihnachtsgemeinde durch die drei Türen hinaus. Die anderen bleiben ungläubig zurück ... drängen nach vorne, zumindest weg von den Schlägen ... wir alle sehen mit Entsetzen, dass sich ein Riss gebildet hat, genau hinter der Orgelbank. In einem dieser Rundbögen, die zugemauerte Fenster imitieren. Und wie kleinere Mauerbrocken herunterfallen, mit jedem Schlag. Und dass der Riss länger wird ... und sich verzweigt. Von dort, nur von dorther kommt es.

Und dann ist es wieder still.

„Herr Pfarrer, was sollen wir denn jetzt tun?"

„Da hinten ist doch nichts, da kann doch gar nichts sein, außer Erde ... und Fels."

„Das ist Spuk! Poltergeister? Kann es denn in einer geweihten Kirche Poltergeister geben?"

„Damals, da war doch auch ein Dämon, in der Synagoge ... also sogar bei Jesus ..."

„Aber den hatte er doch im Griff, also vertrieben hat er ihn, diesen Dämon. In seiner Gegenwart, da verschwinden die doch, also auch hier ... das ist doch eine Kirche!"

„Und ein Theatersaal! Das ist es! Diese Kirche ist entweiht worden!" Auch das noch: Frau Kreuzer. Diese Stimme kenne ich nur zu gut. Aber heute geht sie in

der allgemeinen Aufregung unter. Niemand ist jetzt neugierig auf ihre ewigen Rundum-Beschuldigungen.
Stefan ist nach hinten gekommen. Neben ihm stehen Arnold, Frau Wandruschka, Franz und ... Ich höre nicht, was sie besprechen. Es ist nichts mehr zu hören jetzt. Auch alle, die ihre Ohren jetzt an die Wand legen, schütteln den Kopf ... nichts! Ein Setzungsriss? Aber Stefan will weiterfeiern.
„Was sollen wir denn tun? Machen wir weiter, es ist doch Weihnachten! Die Stöße waren doch ... also irgendwie rhythmisch, fast wie im Takt. Da stürzt nichts ein. Auch kein Erdbeben. Also ich dränge niemanden, aber ich feiere weiter. Wer Angst hat, kann ja hinüber ins Pfarrhaus gehen ... Es hat ja auch aufgehört. Man muss ja nicht alles verstehen ... Hab ich längst aufgegeben."
Den letzten Satz könnte ich jetzt nicht bezeugen, zu sehr hat er das zu sich selbst gesagt.
„Herr Pfarrer, Sie wollen wirklich?"
Einige kommen nach und nach wieder zurück. Florian hat sich zögernd wieder auf die Orgelbank gesetzt. „Nun freut, euch, ihr Christinnen!" Wie? Ach so, Hannah neben mir singt mir lautstark ins Ohr. Das wunderschöne Lied beruhigt uns wieder. Unser Chor hilft uns auf die Beine. Nach und nach stimmen fast alle ein. Franz flüstert uns während des Sanctus-Liedes zu, oben in der Kirche sei alles in Ordnung, also keinerlei Schäden auszumachen. Immerhin. Stefan gibt sich Mühe, allen Anschein zu vermeiden, er wolle das rettende „Stille Nacht" am Schluss möglichst schnell erreichen. Was ihm aber gründlich misslingt. Er wirkt hektisch und nervös, übergeht die Verlautbarungen. Und spricht den Schlusssegen nur, anstatt ihn zu singen, weil er die entsprechende Seite im Buch nicht gleich findet.
Vergeblich! Beim „Stille Nacht" geht es plötzlich wie-

der los. Heftiger, dröhnender als zuvor. Und als sich ein großes Stück Putz hinter Florian löst, singen wir schlagartig nur noch ohne Orgel. Nur noch wenige Worte. Alle starren gebannt nach hinten, sehen aber weniger als zuvor, weil Franz wie üblich zum Abschluss alle Lichter bis auf die Christbäume ausgeschaltet hat.
Aber es ist genug zu hören. Immer deutlicher kommen die Schläge nur noch von dieser einen Stelle. Und man hört es bis vorne rieseln. Und das Aufschlagen kleinerer Putzbrocken. Der Riss wird breiter. Langsam gewöhnen sich unsere Augen an das Dämmerlicht. Kaum jemand rennt hinaus, alle sehen gebannt und ungläubig auf denselben Punkt, der sich jetzt vorzuwölben scheint, nein, *wirklich* vorwölbt, bis ein einzelner Ziegel frei liegt. Eine Staubwolke zieht langsam über die reglosen Köpfe entgeisterter Christgläubiger, lässt die ersten husten, sich dann doch abwenden, wieder hinschauen, als der Ziegel geborsten aus der Wand bricht ... und da plötzlich ein dunkles Loch ist, durch das ein Holzpfosten heraussticht, und noch ein Ziegel, von dem der Pfosten aber abrutscht, normalerweise Florian an der Schulter getroffen hätte, aber wieder verschwindet, bis Stein um Stein zu Boden krachen.
Oberst Kreuzer steht auf einmal neben dem Loch: „Aus! Aus! Hören Sie bitte auf! Wer sind Sie denn?"
Die Schläge und der Pfosten bleiben aus, eine Hand wird sichtbar, die Kreuzer sofort ergreift: "Keine Angst, wir holen Sie hier heraus, halten Sie durch, aber sagen Sie doch, wer sind Sie?"
Stille.
Noch ein Versuch.
„Mario! Mario Boromino!" So deutlich, so selbstsicher, als würde ein Star die Bühne betreten. Melanie stürzt sich auf das Loch in der Wand, auch Raffael kommt hinzu.

„Paps? Paps, bist du in Ordnung? Wie ... wie geht es dir?“
„Du, wir holen dich hier raus, gleich, aber wie bist du denn ... Was ist denn da drinnen?“
Arnold fragt nach einem Hammer, am besten einem Vorschlaghammer, einer Axt oder sonst etwas Heftigem. Als er schon nach dem Feuerlöscher rennt, kommt Franz mit einem Maurerfäustel. Ich nehm es ihm aus der Hand und ... Moment!
„Gehen Sie einen Schritt zurück! Hören Sie mich?“, rufe ich ins Loch. „Ja, einen Schritt oder zwei, wir brechen jetzt durch!“
Wo wir bisher feste Erde oder gar Fels vermutet hatten, befindet sich ein Hohlraum - und nur eine einfache Ziegelmauer davor. Unschwer einzureißen. Also ein paar Minuten werd ich schon gebraucht haben, bis das Loch groß genug war für ... also ich kann's nicht anders sagen: für seinen großen Auftritt. Wie ein Zauberer, wie ein Entfesselungskünstler windet er sich durch die Wand und stellt sich, ja wie ... in Pose, wie zum Schlussapplaus, na fast jedenfalls.
Und erhält tatsächlich Applaus und Jubelschreie. Melanie fällt ihm um den Hals, Tränen in den Augen. Auf alle Fragen antwortet er nur: „Ich war plötzlich drinnen, als wär's nur ein Vorhang ... drinnen im Finsteren. Ich wollte doch nur wieder hinter den Vorhang, aber ... dann war ich da drinnen. Ohne alles. Ich brauch was zu trinken!“
Er lässt sich vielfach bitten, bis er dann doch noch weitererzählt: „Ihr werdet es nicht glauben: Ich fand da drinnen im Dunklen einen Schalter und hab das Licht aufgedreht, ja wirklich, das funktioniert tatsächlich noch nach all den Jahren, sogar die Glühbirne, also eine zumindest, eine Kohlefadenlampe. Und ihr werdet

nicht glauben, was ich da gefunden habe. Aber darüber muss ich schweigen, noch schweigen. Wasser! Ich brauch noch was zu trinken!" Melanie läuft mit dem Glas gleich wieder los.
Er genießt das allein auf ihn gerichtete Interesse spürbar. Trotz sichtlicher Anstrengung gelingt es ihm nicht ganz, seine Erschöpfung zu verbergen. Und er riecht ehrlich gesagt auch wie jemand, der schon einige Nächte auf der Straße verbracht hat. Was inmitten von Kerzen- und Fichtenduft nur umso stärker auffällt.
„Es hat keinen Eingang ... und keinen Ausgang, nirgends, alles zugemauert, sicher schon seit vielen Jahrzehnten ... Aber was ich da gefunden habe, davon wird man noch lange sprechen, noch in hundert Jahren ... nein, sicher viel länger noch!"
Und im Hintergrund fange ich zum ersten Mal heuer auf, wie jemand „Weihnachtswunder" flüstert. Seltsames Wunder!

KAPITEL 30

Stefan

Freitag, 25. Dezember

Arnold telefoniert gerade mit der Polizei. Franz fragt mich, ob er „den Dreck" wegräumen kann. Spricht irgendetwas dagegen, ich wüsst nicht, was, aber ich kann momentan nichts zu Ende denken: „Ja, aber heb's in einem Kübel oder so auf." Er schaut verwundert, nickt dann aber schweigend. Irgendjemand hat das Licht wieder voll eingeschaltet, das irritiert, aber was soll's, von

Weihnachtsstimmung ist keine Rede. Jemand von der „älteren Jugend“ ruft zum wiederholten Mal auf zum traditionellen Punsch vor dem Kirchentor, offenbar mit wenig Erfolg, die meisten bleiben und umringen uns. Ein älterer Herr, den ich gar nicht kenne, versucht gerade, durch das Loch in den Hohlraum hinüberzukriechen.

„Hallo? Hallo, Sie können da jetzt nicht hinein, das müssen wir uns in Ruhe anschauen, also nicht jetzt!“ Und der trollt sich erst nach mehrfacher Wiederholung meiner Aufforderung widerwillig. Raffael kommt mit einer Jacke und einer Decke für seinen Vater. Ich merke erst jetzt wieder, wie ungewöhnlich kalt es in der Krypta ist. Und Mario muss ja vier Tage da drinnen gewesen sein und da drinnen war es sicher nicht wärmer. Arnold ruft mir zu: „Die kommen trotzdem, wollen sich das hier ansehen, glauben mir kein Wort, kein Wunder!“ Wer? Jetzt noch? Ach so, die Polizei, aber was sollen wir denen denn erzählen? Franz richtet den Altar schon wieder für den Morgengottesdienst her. Oh Gott, lange ist das ja nicht mehr bis dahin. Mario hält sich die Trinkflasche immer wieder vor den Mund und will mir offensichtlich etwas erzählen, kommt aber nicht dazu, weil ihn ständig alle möglichen Leute etwas fragen. Thekla stürzt herein, umarmt ihn, weint und will ihn hinauszerren, was aber nicht geht und er unter seiner warmen Decke auch gar nicht will. Kreuzer gelingt es trotz wortreichem Widerstand, seine Frau zur Tür hinauszuschieben, aber nicht bevor sie all ihre Vorwürfe an uns und mich und was weiß ich wen noch mehrmals wiederholt hat. Sie will mit einem Exorzisten wiederkommen, der aber hoffentlich schon gut und fest schläft und von gefallenen Weihnachtsengeln träumt. Florian winkt und verabschiedet sich. Er muss morgen, also

längst heute, so früh wieder ran wie ich. Jemand bringt Kekse, wer will denn jetzt Kekse? Ach ja, Mario natürlich, der hat ja vier Tage hungern müssen und stürzt sich auch gleich auf die Blechdose.
„Wie sind Sie denn da hineingekommen ... Herr ... Mario ... Warst du die ganze Zeit da drinnen? Was ist denn da hinter dieser Mauer ... Mario, was ...?"
Das wird hier nie etwas. Hier drinnen jedenfalls, wo alle ... einige telefonieren sogar. Es muss halb drei oder so sein. Leute kommen herein, zum Teil mit Punschbechern, manche kenn ich nicht, aber zu Weihnachten kommen ja immer einige, die sonst nie ... aber die wären mir doch schon aufgefallen. „Es spricht alles dafür, dass die Sachen echt sind, sie werden ..." Mehr verstehe ich einfach nicht von dem, was er mir sagen will. Welche Sachen? Ach so, aber das gibt's doch gar nicht ... Ich rufe ihm nur zu: „Simonides?" Ich stelle es mit den Lippen überdeutlich dar und er nickt. Ich will ihn fragen, aber plötzlich drängen sich zwei Uniformierte zu uns durch, blicken sich um und fragen Mario: „Sind Sie es? Sind Sie Herr Staffner? Mario Staffner?" – „Boromino, ich heiße Boromino!" – „Und wer bitte hier ist Herr Staffner? Sind Sie der Pfarrer?" Wer bitte sonst, ich habe doch immer noch die Stola um! „Boromino ist sein Künstlername, bürgerlich heiß er Mario Staffner!", kommt uns Arnold zu Hilfe, worauf dieser eingebildete Regisseur auch noch sein Gesicht verzieht. Was? Was ist denn? Eine Frau möchte „noch schnell eine Messe zahlen", also eine „Messintention", ein Gebetsanliegen. Jetzt? Bitte nicht jetzt! Ich habe sie damit sichtlich enttäuscht. Kapiert die denn gar nicht, was hier vorgeht?
„Also gut, es geht mir gut, ich konnte mich selbst befreien!" Mario will sie abwimmeln, aber die Polizisten müssen ihren Dienst tun: „Und wer hat Sie hier einge-

sperrt, wo denn überhaupt?“ Alle deuten auf das Loch. Der Polizist wiederholt seine Frage: „Wen beschuldigen Sie, dass er Sie ...?“ – „Niemanden beschuldige ich, ich war ganz plötzlich in diesem Raum, einem Raum ohne Fenster und Tür. Ich war einfach plötzlich drinnen, eingemauert, und weiß nicht, wie ...“ – „Aber Sie müssen doch wissen ...!“ – „Als hätte es mich hineingesogen, ich weiß auch nicht. Nennen Sie das Teleportation oder was weiß ich ... schönes Wort, das nichts erklärt. Aber können wir das nicht morgen?“ – „Gut, ja, aber heute, später, aber heute noch bitte. Kommen Sie auf die Wachstube: Sie, alle denkbaren Zeugen – und auch Sie natürlich, Herr Pfarrer!“ Auch ihnen ist das hier zu unübersichtlich. Gregor und Arnold bitten gerade die Letzten nach draußen, nach und nach sogar mit merklichem Erfolg, viele sind wohl schon erschöpft, so wie ich. Tür zu, endlich!

„Gehen wir noch kurz zu mir rüber. Ich hab fast nichts verstanden. Und morgen werden mich alle fragen!“ Mario, nicht im Geringsten müde, nickt mir zu, steht auf. Thekla, Melanie und Raffael sind noch da. Arnold und Franz, der aber schon mit dem Schlüsselbund klappert, um endlich zusperren zu können. Gregor hat sich schon zuvor verabschiedet. Er bringt sicher Lena nach Hause, so spät, wie es schon ist.

„Wir dürfen das hier nicht einfach so zurücklassen, das ist viel zu gefährlich.“

Ich verstehe ihn nicht. Was will er denn noch da? Hat er nicht schon genug von seinem viertägigen Gefängnis?

„Was denn? Wir sperren doch ohnehin alles ab!“

„Würden Sie denn die Mona Lisa mit *diesen* Türen und Schlössern hier sichern?“

„Die Mona Lisa nicht, aber ...“

„Also ich weiß nicht, was mehr wert ist ...“

„Als die Mona Lisa? In diesem Kellerabteil?" Jetzt scheint er mir doch reichlich verwirrt.
„Ich hole das raus, helft mir bitte!"
Bevor wir etwas erwidern können, springt er auf und geht auf das Loch zu. Wir helfen ihm hoch - und weg ist er. Wieder einmal, erscheint nochmals und verlangt eine Taschenlampe, die Franz in seiner Verzweiflung blitzschnell zur Hand hat. Weg ist er. Wieder einmal. Minuten vergehen, in denen Franz mindestens fünfmal gähnt.
Dann schiebt er eine Holzkiste, groß wie ein Aktenkoffer, durch die Öffnung. Ein edles Ding aus dunklem Holz, heutzutage wahrscheinlich längst verboten. „Das ist das Wichtigste! Vorsichtig bitte!" Danach kommt er wieder heraus.
„Ist sonst noch etwas drinnen?"
„Durchaus, Herr Pfarrer, durchaus, aber das sind dann sozusagen nur noch die Van Goghs oder die Renoirs. Gehen wir?"
Er hält die Kiste waagrecht und sehr behutsam, um nur ja nirgends anzustoßen. Ich sehe ihn erstaunt an.
„Keine Angst, sind keine dürren Papyri, die bereits zerbröseln. Alles gutes Pergament, aber halt zweitausendjähriges, na ja fast zumindest."
Oben bei mir angekommen, steht Gregor schon vor der Tür: „Mein Vater hat Lena nach Hause gefahren. Sie konnte echt nicht mehr." Aber dass wir jetzt hier ... wahrscheinlich hat ihn Arnold angerufen, der blieb noch kurz zurück. Erst einmal muss ich meinen Esstisch von allen Geschenken, Weinflaschen, Keksdosen, Büchern und Ähnlichem befreien. Dann stellt er die Kiste feierlich in die Mitte und öffnet behutsam den Deckel - alles sehr massiv gearbeitet, passgenau, also fast luftdicht.

„So einen perfekten Humidor würde ich mir wünschen ... also für meine Zigarren!", meldet sich Arnold, den ich noch nie eine habe rauchen sehen. Drinnen, in nur leicht vergilbtes Leinen eingeschlagen, kommen Stöße von Pergamentseiten zutage. Da und dort eingerissen, manchmal eine Ecke verloren oder ein bräunlicher Fleck, aber mit gut lesbarem Text. Genauer: Ich vermute, dass Fachleute das problemlos entziffern können. Griechisch. In Großbuchstaben. Es erinnert mich sofort an Fotos vom Codex Sinaiticus oder auch vom Vaticanus, beide viertes Jahrhundert!

„Ihr werdet staunen, was ich da gefunden habe!"

„Aber wie konnten Sie das im Dunklen überhaupt erkennen, also in diesem Verlies drinnen?"

„Ihr werdet es mir nicht glauben, aber ich fand einen Lichtschalter, so einen uralten Drehschalter - und das Licht ging tatsächlich an. Also eine Glühbirne hat doch tatsächlich geleuchtet, eine von vier oder fünf. Zwei Tage lang, schätze ich, ich hatte ja keine Uhr am Arm. Dann ist sie durchgebrannt. Oder es gab einen Kurzschluss in den Leitungen, keine Ahnung. Danach war's nur noch finster. Aber das hat gereicht, um mir einen Überblick zu verschaffen."

„Der Kurzschluss! Klar, *das* war's", ruft Gregor dazwischen. „Deshalb funktioniert die Heizung nicht!" Da könnte er recht haben. In diesem alten Gemäuer weiß niemand, nicht einmal Franz, wo welche Leitungen verlaufen. „Da hängt doch unsere Heizung heute tatsächlich noch an einer Leitung aus der Kaiserzeit!"

„Egal." Marios Aufmerksamkeit gilt nicht unserer Heizung, sondern ausschließlich dieser Kiste. „Der Kasten in diesem Keller ist voll mit kostbaren Handschriften, echt oder nicht echt, keine Ahnung, aber nicht so wertvoll. Aber hier, genau wie in Hammerschmieds Auf-

zeichnung, die ich im Jesuitenarchiv gefunden habe: Eine ‚Geschichte Kretas' des Sosikrates von Rhodos, von der man sonst nur wenige Zitate kennt: zweites vorchristliches Jahrhundert! Die Handschrift ist aus dem 12. Jahrhundert, vom Athos, typisch für Simonides. Schwer zu lesen, weil später überschrieben, also ein Palimpsest, schwer zu lesen für Hammerschmied, mit heutigen Methoden ein Kinderspiel."
Gregor will wissen, welcher Hammerschmied.
„Dieser begnadete Altphilologe, dieser Jesuit, dem Tischendorf seine Sammlung anvertraute, obwohl der doch Protestant war. Er muss ihn sehr geschätzt haben. Tischendorf übergab ihm das alles, weil er Angst hatte, sich mit Fälschungen zu blamieren. Aber ich bin sicher, das sind keine Fälschungen." Woher er das alles weiß? Immerhin: So weit waren Gerald, Arnold und ich auch schon. Gregor kommt kaum mit, egal jetzt ...
„Gut, ähnlich wertvoll die ‚Chronika' von Kastor aus Rhodos. Erstes Jahrhundert vor Christus. Auf ihn griffen die ersten christlichen Historiker zurück, Eusebius, Plutarch, sogar Flavius Josephus, der war aber Jude. Bisher kennen wir nur deren Zitate daraus, hier liegt das gesamte Werk, wieder eine Athoshandschrift, diesmal sogar 11. Jahrhundert. Soweit ich gesehen habe, fehlt nur die letzte von etwa 130 Seiten.
Aber jetzt kommt's!"
„Die Mona Lisa?", frage ich keck.
„Ja, die Mona Lisa, aber gleich zweimal! Es ist einfach unfassbar: Euripides, drei Dramen, also eigentlich fast vier. Das letzte, schlecht erhalten, kennen wir: Alkestis, soweit ich mich erinnern kann 438 vor Christus. Letzte große Aufführung 2010 in Hamburg. Eine Tetralogie ursprünglich, aber die anderen drei Dramen sind verschollen, wahrscheinlich schon seit der Antike!

Und da liegen sie jetzt, auf Herrn Pfarrers Esstisch: Die Kreterinnen, Psophis und Telephos. Das Deckblatt ist byzantinisch, wohl auch vom Athos. Aber die Blätter selbst, Hammerschmiedt schätzt die Handschrift auf das vierte oder fünfte Jahrhundert! Wie den Codex Sinaiticus! Die größte Entdeckung seit vielen Jahrzehnten, also auf dramatischem Gebiet! Einfach unfassbar! ‚Hinter der Krippe', hab ich gelesen, wo sollte das sein? Die stand doch jahraus, jahrein vor der Kirchenmauer. Da ist nichts dahinter! Als ich jetzt da drinnen saß in diesem vergessenen Gewölbe, da dämmerte mir sofort: ‚hinter der Krypta' heißt das. Wie ein Philologe so eine Sauklaue haben kann? Und ich ... was soll's."

Er blättert ganz vorsichtig in diesem wahrscheinlich einzigen Exemplar weltweit. Auf einen Schlag drei Dramen eines der größten Dichter der Antike, maßgeblich für alles Theater bis heute.

Er schlägt den Stoß wieder in das Tuch ein und wird noch feierlicher: „Und das wird Sie, Herr Pfarrer, sicher noch mehr interessieren. Völlig unbekannt bis dato. Keine Erwähnung, kein Zitat irgendwo. Bisher! Auch hier nur in einer koptischen Übersetzung erhalten. Im Original sicher Griechisch. Die Übersetzung aus dem sechsten Jahrhundert. Auch dieser Codex selbst dürfte so alt sein. Hammerschmied schätzte die Urschrift zumindest auf das frühe zweite Jahrhundert, also noch ganz nahe den neutestamentlichen Schriften. Und soweit ich inzwischen weiß, hat er mit seinen Einschätzungen selten danebengelegen. Das muss ich vorerst so stehen lassen."

„Was ist das? Neutestamentliche Zeit? Eine so frühe christliche Schrift?" Arnold! Ja, natürlich Arnold, der Canisius schon wieder in den Schlagzeilen sieht! Weltweit. Das zu erreichen, ist ja sein größtes Hobby.

„Eine sehr frühe, frühchristliche Schrift! Ihr seht hier das ... das Evangelium nach ... JOSES!"
„Joses? Wer soll denn das sein?" Gregor, das wird dir verziehen. Kaum jemand kennt Joses. Dabei ist er ein „Herrenbruder" wie Jakobus, Judas und Simon. Alle drei nicht die bekannteren Apostel gleichen Namens. Für Protestanten selbstverständlich Brüder Jesu, katholischerseits wurde da immer herumgedoktert. Bei uns dürfen sie traditionellerweise nur „Vettern" oder Kinder Josefs aus früherer Ehe sein. Maria kann doch keine Kinder auf natürlichem Wege ... Aber wenn doch, ja, und warum auch nicht: Joses kannte Jesus von Kindertagen an sehr gut. Er wuchs ja mit ihm auf!
Ich erkläre den Sachverhalt und ... nicht ganz ernst gemeint: „Wenn das stimmt, dann können wir Lukas und Matthäus und ihre Kindheitsgeschichten hinten ins Regal stellen. Joses muss doch viel mehr über Jesus gewusst haben! Der wusste Dinge ... und schrieb sie vielleicht sogar auf, die ... der war doch viel näher dran! Ob er Jesus verstanden hat, wer weiß. Aber Details für Neugierige konnte er ungleich mehr erzählen!"
Erst nach und nach begreifen wir, was da vor uns liegt. Gut, es kann sich immer noch um so eine Art Judas-Evangelium handeln, eine dieser meiner Meinung nach völlig unnötigen esoterischen Schriften voller Geheimlehren. Die nur Jesus und die von ihm Eingeweihten kennen, was sie fast angewidert auf die „Unwissenden" herabblicken lässt. Und die meist viel später entstanden sind.

Aber wenn diese Schrift tatsächlich noch um einiges älter ist? Und noch frei von diesen später modischen Anwandlungen? Wenn sie tatsächlich auf Augenzeugen zurückgeht? Zumindest im Kern. Nicht auszudenken, welche Wellen diese staubigen, knisternden, aber gut

erhaltenen Pergamentseiten noch aufwühlen werden. Staffner kennt immerhin ein paar längere Passagen, die Hammerschmied übersetzt hatte. Und die klingen ähnlich wie die biblischen Evangelien ... soweit das ein Theaterregisseur beurteilen kann. Er muss da drinnen auch Aufzeichnungen Hammerschmieds gefunden haben, woher wüsste er denn das alles? Aber wichtiger ist doch Gregors Frage:
„Aber wie erklären Sie sich, dass sie da plötzlich drinnen waren. Wie eingemauert in einem Raum ohne Türen?“ Gregor bedenkt nicht, dass wir doch schon seit ein paar Monaten in einer Welt ohne Erklärungen leben. Und erhält die entsprechende Antwort:
„Gar nicht! Wie soll man sich denn so etwas erklären? Aber hier geschehen doch andauernd unerklärliche Dinge. Die gibt es eben, ob wir das wollen oder nicht. Ich mache den Schritt hinter den Vorhang – und komme im Dunklen an, hinter einer Ziegelmauer. Wie Harry Potter auf Bahnsteig 9 ¾! Nur ... wenn das auch nichts erklärt für rationale Gehirne ... also ich habe ihn gespürt, ganz nahe, und sehr wohlwollend, beschützend wie einen Engel, also besonders dann im Dunkeln, als der Strom ausfiel ... ihn, das Genie: Konstantin Simonides ... als ob er mich dahin geführt, also entführt hätte. Es ist ja sein Lebenswerk gewesen oder zumindest sein Erbe, seine Hinterlassenschaft für die Nachwelt. Wenn es so etwas gibt, wenn die da drüben zurückkommen können, fallweise zumindest, dann ist es doch naheliegend ...“
Naheliegend? Mir schwirrt der Kopf. Vier Uhr vorbei. Was für ein Glück, dass wir die erste Messe am Weihnachtsmorgen schon vor Jahren gestrichen haben. Aber Arnold hat noch eine Frage. Wie konnte ich die übersehen! „Was mit den Texten geschehen soll, also wissenschaftlich, das können wir morgen oder so immer noch

klären. Aber ... Achtung: Gretchenfrage ... Wem *gehören* diese Schriften jetzt eigentlich? Also dem Staat gehören sie nicht. Sind ja keine archäologischen Funde. Wenn Simonides sie irgendwo hat mitgehen lassen, ist das längst verjährt. Hammerschmieds Verwandte, sollte es solche gegeben haben, gehen leer aus. Als Ordensmann beerbt ihn der Orden ...“
„... und der hat die Kirche und alle Gebäude der Pfarre und alle sich darin befindlichen Gegenstände bei der Übergabe ... ja eben an die Pfarre übergeben. Hab ich als erster Nicht-Jesuiten-Pfarrer von Canisius ja selbst unterschrieben. Und da wir nichts von den Schriften wussten, haben wir sie damals in gutem Glauben erworben. Fraglich ist nur, was dem Finder und was dem Besitzer der Immobilie zusteht ...“
Mario Staffner fällt mir ins Wort und überrascht uns mit unübertrefflicher Großzügigkeit: „Ich habe keine Ahnung, was mit zusteht und ob mir überhaupt etwas zusteht, rechtlich oder moralisch. Und es ist mir auch völlig gleichgültig: Ich will nichts davon. Nichts davon besitzen. Besitz ist mir gleichgültig. Ich will nur eines: Ich möchte die Europides-Dramen uraufführen. Auf meiner Bühne zuerst, von mir aus gleich danach in Canisius oder eines davon überhaupt zuerst in Canisius. Also fast uraufführen: Nach ... also nach ... zweitausendvierhundertsechsundfünfzig Jahren zum ersten Mal. *Das* will ich – und sonst nichts. Was brauch ich mehr, um in die Geschichtsbücher einzugehen?“
... und nach dieser weltweiten Publicity ein weltweit bekanntes Theater zu leiten. Sei ihm vergönnt. Ich bedanke mich für seine Großzügigkeit.
Wir können alle nicht mehr und vereinbaren, uns morgen, nein, vielleicht doch besser übermorgen wieder zu

treffen und dann erst weitere Schritte festzulegen. Und dann auch noch einen Blick auf die im Keller verbliebenen „Renoirs“ und „Van Goghs“ zu werfen.
Vier Uhr achtunddreißig. Diese Nacht wird kurz!
Noch kürzer, als ich dachte! Um fünf Uhr zweiundzwanzig läutete zum ersten Mal mein Handy. Wie? Wer? Sekunden später klingelt eine SMS: „Eric Browner, The Guardian. Sorry for the inconvenience and Happy Christmas. Are you ready for an interview by phone? It is urgent - but 3,000 pounds if we are the first you contact. What happened during your Midnight Mass? What did you find behind the Chapel?”
Ich bin völlig benommen, aber auch völlig enthemmt und schreibe zurück: “O. k. No problem. Call me again. But: 10.000 pounds.“
Es dauert keine Minute, bis es wieder klingelt. Er ist einverstanden. Blöd gelaufen. Ich hätte sicher auch noch das Doppelte verlangen können.

KAPITEL 31

Herr Weinberger und Rolfi

Samstag, 26. Dezember

Na servas, a saubers G’schäft! Was is denn do los? Is do wo da Weihnochtsmann? Da kommt jo no aner! Wo bitte wü denn der do no parken? A Deitscha, na sehr schön, den hauma a no braucht. Im Neunten is Parkpickerl, owa hallo! Da kaun ma si net afoch hinstöin, wo ma wü. „Hallo Sie! Sie heans, hallo, des geht aso net! Parkpickerl oda Parkschein! Die Parksherrifs, die kennan do

nix, kennans ma glauben! Echt! ... Wos? Wos is? Feiertag? Aso, Feiertag, ajo, do haums a wieda recht, oba i was net, ob Sie mit diesem Riesentruck do überhaupt stehn derfn. Wos is? Wia? Werns net frech, mein Herr. Sie derfn, weil's nicht verboten ist? Wenn's Ihnen do bloß net schneidn. Erlaubt is nur, wofür Sie a Bewilligung ham. Tät i ma besorgen an Ihrer Stell, weil ma weiß nie - also so im Umgang mit der Behörde, man weiß nie, glaum's ma des, mein Herr! Rolfi, komm, der Herr weiß es besser, auch gut, na komm ..."
Den frog i jetzt liaba net. Oba den dort vorn. Wüvü san denn des jetzt do? Sechs Übertragungswagen. Ganz vorn der vom ORF, direkt vor der Kirchen. Der ServasTV gleich dahinta, RTL gegenüber, die ham den größten überhaupt, mit ana Muatstrumm Antennan obndrauf a no. Der von der ARD, mit dem i grod gret hob. A Bayer no und a Tschech, wia ma vuakommt. I frog den Bayern. Der Bayer is a klasser Kerl, hot ma do glott a Bia g'schenkt, ned schlecht, echt ned, Prost! Oba wü mi der auf'd Schaufel nehmen? Do woa ana eingmauert in der Kirchn, sogt er, oiso do unten im Keller. Im Weinkeller? Hob i gao ned g'wusst, dass die Pfoarra glei gaunze Weinkeller haum unter ihre Kirchn. Und der hot an Schotz g'funden do drunten, ja Rolfi, glaubst as a ned, gö? G'scheites Hundi, gell! Millionen wert soi der sein. A Mau, der auf amoi vaschwindt, wia vaschluckt vom Erdbodn, sogt der, der Bayer. Is vier Tag unauffindbar. Hinter der Kirchn. Und in da Christmettn schlogt er die Kirchenmauer ein, haut mit an Pfostn die Waund ei, muaßt da moi vuastön, Rolfi. Mit an Pfostn, jo. Während der Pforra sein Sermon owabet, haut der die Waund duach. Host so waos scho amoi g'sehn? Die Gsiachta muaßt da vuastön. Während dem *Stille Nacht*, jo, grad während dem *Stille Nacht*, i pocks ned. Kommt durch

die Waund mit an Schotz, sie sagn net, wos genau, oba wos sehr Oids solls sei, Millionen wert. Die Pfoarran ham imma des Glick, wenn's ums Göd geht. Nua Fraun hams kane, offiziö jedenfois, da haums wida weniger Glick. Millionen. Na i jo a ned, oiso heitzutog nimma, mit die Fraun. Do bist du da anzige weit und breit, Rolfi, gell. Du kriagst a jede, waunns läufig is, gell, Rolfi. Neidisch kunnt ma wern.
Und do kumman's jetzt aus da ganzen Wöd zu uns in die Lustkandlgossn. Wea waas, ob's überhaupt wohr is, die G'schicht. Den Pfoarran glaub i jo sunst a nix, und dem Fernsehen scho erst recht ned.
„Wos woin Se? Wos? A Interview, von mia? Aha. Kumm i do ins Fernsehen? Wos, wirklich. Wos woins denn wissen? Ob i in da Kirchn woa, ja schon, bei der Erstkommunion vom Klaanan ... Waun des woa, na ned gestern, Erstkommunion im Winter, san se a Lutheraner oda sowas, geh bitte. Des is jetzt 45 Joa her ... Na gestern ned. Woas des? ... Bitte, kumm i jetzt ins Fernsehen? ... Wos, ned? Heans, se haum ma des vasprochn! ... Was, weu i nix waas und nix g'sehn hob, heans weans ned frech mit mia, i hob an Hund! Depp der!"
Schauma, das ma ham kumman, Rolfi. Schau ma uns des im Fernsehen an, wos die aussakriagt hom. Na kumm scho, dein Lackerl moch beim Deitschn vorn, Rolfi!"

KAPITEL 32

Arnold

Sonntag, 27. Dezember

„Die BBC? Schickt uns Howard Lennox, *den* Howard Lennox? Der kommt eigens nach Wien, zu uns? Für ein Interview?"

„Heute noch, so gegen 21 Uhr soll er da sein." Margaret, die Sekretärin von Herrn Wandruschka, hat die Auslandstelefonate übernommen. In Englisch, Französisch und Spanisch. „Ich schicke ihm einmal unsere Pressemappe, damit wir nicht bei Adam und Eva anfangen müssen, per Mail natürlich. Er kann sie ja schon mal im Taxi durchlesen."

Kaum zu glauben, wer sich alles zu uns in Bewegung setzt. Und das zu Weihnachten! Wo doch sonst heute alles nur übers Netz läuft, über Skype oder so. Wir müssen uns damit abfinden, dass wir derzeit die Topmeldung ... na, sagen wir mal Europas sind. Sogar die neugeborenen Panda-Drillinge im Zürcher Tiergarten müssen sich da hinten anstellen, obwohl ‚allersüßest' und ganz aus der Norm im Dezember geboren. Pech für sie.

Schon nach einer halben Stunde Schlaf ereilte Stefan vorgestern die erste Interview-Anfrage. Und seither geht es Schlag auf Schlag. Sein Freund Gerald übernahm die Festmesse, denn Stefan war von da an ständig im Einsatz. Unfassbar, wie schnell sich die Nachricht verbreitete, also unser ganzes Bündel an Nachrichten und Neuigkeiten. Zuerst dominierte noch die wundersame Rettung des verschwundenen Regisseurs, also stand das obligatorische „Weihnachtswunder" im Mit-

telpunkt des Interesses. Da waren es noch vorwiegend die nationalen Medien.
Danach sprach sich blitzartig herum, welche „Jahrhundertfunde“ wir hier gemacht hätten. Der Vergleich mit der Auffindung der Qumran-Schriftrollen kam auf und wurde zum Gemeinplatz. Der mit dem Tutanchamun-Grab setzte sich dann doch nicht durch. Was uns wahrscheinlich eine Menge Fragen bezüglich „Fluch der Mumie“ erspart hat.
Gregor brauchte gehörige Zeit, um den Journaldienst der Nationalbibliothek davon zu überzeugen, dass er keine blöden Späße mache - und das noch dazu am Weihnachtsmorgen. Aber wir mussten die Schriften so schnell wie möglich in Sicherheit bringen vor diesem Ansturm, der sich da schon abzeichnete. Und tatsächlich haben die ersten Experten bereits ihren Urlaub abgebrochen und mit der Analyse der Pergamente begonnen.
Als wir die wichtigsten Infos auf unsere Homepage stellten, um nicht immer wieder dasselbe erzählen zu müssen, brach der Server innerhalb weniger Minuten zusammen. Der Server der Medienstelle hielt, aber auch nur eine Stunde lang. Die mussten wir sowieso kontaktieren, wie es die Diözesanleitung in allen heiklen öffentlichen Fragen einfordert. Klar haben die mehr Expertise. Aber was hilft's, wenn all ihr geballtes Know-how gerade jetzt auf Gran Canaria oder gar in Thailand weilt?
Nach und nach rannten sie uns immer heftiger die Türen ein. Eine Glastür ging im Gerangel dreier sichtlich nicht befreundeter Journalisten tatsächlich zu Bruch. Stefan gab und gibt in der Bibliothek Interview für Interview, Mario im Turnsaal des Kindergartens. Im angrenzenden Kleinen Saal richtete Fred eine Art Call-

und Medien-Center ein mit extrem schnellem Internet und einem Mega-Server, der bisher noch allem standhielt. Fred ist Frau Wandruschkas Mann und betreibt eine PR-Agentur. Er ist ein wahrer Glücksfall für uns – und wir sind es für seine Firma wohl auch. Kein Bildbericht geht hier hinaus ohne sein Logo, kein Textbaustein ohne kleine Werbeeischaltung. Soll sein.
Also zuerst stand Mario im Mittelpunkt. Aber als sich dann die internationalen Sender und Agenturen einschalteten, spielten nur noch die antiken Schriften die Hauptrolle. Wir hatten noch schnell ein paar Fotos von ihnen gemacht, absichtlich ein wenig unscharf, denn nicht irgendjemand soll sie als Erster veröffentlichen. Die „Profaneren" stürzten sich auf den Euripides, die „Kirchlicheren" auf das Joses-Evangelium. Inhaltlich können und wollen wir ihnen nur jene Abschnitte anbieten, die schon Hammerschmied übersetzte. Und sicherheitshalber verweisen wir auch immer wieder auf den geheimnisvollen Griechen Simonides, dem natürlich auch Fälschungen zuzutrauen sind.
Weltweit sicher bereits Hunderte Male wurde etwa dieser Text veröffentlicht:
„Noch ehe das Kind geboren, stand da auf eine Schwester der Mutter des Kommenden. Dem Kinde und der Mutter wollte sie Gutes tun und für eine glückliche Geburt beten. Doch war sie im Geheimen verbunden dem Volke der Samariter, dem ihre Mutter entstammte. Die Samariter aber pflegen, ihre wichtigsten Gebete auf dem Berge Garizim dem Herrn anzuvertrauen. Was schwere Verfehlung ist, denn nur der allerheiligste Tempel von Jerusalem darf doch Ziel solcher frommen Fahrt sein.
Als sie den Ihren nun ihre Absicht mitteilen wollte, zum Berge Garizim zu pilgern, da geißelte sie der Dämon des Mundes, sodass sie nicht mehr sprechen konnte. Und als

man ihr Fragen stellte und sie es wohl bald von ihr erfahren hätten, da schlug sie der Dämon der Ohren, dass sie nichts mehr vernehmen konnte. So wollte sie denn in aller Stille losziehen zum jenem Berge, als sie an der Schwelle ihres Hauses der Dämon der Schritte fesselte. Ihre Beine waren von da an gelähmt, sodass sie im Hause verbleiben musste.

Als das Kind aber geboren war, da brachte man es zu ihr. Sie sah es und glaubte. Da ließ der Dämon der Schritte von ihr ab und sie lief dem Kind voll Freude entgegen. Dann ließ der Dämon der Ohren von ihr ab und sie konnte den Gesang der Engel vernehmen, wie er in der Nacht zuvor den Hirten zuteilworden war. Zuletzt verlor der Dämon des Mundes seine Macht über sie und sie pries Gott mit lauter Stimme: ‚Mit ganzem Herzen preise ich die Größe des Herrn, und mein Geist jubelt über Gott, der mich vor großer Sünde bewahrt hat.'"

In einem der seltenen ruhigen Momente raunte mir Stefan zu: „Das hört sich ja an wie das Magnifikat der Maria, also der Anfang davon. Von wem ist das dann eigentlich? Von Maria oder von ihrer Schwester? Und dass Gott sie vor der Sünde bewahrt hat, das klingt doch ganz nach dem Dogma von der erbsündelosen Mutter Gottes. Das ist hier aber ganz anders gemeint: Die Sünde läge im Beten auf dem falschen Berg. Aber liegt *hier* nicht etwa doch der Ursprung des Dogmas? Dann ist das ja ein Missverständnis! Für die Echtheit spricht, dass Maria da eine Schwester hatte."

„Hatte sie denn eine? Also eine, die die Bibel kennt?" Ich hab noch nie von einer Schwester der Maria gehört.

„Sicher, aber das wissen die wenigsten: Unterm Kreuz stehen Maria und ihre Schwester. Kannst du im Johannes-Evangelium nachlesen. Um genau solche Ereignisse musste ein Joses natürlich Bescheid wissen, auch

wenn er etwas später geboren wurde. Wahrscheinlich hat es ihm seine Tante selbst erzählt."
Und irgendwie sickerte dann auch noch die Sache mit dem brennenden Kelch durch. Seltsam eigentlich, dass damals vor Weihnachten kaum jemand davon Notiz genommen hatte. Aber gerade darauf stürzten sich jetzt auf einmal die U-Bahn-Blättchen. Wir einigten uns darauf, dieser Begebenheit in unseren Aussendungen und Interviews breite Aufmerksamkeit zu widmen, um von all den anderen Vorkommnissen der letzten Monate abzulenken. Und? So unwahrscheinlich es klingt: Dieses Manöver gelang tatsächlich. Entweder brach wirklich niemand das Schweigen – oder sie hatten einfach schon genug Futter. Und das, obwohl gestern gezählte acht Live-Übertragungswägen in der Nähe parkten und kaum ein Passant durchkam, ohne auf Wortspenden hin angeredet zu werden. Inzwischen sind die meisten wieder abgefahren. Und wir können es uns leisten, heute Nacht erstmals nicht durchzumachen.
„Arnold, schau einmal, eine Mail von einem Gerald ..."
Margret ruft mich zu ihrem Bildschirm. Stefans Freund, dessen hochrangiger Wissenschaftler-Freund natürlich auch über Kontakte zum Forschungsteam in der Handschriftenabteilung der Nationalbibliothek verfügt. Er schreibt, dass bisher nichts gegen die Echtheit der vier Schriften spricht. Natürlich würden sie Monate brauchen, um Gewissheit zu bekommen, alles zu übersetzen und zu analysieren. Aber da vor Ort bereits mehr als zwanzig Personen fieberhaft daran arbeiten und auch noch zwei „befreundete Forschungseinrichtungen auf diese Sensation aufgesprungen sind", müsste es sich schon um unglaublich gute Fälschungen handeln. Jedenfalls sicher um keine, die man schon vor hundert Jahren hätte herstellen können.

„Das werde ich jetzt Herrn Lennox erzählen, nicht exklusiv, aber doch als Erstem. Ich denk mal, die BBC wird mit dieser Information sicher sorgfältig umgehen, und außerdem ... zahlen die gut.“ Und das von Stefan! Na ja, wie oft hat man schon so eine Gelegenheit.

Mr Lennox ist soeben abgefahren. Nach fast zwei Stunden! Er hat Stefans Englischkenntnisse ganz schön ausgereizt. Alles wollte er wissen. Perfekt war er vorbereitet. Lennox ist ein lupenreiner Rationalist, der sich mit plötzlich brennenden Kelchen und dem blitzartigen Durchdringen von Ziegelmauern keineswegs zufrieden gibt. Damit traf er ja auch den wunden Punkt bei Stefan. Nur war der eben bei beidem Zeuge, genau genommen nur bei der Selbstentflammung des Kelches. Beim Verschwinden des Regisseurs muss auch er dem Bericht mehrerer Zeugen glauben.
Zwar konnte er Lennox die ersten Berichte über die antiken Schriften auftischen, was der auch gerne aufsog und worüber der sicher ausführlich berichten wird. Aber dann stellte er uns doch als recht naive „Gläubige“ dar, die an unmöglichen Dingen festhielten, anstatt sie zu hinterfragen. Und die es so einfach hinnahmen, wenn sich vor ihren Augen die Naturgesetze in Luft auflösten. Wenn der wüsste ...
Stefan konnte seinem kurzatmigen Englisch auch nicht immer folgen, worauf Lennox aber nicht im Geringsten Rücksicht nahm. Einer von diesen good old style Englishmen, die stets voraussetzen, dass alle Welt ihr Englisch beherrscht, die selbst aber niemals auch nur ein Wort in einer anderen Sprache über die Lippen bringen. Stefan fühlte sich jedenfalls wie erschlagen nach alldem. Immerhin konnte er noch einen netten Seitenhieb anbringen: „Wenn die Londoner Wissenschaftler

damals nicht geirrt und Konstantin Simonides als Fälscher vertrieben hätten, wärt ihr Briten heute Besitzer dieser unschätzbaren Schriften. Wir verdanken also in letzter Konsequenz *Ihnen* diesen Schatz in unseren Händen." Arroganten Typen gegenüber läuft Stefan zu seiner Höchstform auf. Diese Sätze werden sich im BBC-Bericht sicher nicht finden, so ausführlich er auch ausfallen mag.

Lennox ist jetzt wahrscheinlich schon im Hotel „Imperial". Nach kurzer Durchsicht des Materials und einigen Anweisungen an seine Begleiter ist er längst abgerauscht. Sein Gefolge baut gerade noch Kamera, Technik und Beleuchtung ab. Seit ihr Chef weg ist, sind sie sichtlich entspannter. Sie brauchen kein Hotel. Sie sagen, sie würden noch ein paar Stunden arbeiten, schneiden, bearbeiten, kommentieren. Im dafür vom ORF angemieteten Übertragungswagen. Und wenn dann alles abgeschickt ist, käme Feiern immer noch billiger als ein Hotel.

Und jetzt wird einfach einmal ausgeschaltet – und abgeschaltet. Alles bis auf den Server. Morgen werden wir ja sehen, ob der Hype immer noch anhält. Aber nicht vor acht Uhr!

Stefan ist völlig überdreht: „Na, wie war ich? Okay, mein Englisch erfüllt nicht alle Wünsche, aber das Joses-Evangelium ist jetzt in der Welt. Und die „Kreterinnen" auch, müssten mir eigentlich Urlaub auf Lebenszeit spendieren, die Kreter, bei dem, was ich für sie an Werbung mache! Also was in dem Evangelium drinnen steht, das möchte ich so schnell wie möglich wissen, aber alles, die ganze Geschichte, dass man sich einen Reim drauf machen kann, was das ist, so ein gnostischer Stuss und geschwätzige Legenden ... oder doch was Echtes, ein nie da gewesener, unmittelbarer Blick

auf Jesus. Obwohl es den ja gar nicht geben kann, er ist und bleibt ja ein Geheimnis - aber trotzdem! Sagt einmal, ist der Gerald schon da? Und habt ihr die Wandruschkas irgendwo gesehen, die müssen wir doch auch einladen, wie die uns da geholfen haben. Für den Wein musst du selbst sorgen, du weißt schon ... oder Sekt, den haben wir uns doch jetzt verdient!"
Endlich erscheint Gerald in der Tür und unterbricht damit Stefans ungewohnten Redeschwall: „Draußen steht ein Paar, die wollten mich nicht hereinlassen, weil sie jetzt endlich mal zusperren wollen, wie sie sagten."
„Die Wandruschkas! Ihr könnt gerne in meine Wohnung raufkommen, aber aufgeräumt ist die nicht, nach diesen ‚tollen Tagen'. Figaro mal drei, wie wir das ausgehalten haben! Danke Gerald fürs Einspringen zu früher Stunde! Und? Steh'n diese Sendewagen immer noch draußen rum? Ab morgen brauchen sie Parkscheine, sonst schleppt sie noch wer ab. Ich hoffe, der Jesus von Joses ist nicht so ein eingebildeter Langweiler wie in anderen Apokryphen. So ein Asket, der allen das Leben vermiest, oder so ein genügsamer Erleuchteter. So einem würd ich nie glauben, der einem das Leben und das Feiern madig macht. Der Lift ist da! Fahrt ihr mal, ich lauf schnell rauf!"
Uns vier schafft der Lift, auch noch meine Weinflasche, Geralds Champagner, schon gekühlt - und drei Schachteln mit 1a-Brötchen, die uns ein übermäßig versorgtes französisches Team überlassen hat. Stefan ist *vor* uns oben. Das ist ihm noch nie gelungen. Wir müssen ihn einbremsen, sonst geht uns der heute noch durch die Decke - oder landet in der Notaufnahme der Barmherzigen Brüder.

KAPITEL 33

Hannah

Donnerstag, 31. Dezember

Stefan hustet noch schauerlich. Drei Tage war er jetzt weg vom Fenster. Wir haben ihn versorgt. Aber ich denke, er hätte lieber seine Ruhe gehabt. Einen Tag hat er ganz durchgeschlafen. Aber dann gab's ordentlich gepfefferte Hühnersuppe, meine Spezialität. Im Großen und Ganzen scheint sie gewirkt zu haben. Ein, zwei Tage täten ihm sicher noch gut. Aber ich brauch ihn ganz kurz mal.

„Da, schau, Hannah! Die Sterne kann man schwer übersehen. In dem Kasten sind die Gewänder, die reichen locker für sechs oder sieben Gruppen."

„So wie's ausschaut, werden wir maximal mit fünf Königinnen-Gruppen gehen."

„Nur König*innen* ... ach so, ja" Stefan lächelt. „Is' eh besser so, denn durchgeschaut hat das, glaub ich, seit einem Jahr niemand mehr. Vielleicht ist da oder dort noch was zerrissen. Die Kronen und Kassen sind da drüben eingesperrt. Ob noch Schminksachen da sind, musst du schauen."

„Stefan, seit Jahren will doch keine mehr als Schwarze gehen. Höchstens Bärte wollen sie. Und dafür reicht notfalls ein Kajalstift."

„Kreide, Weihrauch, was ihr halt so braucht, schau einfach selbst."

„Auf einmal so ruhig im Haus?"

„Wurde auch Zeit. Nach ein paar Tagen lässt scheinbar jede Aufregung nach – solange nichts Neues dazukommt. Und die Ergebnisse von den Forschern, die

brauchen zumindest noch ein paar Wochen, bis sie ...“
„Und wenn das echt ist?“
„Wer weiß, was dann aus euren Heiligen Drei Königen ... Königinnen ... wird. Gar nicht zu denken an die Palästinenser, die von den Olivenholz-Krippen leben.“
Damit habe ich jetzt nicht gerechnet. „Die Palästinenserinnen? Warum? Ist Jesus denn nicht in einer Krippe geboren?“ Weihnachten ohne Krippe und Stall, das geht doch nicht!
„Davon steht ja auch bei Matthäus nichts. Aber diese eine schon übersetzte Geschichte von der Tante von Jesus, die für eine gute Geburt beten will. Die wohnt da doch offensichtlich bei ihnen in Nazaret. Und sicher nicht in Betlehem, denn dort hatten sie ja offensichtlich keine Verwandten, zumindest nicht bei Lukas. Und Jesus wird dort geboren, wo die Tante lebt, denn als sie den Neugeborenen sieht, wird sie wieder gesund. Keine Ortsangabe, aber alles spricht für Nazaret.“
Ich pack’s nicht: „Zu *Nazaret* geboren ist uns ein Kindelein?“
„Wird länger brauchen, bis das ganz normal klingt. Länger noch als die ‚Töchter‘ in der Bundeshymne. Aber in zwanzig, dreißig Jahren ...“ Er hustet wieder heftig, „Da ... da klingt das dann ganz normal. Und auf den Weihnachtsbildern sieht man dann, wie sich eine gelähmte Frau aufrichtet. Jetzt schau nicht so! Wir wissen noch gar nichts!“
Also das schockiert mich jetzt schon. Es rumpelt gehörig aus dem Treppenhaus herüber. Franz kommt gerade die Treppe herauf. An sich nichts Ungewöhnliches. Franz ist bei uns allgegenwärtig. Aber er schleppt einen Holzstamm herauf, einen gut zwei Meter langen Pfosten, offensichtlich zu lang für den Lift.
„Herr Pfarrer, da stimmt was nicht, da passt was nicht,

das ... das geht so nicht, glaub mir das! Das ist ... nein, nein! Kannst mir glauben.“

„Was ist denn mit dem Balken? Ist das der Balken, mit dem ...?“ Er muss schon wieder husten. Aber das war auch mein erster Gedanke. An einem der Enden ist ja noch unverkennbar Ziegelstaub und weißer Staub zu erkennen, sogar ein paar frische Absplitterungen.

„Diese Nägel, die da, schau einmal, die stimmen einfach nicht, *können* gar nicht stimmen, die haben ja Querrillen, da schaut's einmal her!“

Für mich sehen diese Nägel rostig und uralt aus, müssen sie ja auch. Aber Franz sieht das anders:

„Ich war doch Schreiner, gelernter Schreiner. Und ich kenn mich mit so was aus, seit ... ja seit ... ich kann's euch genau sagen, seit ... 1954, da hat meine Lehre beim Sallusta begonnen, nicht weit von hier, gibt's aber schon lange nicht mehr. Und ich weiß noch genau, wie mein Lehrherr mir die neuen Nägel gezeigt hat, die damals aufkamen: Unter dem Kopf mit Querrillen! Die halten besser, hat er gesagt, der alte Sallusta, und dass man da nicht schon früher draufgekommen ist. Ich hab mir da noch gedacht: Da schlagt man sie aber auch schwerer rein. Aber recht hat er g'habt. Bis heute verwendet man die. Er hat recht gehabt, war ja auch der Lehrherr ...“

Stefan und ich betrachten die rostigen Nägel beim Gangfenster. Zwei sind umgebogen, schauen also zur Hälfte aus dem Holz. Und tatsächlich erkenne auch ich jetzt unter dem Rost diese Querrillen, die ihren tieferen Sinn nie erfüllen durften.

„Du meinst, die sind aus den Fünfzigern ...“

„Ja sicher, Stefan, oder etwas jünger halt. Weißt, rosten tun die schnell, das sagt gar nichts über ihr Alter. Ich sag euch, die da, die sind zu jung!“

„Aber die können doch später reingeschlagen worden sein ...“

Stefan ist sichtlich noch nicht ganz im Besitz seiner geistigen Kräfte. Aber Franz gibt nicht auf: „Dieser Typ, dieser Mario ...“

„Staffner ... oder Boromino.“

„Egal, der ist doch plötzlich da drinnen gewesen, in diesem Keller hinter der Krypta. Da kann er doch keinen Pfosten mitgenommen haben! Er kam ja direkt vom Schlussapplaus. Der Pfosten war *drinnen*. Und das seit mindestens siebzig Jahren. Das kann ich bezeugen. Man hat den zugemauerten Keller schlicht vergessen. Nichts und niemand konnte da seither mehr hinein – und schon gar nichts mehr in einen Pfosten gehämmert werden.“

In unsere beunruhigte Stille hinein wiederholt Franz sichtlich erleichtert: „Alt ist mein armes Hirn ja schon, aber noch nicht ganz blöd: Ich sag euch, da stimmt etwas nicht!“

„Dann muss er den Balken irgendwie hineingebracht haben!“

„Ja, Stefan, aber dann ist unser guter Mario selbst auch nicht auf wunderbare Weise hineingelangt.“ Mir war dieser wichtigtuerische Typ ja immer schon suspekt. „War denn überhaupt schon jemand von uns da drinnen, also ...“

„Nur Gregor kurz, der wollte sich den Schrank ansehen. Da ist wirklich noch einiges drinnen: unterschiedlich dicke Mappen und Einzelblätter. Genauer untersucht haben wir den Raum noch nicht. Wie denn, bei dem Wirbel gleich danach.“

Stefan schaut sich die Nägel im Balken noch einmal genau an. „Also für einen Laien sieht das alles alt aus, sehr alt, warum nicht hundert Jahre oder so? Und wenn dein Lehrherr doch nicht der Erste war ... also ich meine: Eine kleine Tischlerei, noch in der Besatzungszeit, da erwarte ich mir ehrlich gesagt ja nicht den letzten Stand der Technik. Wenn es diese Neuerung, also vielleicht nur probeweise, doch schon früher gab, irgendwo, und sagen wir mal ein Ausländer hat etwas davon mitgebracht, na zum Beispiel dieser Morosini aus Italien, der große Teile der Kirche gebaut hat ..."

„Vierzig Jahre früher, nein, das glaub ich nicht, glaub ich nicht, aber wenn du meinst, Stefan ..."

„Jetzt sei nicht gleich eingeschnappt. Klar kennst du dich da weit besser aus ... Aber wir könnten das doch ganz einfach absichern. Wir lassen das Holz untersuchen. Mario mag uns was vormachen, aber Baumringe lügen nie. Das ist Rundholz, wahrscheinlich ein beim Fällen noch junger Baum, also der ganze Baum, kein Stück aus einem dicken, alten Stamm. Ideal zum Datieren. Ich werd wieder den Freund von Gerald brauchen, der hat das in ein paar Tagen."

Franz nickt, auch wenn er's sicher für unnötig hält.

Stefan bittet uns, keiner etwas zu sagen, damit das ganze Theater nicht noch mal einsetzt, bevor wir Genaueres wissen. Jaja, na klar! Jetzt bin ich Geheimnisträgerin!

KAPITEL 34

Stefan

Dienstag, 5. Jänner

„Eines Morgens sah Jesus einen Mann das Dorf verlassen. Der sagte ihm, er wolle einen Freund oben im Gebirge besuchen und am nächsten Tage wieder zurückkehren. Doch als die Sonne unterging, sah er ihn schon wieder heimkehren. Der Mann erzählte ihm, er habe sich aufgehalten und sei zu langsam gegangen. So erkannte er bald, dass die Zeit nicht reichen würde. Und da er in der Einöde nicht übernachten wollte, sei er rechtzeitig umgekehrt.

Am nächsten Morgen sah er den Mann wieder das Dorf verlassen, diesmal ohne sich umzudrehen und mit hastigem Schritt. Doch auch diesmal erblickte er ihn wieder, als die Sonne unterging. Was soll ich tun?, sagte der zu Jesus. Schnell kam ich vorwärts dem Freund entgegen. Doch dann verließen mich die Kräfte. Denn in meiner Eile hatte ich weder Essen noch Wasser mit mir genommen. So musste ich mit letzter Kraft wieder ins Tal herabsteigen.

Da rief ihn Jesus ins Haus und lud ihn zum Mahl. Und zu den seinen im Haus sagte er: Ins Himmelreich gelangen nicht die Trägen, aber auch nicht die Eiligen. Ins Himmelreich gelangen nur, die Schritt vor Schritt setzen, wie es der Maulesel tut.“

Da muss Jesus noch recht jung gewesen sein. Der Abschnitt stammt aus einer der ersten Seiten des *„Codex Canisiuanum I“*, wie die Handschrift ab sofort heißen soll. Und? Ja, das trägt schon Sinn in sich, vielleicht sogar Weisheit. Zugegeben, das könnte auch von einem ostasiatischen Meister stammen oder so ... Also ob's dafür wirklich Jesus braucht? Aber er war ja noch jung. Dennoch hundertmal bedeutender als die meisten anderen Apokryphen. Da bin ich schon einmal beruhigt. Und offensichtlich bestens erhalten. Gar keine Klammern und Fragezeichen, also keine Fehlstellen oder unleserliche Abschnitte.

Gerald hat mir ein paar der bereits übersetzten Passagen per Mail zukommen lassen - ohne jede Gewähr natürlich. Ich blättere weiter: „Der wunderbare Fischfang Jesu". Jesu? Der war doch gar kein Fischer!

„Danach zogen Jesus und Josef mit ihrem Esel zum Galiläischen Meer. Den Esel hatten sie mit Werkzeug und Holz beladen, um das Fischerboot des Timäus auszubessern, das in einem Sturm Schaden erlitten hatte. Als sie dort gerade mit der Arbeit begannen, kamen ein Tempelpriester und sein Schüler bei ihnen vorbei und sie fragten Josef: Habt ihr schon die Tempelsteuer bezahlt, wie es Brauch und Sitte ist? Wenn nicht, dann fahrt auf den See hinaus, werft eure Netze aus und gebt uns am Abend den Erlös eures Fanges, wie groß auch immer er sei.

Josef erwiderte: Wir sind doch keine Fischer, das Boot ist noch ohne Steuer und die Tageszeit dafür ungünstig. Doch Jesus zog das Boot ins Wasser und warf das Netz aus nach Süden. Und schon zappelte ein Fisch darin von ungewöhnlicher Größe und seltenem Geschmack. Und er warf es nach Norden und nach Osten und nach Westen aus. Und jedes Mal war der Fisch noch größer. Als er sie dem staunenden Vater zu Füßen gelegt hatte, kam da ein Reiter des Präfekten Marcus Ambibulus und rief ihnen zu: Tüchtige Fischer seid ihr! Nehmt eine Drachme für jeden Fisch! Noch heute sollen diese Fische auf die Tafel meines Herrn.

So konnten sie ihre Tempelsteuer bezahlen, die für jeden eine Doppeldrachme betrug. Und Jesus sagte zu dem Tem-

pelpriester: Heute hat sich das Wort des Propheten erfüllt, das über mich gesagt wurde: Vom Osten bringe ich deine Kinder herbei, vom Westen her sammle ich euch. Ich sage zum Norden: Gib her, und zum Süden: Halt nicht zurück! Führe meine Söhne heim aus der Ferne, meine Töchter vom Ende der Erde! Und dann sagte er: Durch mich wird all das geschehen!"

Marcus Ambibulus, den gab es tatsächlich. Ich habe doch eine Münze aus seiner Regierungszeit und die war ... von 9 bis 12. Wenn Jesus im Jahr 7 vor Christi Geburt geboren wurde, war er damals zwischen 16 und 19, also schon ein Mann. Und Josef lebte damals *doch* noch, war also gar nicht so ururalt wie in den frommen Legenden.

Aber diese Geschichte kenne ich doch! Eine der seltsamsten im Neuen Testament: Jesus und Petrus sollen diese Tempelsteuer bezahlen, eine Vierfachdrachme, genau! Und weil sie kein Geld bei sich haben, lässt Jesus seinen Freund die Angel auswerfen – und im Maul des gefangenen Fisches findet sich exakt diese Münze. Klingt mehr nach Zaubertrick als nach biblischem Wunder, steht aber so drinnen.

Na ja, auch diese Geschichte hier klingt irgendwie bemüht und symbolisch überfrachtet. Aber welche ist die echte, also die ältere? Welche hat sich wirklich zugetragen? Solchen Fragen werden sich Bibelwissenschaftler in nächster Zeit öfters stellen müssen, sobald der Text veröffentlicht sein wird.

Schaffe ich noch einen Abschnitt? Wenn ich mich beeile ... Um 19 Uhr kommt Gerald. Er hat die Ergebnisse der Baumringuntersuchung. Aber er will sie mir nicht am Telefon vorlegen. Und nichts in seiner Stimme verrät mir das Ergebnis. Pokern möchte ich nicht mit ihm! Die

Wandruschkas werden kommen, Arnold, Gregor, Lena und Sam. Dann also schnell:
„*Ja*[kobus], *des Herrn und mein Bruder, wollte einen Krug wegwerfen, dem ein Loch geschlagen worden war. Als Jesus ihn daran hindern wollte, erwiderte er ihm: Bruder, bei jedem Gang von der Quelle verliert er fast die Hälfte seines Wassers. Ich verschmierte die Stelle mit Lehm, doch* ... [das Loch?] *brach immer wieder aus. Er taugt zu nichts mehr und verursacht zu viel Mühe für deine Schwestern. Da aber sagte der Herr: Im Reich Gottes gibt es keine Fehlerlosen, keinen einzigen. Manche tun sich Gewalt an, fallen dann aber doch wieder in ihre Fehler zurück – wie das Tonstück immer wieder ausbricht. Doch unser Vater verwirft keinen Krug. Er zerschlägt die nicht, die löchrig sind. Er gibt sie nicht auf und geht zweimal und sogar* ... [dreimal, mehrmals?] *mit* ... [ihnen] *zur Quelle, bis* ... [genug Wasser im Hause ist?]. *Selig die Unvollkommenen, denn sie werden der Quelle ihres Lebens oftmals begegnen!*“
Aha, da fehlen jetzt doch ein paar Worte. Aber solange nicht mehr verloren ist, kann man der Geschichte immer noch gut folgen. Jesus ist da noch ganz Mitglied seiner Familie. Vieles klingt aber schon an: Nicht zu den Gesunden ist er gekommen, sondern zu den Kranken. Den Schwachen und Sündern wendet er sich besonders zu. Oder auch das Gleichnis vom unfruchtbaren Feigenbaum, den der Herr nicht umschlägt, sondern besonders pflegt. Oder auch ...
... Ich höre sie kommen: „Moment!“
Alle außer Gerald sind gemeinsam gekommen.
„Und? Gibt's schon Ergebnisse?“, fragt Gregor schon in der Tür. Ich muss ihn und sie alle vertrösten: „Aber kommt doch rein. Gerald wird gleich kommen. Ich zeig euch was!“

Alle sind sie sehr angetan von diesen einzelnen Geschichten, besonders Sam: „Großartig! Aus diesen Gleichnissen spricht Jesus! Das alles strahlt seinen Geist aus! Dass wir das jetzt erst ...!"
Ich muss ihn ein wenig bremsen: „Ich bin ja auch begeistert. Aber nichts ist erwiesen. Weder die Echtheit der Handschrift noch ihr Wahrheitsgehalt, selbst wenn dieses ‚Evangelium' sehr alt ist. Es ist nicht Teil der Bibel, also keine Heilige Schrift."
„Aber es sind seine Worte, das spüre ich ganz deutlich!"
Arnold ist als Einziger von uns doch auch ein wenig skeptisch: „Also, ich weiß nicht, wie ich das ... ihr habt ja alle recht. Nur ... da ist nichts, was mich ... irritiert."
„Wie? Warum stört dich das?" Nicht nur Sam versteht ihn nicht.
„Genauso hab ich mir das vorgestellt. Alles passt zu Jesus, also zumindest als Vorstufe. Da müsste doch etwas sein, das ich mir *nicht* so vorgestellt hätte. Etwas, das nicht in unser Bild passt, also irgendein fremder Zug – etwas, das uns neu nachdenken lässt, eben ... irritiert."
Ich erwidere ihm, dass die Geschichte mit seiner Geburt nicht zum Betlehem des Lukas passt. Viele wird das irritieren. Und dass wir ja auch noch ganz wenig übersetzte Texte haben. Aber die Diskussion endet abrupt mit Geralds Ankunft.
Es gelingt nicht einmal ihm, das Gutachten noch länger zurückzuhalten. Sofort muss er das Kuvert öffnen. Der Inhalt umfasst nur drei Blätter. Und die Zusammenfassung ist noch knapper: *„Da der jüngste zur Gänze erhaltene Ring aus dem Jahr 1954 stammt, ist erwiesen, dass das vorliegende Holzstück (Länge 2413 mm, Durchmesser: 141–143 mm) nicht älter sein kann. Da es sich um Rundholz handelt, das nur geschält (von Rinde und*

Borke befreit), nicht aber sonst bearbeitet wurde, steht 1954 oder allenfalls 1955 als Alter des Baumes bei Fällung eindeutig fest.“
„Und wie bitte kommt ein Pfosten aus dem Jahr 1954 da hinein?“ Frau Wandruschkas Frage ist fast schon die Antwort.
„Keiner wusste von dem Kellerraum. Er war seit dem Ersten Weltkrieg vermauert, wahrscheinlich durch die Kriegswirren sofort vergessen. Sicher wussten auch vorher nur ganz wenige davon. Hammerschmied wollte ja bestimmt nicht, dass da jemand in seinen geheimen Schätzen herumschnüffelt. Es bleibt also nur eins: Der Pfosten kam durch Mario Staffner da hinein, auf welchem Weg auch immer.“ Alle nicken.
Stille. Die von Lena gebrochen wird: „Er hat gelogen, hat uns alle angelogen. Alles nur Theater, inszeniert vom Herrn Regisseur. Das passt. Die ganze Geschichte von seinem Verschwinden und seiner Rettung - alles nicht wahr! Gelogen von vorne bis hinten, alles!“ Ihre Erregung ist spürbar.
Wahrheit und Lüge verschwimmen immer mehr in meinem Kopf. Wir müssen versuchen, eine klare Linie zu ziehen: „Aber Fakt ist doch auch, dass er die Schriften gefunden hat. Und nach Stand der Dinge sind die echt, sehr wahrscheinlich echt. Und selbst wenn sie sich als geniale Fälschungen erweisen: Staffner kann das niemals gemacht haben. Das könnten nur die weltbesten Fachleute - und die tun das nicht mehr im 21. Jahrhundert. Staffner muss irgendwie erfahren haben, dass die da sind. Und er hat sie gefunden, wie und wann auch ...“
Arnold fällt mir ins Wort: „Die Bühne! Er brauchte die Bühne. Das ganze Theater, also dieses Theaterstück ... alles nur, um von der Bühne aus ... Die Bühne grenzt

ja direkt an diesen Kellerraum. Ja, eben ... der Bühnenboden ist gut einen Meter hoch, und darunter? ... Könnt ihr euch noch daran erinnern, dass er unbedingt eine Falltür brauchte, und dass sie auch eine gebaut haben. Aber ... verwendet haben sie die nie! Ja eben! Ich wüsste auch nicht, wo in diesem Stück man eine Falltür brauchen könnte, also bestenfalls in der Varieté-Szene, aber die hat er ja ganz anders inszeniert, als Schattenspiel."
Unglaublich, aber so muss es gewesen sein: „Er fand irgendwo Hinweise auf diese alten Schriften im Raum hinter der Krypta. Er verschaffte sich ungehinderten Zugang über Wochen hin durch die Theaterproben. Er fand einen Eingang - oder arbeitete sich durch die Wand und fand die Schriften in dem massiven Schrank. Er verwischte die Spuren innen, oberflächlich, das genügte in all der Aufregung. Wartete ein paar Tage ab, um großes Aufsehen zu erreichen. Wartete bis Weihnachten - was für eine Inszenierung."
Alle folgen meinem Fazit und nicken.
Nur Gerald schüttelt den Kopf: „Leute, aber eines versteh ich gar nicht: Warum hat er diese Schätze nicht einfach mitgehen lassen? Er hatte doch alle Zeit der Welt, um sie hier herauszuschaffen. Und niemand hätte sie vermisst. Lässt ein wenig Zeit vergehen - und verhökert sie danach ..."
„Wo willst du denn solche unglaublichen Unikate verkaufen?", will Arnold wissen.
Aber Gerald hat das längst mit bedacht: „Okay, so wie man die Mona Lisa auch nicht verkaufen kann. Aber ein paar von den weniger spektakulären Blättern, die es ja auch noch gibt. Eine mittelalterliche Handschrift, die kann man doch von einem reichen Verwandten geerbt haben. Ist ja unter Joseph II. viel aus den Klöstern verschwunden ... Ich meine, *dem* wären da schon Ge-

schichten eingefallen. Und die ganz großen Schätze allein zu besitzen, ist doch auch was ..."

Da kann gerade ich als Sammler antiker Gegenstände nicht widersprechen: „Staffner hat uns alle angelogen, ungeniert und in aller Öffentlichkeit. Ein Dieb ist er aber keiner. An Geld liegt dem vielleicht wirklich gar nichts."

Frau Wandruschka genügt das noch nicht: „Für sich nicht. Aber für sein Theater braucht er doch dringend Geld. Er musste es vorübergehend zusperren, wie er sagt, um einer drohenden Pleite zuvorzukommen. Warum er sich diese Chance hat entgehen lassen, nicht für sich, sondern für seine Kunst ... das heißt, wer sagt uns denn, dass er nicht doch ... dass da nicht doch etwas fehlt, eben so eine Handschrift aus der zweiten Reihe?"

Das glaube ich zwar nicht. Aber wir alle wollen es jetzt wissen. Wir wollen jetzt Klarheit. Und darum beschließen wir, Herrn Mario Staffner alias Boromino für morgen einzuladen. Und ob er kommt? Na, wenn nötig eben einladen mit der Androhung, seine Lügengeschichte sonst auffliegen zu lassen und die Öffentlichkeit darüber zu informieren. Was uns nach all dem Rummel der letzten Tage sicher nicht schwerfallen würde.

Ich rufe ihn gleich inmitten der Runde an. Er hebt ab. Und sagt zu - ohne irgendwie eingeschüchtert zu wirken. Ganz im Gegenteil. Ich habe das Gefühl, er hat meinen Anruf schon erwartet.

KAPITEL 35

Lena

Mittwoch, 6. Jänner

Es hat aus heiterem Himmel zu schneien begonnen. Also nur ein ganz kurzes Zwischenspiel, aber immerhin. In Wien vergisst man ja fast schon, was Schnee überhaupt ist. Hannah kommt gerade aus dem Pfarrhaus, als ich hinein will. Und hinter ihr drei Königinnen. Da Kinder-Personalmangel herrscht, trägt sie selbst den Stern. Ein Vollbart, ein Schnauzer und ein ausladender Knebelbart à la D'Artagnan – das muss reichen, „schwarz" oder gar „gelb" will bei uns schon seit Jahren kein Kind mehr sein.
„Wir müssen. Erste Station ist eine Einladung, wir sind ohnehin schon zu spät. Musst mir aber nachher unbedingt erzählen, was da rausgekommen ist ... du weißt schon mit den Nägeln und dem Pfosten, tschau!"
„Seid ihr wie üblich um sechs Uhr vor der Volksoper singen?"
„Ja, klar!"
„Ich komm euch besuchen, wenn ich's schaffe, tschau!"
Drinnen sind schon alle im Kleinen Saal. Lange vor der vereinbarten Zeit. Außer Staffner natürlich. Stefan wollte es offizieller, nicht in seiner Wohnung. Hier, wo noch vor wenigen Tagen unser Pressebüro eingerichtet war. Er ist sichtlich aufgeregt und hat das Gutachten für jeden von uns kopiert. Sogar ein „Bitte nicht stören!"-Schild hat er gemalt. So was hab ich hier noch nie gesehen. Auch Gerald sollte unbedingt dabei sein, um die Seriosität des Gutachters zu bezeugen. Als ob sich der das hätte entgehen lassen. Es gibt Tee und Wasser, sonst nichts.

„Es gibt nichts zu feiern. Sollte jemand unbedingt etwas Süßes wollen, drüben im Büro liegt eine Dose mit Weihnachtskeksen. Ihr wisst ja, da kommen immer die Sachen hinein, die die Kinder nicht mögen." Stefan setzt sich nicht, also bleiben wir alle stehen. Nervös versucht der eine oder die andere noch, irgendetwas ... aber es gibt nichts zu tun. Nur die Wandruschkas wirken gelassen.
Punkt 14 Uhr geht die Tür, Schritte, Worte, also noch jemand? Staffner kommt zur Türe herein. Selbstsicher, erwartungsvoll, gut gelaunt. Und gleich hinter ihm Thekla, die ich seit Weihnachten besser kenne als ihn selbst, dem wir ja eher aus dem Weg gegangen sind.
„Sie kennen ja meine Lebensgefährtin: Thekla Hagen. Wir haben keine Geheimnisse voreinander, wir können offen sprechen – über alles!"
Na klar. Von wegen! Hat sie vier Tage durch die Hölle gehen lassen, einfach so! Keine Geheimnisse ... dass ich nicht lache!
Thekla lächelt, aber weniger belustigt als – vielsagend. Hieß sie nicht „Barsami"?
Stefan stellt ihnen Frau und Herrn Wandruschka und seinen Freund vor und lädt alle ohne Umschweife ein, sich zu setzen. „Herr Staffner, Boromino, wie immer Sie wollen. Ich habe Ihnen eine unangenehme Mitteilung zu machen. Ich hätte das nicht für möglich gehalten, aber die Fakten liegen eindeutig auf dem Tisch. Sie haben uns angelogen ..."
Staffner zeigt keine Regung, ist weiterhin entspannt, fast belustigt.
„Es war reiner Zufall, dass uns an Ihrer eindrucksvollen Geschichte Zweifel kamen. Also genau genommen war es die Aufmerksamkeit und die Sachkenntnis eines unserer Mitarbeiter. Der Pfosten, mit dem Sie sich

befreiten, wirkt alt, durchaus auch hundert Jahre alt. Aber nur auf den ersten Blick, denn die verrosteten Nägel haben Querrillen unter dem Kopf. Und dieser Typ Nägel, der kam erst in den 50er-Jahren auf. Was aber noch schwerer wiegt: Eine dendro-chronologische Analyse des Holzes ergab, dass es nicht früher als Mitte der 50er-Jahre gefällt worden sein kann. Sie verstehen, was das heißt?“

Also spätestens jetzt müsste er ... ja, also doch wenigstens irgendwie reagieren. Kein bisschen. „Herr Pfarrer, Sie werden uns doch diese kleine Komödie nicht übel nehmen. Theater ist doch nicht nur, worauf wir in einer Guckkastenbühne gucken. Theater ist doch viel mehr - unser ganzes Leben ist Theater. Und wenn nicht, wie langweilig wäre es denn dann? Wenn ich den Cäsar spiele, stammt der Stoff meiner Toga doch auch nicht aus römischer Zeit!“

Also gut, wenn sonst keiner was drauf sagt: „Sie haben uns alle betrogen, in Aufregung versetzt, die Polizei nach Ihnen fahnden lassen, Kinder erschreckt, ihre Familie in Panik versetzt, unser Weihnachtsfest ... zerstört, die halbe Weltpresse an der Nase herumgeführt und ... ihre Lebensgefährtin, ihren Sohn ... die waren tagelang fertig, haben alles versucht, schon gedacht, sie seien irgendwie ... umgekommen ...“

„Meine liebe ...“ - was bildet sich der ein? - „liebe ... Lena, also Sie müssen wissen, dass meine Thekla eine wirklich ausgezeichnete Schauspielerin ist ...“

Wie? Das ... das gibt’s aber jetzt nicht! Doch Tekla lächelt, lächelt doch tatsächlich geschmeichelt: „Schatz, *so* schwer war das auch nicht!“

Gregor kommt mir zu Hilfe, weil mir die Worte fehlen: „Sie haben diese ganze Verzweiflung und Aufregung nur gespielt? Alles? Wozu? Wozu denn das Ganze?“

„Sie müssen wissen, dass ich schon länger auf ein Engagement warte ... aus verschiedenen Gründen. Ich habe Mario bei seiner Arbeit unterstützt. Aber ... ich bin Schauspielerin, das ist mein Leben. War vielleicht eine meiner besten Rollen bisher, und überzeugend gespielt, wie man sieht.“ Sie blickt zu ihm hinüber, er nickt ihr zustimmend zu.
Erstmals mischt sich Stefan ein: „Und wie werden Sie das der Presse erklären? Wenn wir denen einen Tipp geben ... Ja selbst wenn wir es verheimlichen *wollten*, so etwas spricht sich früher oder später herum, diese Katze halten Sie nicht mehr im Sack!“
Ist das schon Erpressung? Jetzt sitzt er doch in der Falle, der geniale Herr Regisseur. Diese Worte müssen doch ... also wenigstens irgendwie Wirkung zeigen.
Und doch lächelt er nur, mehr denn je, lächelt jovial, verbindlich: „Oje oje! Zwei Schauspieler, von der Presse und allen Social Medias in der Luft zerrissen, mit aller nur erdenklichen Aufgeregtheit – und wofür geächtet? Bitte wofür denn? Dafür, dass sie so unfassbar glaubhaft gespielt haben. Dass ihnen die ganze Welt eine vollkommen unmögliche und abstruse Geschichte geglaubt hat. Leute, versteht ihr nicht? Was ist der Oscar dagegen? Ein glänzender Gartenzwerg? So etwas ist seit Orson Welles 1938 keinem mehr gelungen. Als er ganz England die Ankunft von feindlichen Außerirdischen vorgaukelte. Ein ganzes Land in Panik! Los, raus an die Öffentlichkeit. Was kann uns denn Besseres passieren?“
Gerald bricht unser ungläubiges Schweigen: „Und diese Schriften, die haben Sie gar nicht interessiert?“
„Oho, Sie halten mich doch nicht etwa für einen Gesetzesbrecher? Ehrlich? Materielles interessiert mich nicht, also für mich selbst nicht, nur als Mittel zum

Zweck der Schauspielkunst. Aber sicher doch waren uns die alten Sachen wichtig wegen der zusätzlichen Publicity. Diese Schriften werden die Menschen noch lange interessieren und in Erinnerung bleiben. Und unsere Aktion bleibt für immer damit verbunden, wird immer wieder hochgekocht werden. Und außerdem ... nicht dass Sie glauben, aber es könnte doch sein, *könnte* sag ich ... Wissen Sie denn, ob sonst noch etwas in dem Schrank lag, das ich längst beiseitegeschafft habe? Habe ich nicht, keine Angst, aber beweisen ..."
Daran zweifelt ja auch niemand, auch Gerald nicht. Aber er setzt nach: „Wie kamen Sie denn auf die Idee, auf die hundert Jahre niemand gekommen ist, dass da hinter der Krypta ... etwas ist. Noch dazu etwas so Wertvolles. Wie kamen Sie denn darauf?"
„Reiner Zufall. Im Zuge meiner Recherchen zum Thema *Jesuiten-Theater*, für meine Dissertation. In einer langweiligen und unnötigen Monografie aus dem Jesuiten-Archiv, die über hundert Jahre offensichtlich niemanden interessiert hat, fand ich ein schmales Heft, handgeschrieben, von einem Pater Hammerschmied, Jesuit natürlich. Sein ‚Wissenschaftliches Tagebuch'. War ein kluger Kopf, hat wohl absichtlich ein Buch gewählt, das so schnell keiner aufmacht, also zumindest nicht weiter als bis Seite zehn, aber irgendwann einmal dann eben doch. Kluger Mann."
Staffner holt das alte Heftchen aus seiner Tasche hervor, legt es vor uns hin:
„Sie können es haben. Ich habe mir eine Kopie davon gemacht, ich brauche es nicht mehr. In diesem Heft listet dieser Pater alle Schriften auf, die er von einem gewissen Tischendorf bekommen hat. Teile davon hat er erforscht, ihr Alter geschätzt und übersetzt. Er deutet auch an, dass er mit der Diözesankurie in Streit geriet

wegen dieser ‚Brüder Jesu', von denen in diesem Joses-Evangelium durchgängig die Rede ist. Deswegen und weil ihm die Zeit durch den Krieg ausging, hat er nichts veröffentlicht. Alles konnte ich nicht mit Sicherheit entziffern, denn er hatte wahrlich eine miserable Handschrift! Darum scheiterte ich zuerst auch an der entscheidenden Bemerkung, die ich als ‚hinter der Krippe' las, was keinen Sinn ergab.
Ja und an irgendeinem Abend kam bei uns einmal die Rede auf ‚kryptisch' und ‚Krypta', und da funkte es bei Thekla. Wir ahmten seine Schrift nach und tatsächlich: ‚Krippe' und Krypta' sehen sich da sehr ähnlich. Das war's, das ergab Sinn. Einem älteren Herrn bei Ihnen erzählte ich von meiner Dissertation – und er ließ mich freundlicherweise die Bühne besichtigen, samt Werkstatt dahinter. Und dort ist ein wie provisorisch zugemauerter Eingang in einem originalen Torbogen. Eine provisorische Ziegelwand, nicht einmal verputzt. Ist Ihnen das noch nie aufgefallen? Noch nie die Frage gestellt, wo das einst hinführte? Also, ich wusste sofort Bescheid ..."
Frau Wandruschka hat lange nichts gesagt. Hat aber sehr genau aufgepasst. Besser als wir anderen in unserer Aufregung: „Herr Staffner, wenn ich mich richtig erinnere ... Sie sprachen immer nur über Ihre Lebensgefährtin, Frau Hagen. Was ist mit Raffael, ihrem Sohn? War denn der auch eingeweiht, also wusste er auch, wohin Sie verschwunden waren?"
„Ich bin stolz auf Raffael, erst 15 – und jetzt zu Ihrer Frage! Sie glauben doch nicht wirklich, dass ich vier volle Tage in diesem kalten Loch geblieben bin. Zwei Nächte über war ich zu Hause."
Raffael wusste also alles! Auch er hat das alles ... gespielt! Aber er war doch so fertig, so blass und eingefal-

len. Es war das erste Mal, dass ich einen Zugang zu ihm gefunden habe, so verzweifelt wie er war. Er hat mir so leidgetan ... alles Fake? Alles gelogen, gespielt, nein: einfach nur gelogen, alles Betrug! Gespielt mit uns allen, mit unseren Gefühlen, mit der ganzen Gruppe. Am liebsten würd ich diesem selbstgefälligen Zyniker eine knallen!
Stefan auch? Er kocht innerlich. Will es jetzt aber genau wissen, alles: „Das ganze Theaterspiel war also nur ein Vorwand, um den Zugang unter der Bühne zu finden, zu öffnen? Ja? ... Sie sind noch stolz darauf? Sie haben uns alle, also zuerst die Jugendlichen, nur benutzt, um ihre Show hier vorzubereiten – und durchzuziehen?"
„Nicht nur, durchaus nicht nur deshalb, das wäre jetzt ungerecht, wenn Sie mir das unterstellen. Ich habe ihnen die Chance gegeben, allen zu zeigen, was sie inzwischen so draufhaben. Mit einem durchaus schwierigen Stück. Und das ist doch auf Aufsehen erregende Weise gelungen. Und Sie wollen mir doch dabei nicht ein Quäntchen Humor absprechen, Herr Pfarrer?"
Herr Wandruschka ist als Einziger cool geblieben, hat das alles ja auch nicht so hautnah erlebt und möchte etwas deeskalieren – oder warum auch immer: „Sie haben ja zwei Versionen gespielt. Ich habe die Version ‚Jammer und Elend' erlebt. Im Nachhinein war das wirklich köstlich. Es ist ja auch eine Kunst, *so* grottenschlecht zu spielen."
„Ist es nicht, wenn man tatsächlich grottenschlecht *ist*. Ist es aber schon, wenn man so gut spielen kann wie meine Truppe. Machen Sie mal in Ihrer Firma eine derart elende Präsentation! Versuchen Sie das doch mal! Wetten, das können Sie gar nicht mehr. Sie können irgendetwas herumblödeln, aber spielen Sie doch mal einen unbegabten, ängstlichen Anfänger. Sie werden

sehen ... Sie haben gut gespielt, wirklich gut, aber am besten waren sie an den Abenden, an denen wir euch die Version ‚Elend und Armseligkeit' vorgespielt haben. Die wirklich guten Kritiker haben dieses Spiel inzwischen durchschaut – und sind begeistert."

„Das muss ich Ihnen ja zugestehen. Was Sie mit diesem wilden, oft unmotivierten und zerstrittenen Haufen auf die Bühne gebracht haben, das krieg ich ja wirklich nicht in meinen Kopf, aber ..."

Worauf will Gregor denn da hinaus? Er ist doch genauso empört wie ich, wie wir alle ... Aber das „Genie" fällt ihm heftig ins Wort, erstmals nicht mehr überlegen lächelnd: „Was reden Sie denn da? Sie haben doch keine Ahnung! Was geb ich mich mit Ihnen denn überhaupt ab?"

„Moment, was nehmen Sie sich da heraus?" Aber er hört mich gar nicht, hört mich *wirklich* nicht.

„Wissen Sie denn, was Schauspiel ist? Was es sein kann? Sie haben doch keine Ahnung! Niemand hat eine Ahnung!"

„Außer Sie natürlich!" Aber ich kann ihn nicht provozieren.

„Ja, genau, Sie haben recht, einzig allein außer mir! Stellen Sie sich vor, alle Eiskunstläufer der Weltklasse wären erst mit 18 Jahren erstmals auf dem Eis gestanden und hätten da erst beschlossen, richtig zu trainieren! Wie würde die Siegerkür da bitte aussehen: Elend und Armseligkeit! Aber wir würden es für genial halten, weil wir noch nie etwas anderes gesehen hätten. Wir alle wissen: Wer nicht mit vier anfängt, wird dort nie eine Rolle spielen. Wenn alle erst mit 16 mit dem Klavierspiel oder der Geige anfangen würden? Nicht auszudenken – aber wir würden vor Bewunderung zerfließen, weil wir nicht für möglich hielten, was durchaus möglich ist!"

Ja, aber worauf will er hinaus? Hat er den Faden verloren?

„Ja verstehen Sie denn immer noch nicht? Was auch immer Sie ... und ich ... auf den Bühnen sehen und im Film, das *ist* genauso lächerlich! Elend und Armseligkeit, Bugtheater hin, Oscar her. Das ist ... nichts! Die alle fangen mit 17, 18 an. Ach ja, ich bin hübsch, ich könnte doch Schauspielerin werden, was mach ich denn da? Ach ja, da gibt es Schauspielschulen, nichts wie hin! Verstehen Sie? Ein Siebzehnjähriger kann Buchhalter werden, von mir aus ... Buchhändler, aber doch kein Künstler mehr! Wir alle haben doch keine Ahnung, was wahres Schauspiel ist. Niemand! Auch ich habe nur eine Vision, eine vage Ahnung – aber der jage ich nach, koste es, was es wolle! Und da wird mich keiner aufhalten! Auch ihr nicht!"

Jetzt weiß ich überhaupt nicht mehr, was alle am Tisch gerade denken. Ich spüre ein totales Chaos in unseren Gedanken und Gefühlen. Ja, daran hab ich noch nicht gedacht, wahrscheinlich niemand hier. Ist ja irgendwie logisch, muss ich zugeben. Aber wo bitte sind hier Vierjährige, weit und breit keine! Und wofür erzählt er uns das alles? Oder ist der einfach ... irre? Größenwahnsinnig sicher, aber wirklich geisteskrank? Ich will das hier nicht mehr, ich möchte hinaus, einfach hinaus hier.

Aber einmal versuche ich es noch: „Was labern Sie uns hier voll! Sie unterrichten doch keine Vierjährigen. Und auch sonst niemand macht so etwas. Was wollen Sie denn mit Ihren wirren Visionen?"

„Keine Vierjährigen, aha ... sagt wer? Momentan hat diese Aufgabe Thekla übernommen. Aber ich *habe* Vierjährige unterrichtet, ja, das habe ich, ist nicht einfach, aber lohnend, und ihre Eltern haben mir nicht umsonst vertraut, damals vor zehn und mehr Jahren. Und soll

ich Ihnen mal sagen, wie die Kleinen hießen: Raffael und Melanie, meine Nichte, das war naheliegend ..."
Mit beiden ist er verwandt? Das haben sie uns ja lange genug verschwiegen!
„... der kleine Michel, schon damals auch Mike gerufen, Vanessa und Nele, Jonas, Leon, Laura, die schüchterne Kim und die reizende Cora, um nur die Begabtesten zu nennen. Seit zehn Jahren üben wir fast täglich, ja, was denn sonst!"
Die kannten einander alle schon vorher? Seit mehr als zehn Jahren!? Was haben uns die denn da vorgespielt? Alles? Die ganze Gruppe, alles nur Theater! Keine Menschen - alles Rollen, Rollenträger? Mir wird flau in der Magengegend, das kann doch alles nicht wahr sein! Der Stuhl unter mir, der Boden gibt nach. Ich trinke einen Schluck Wasser, das hilft aber nichts. Ich muss raus hier, schnell, stemm mich hoch, mit ganzer Kraft, und laufe hinaus. Komme zu spät, verdammt, mein Pullover, ausgerechnet der, weiß und flauschig, Gregors Weihnachtsgeschenk, mir ist so ... hundeelend ... endlich. Ich beug mich über die Kloschüssel, sinke in die Knie und lass es einfach geschehen ... Es muss alles raus, das ganze Gift, Gift und Galle ... vergiftet, man hat mich vergiftet, monatelang, aber erst jetzt merk ich's, es muss einfach raus ... alles.
„Lena! Lena, was ist denn mit dir? Geht's wieder?"
Das ist doch Nele. Nele? Was macht die denn hier?
„Nele?"
Mehr krieg ich nicht raus. Ich muss mir erst den Mund ausspülen.
„Lena, ich glaub ich weiß, wie es dir geht. Wegen ... Mario?"
Ich nicke ihr zu. Sie weiß Bescheid?
„Lena, glaub mir, es ist nicht lange her, da hab *ich*

mich ausgekotzt genau wie du. Musste alles raus, das ganze ..."
„Gift?"
Sie schaut mich mit weit offenen Augen an: „Ja, Gift, das ganze Gift. Komm, lehn dich an mich, sag bitte nichts. ... Leon und ich, wir beide mussten spielen, dass wir verliebt sind. Nicht auf der Bühne, nein: im wahren Leben. In der Schule, in der Truppe, gegenüber Freunden. Dabei: Leon und ich? Da war nichts und wird auch nie etwas sein. Aber Mario wollte es so, eine Übung, nicht mehr. Also spielten wir verliebt, so gut wir konnten. Verdrückten uns in dunklere Ecken. Vergaßen, unsere Accounts zu checken, umarmten uns, schmusten herum, also nur zum Schein, aber ... ganz ohne Gefühl geht das ja nicht. Ich setzte mich vor allen auf seinen Schoß, er fuhr mir langsam durch die Haare, bis es alle glaubten, sogar Laura, und die kennt mich gut."
„Und dann?"
„Wir fühlten uns als wahre Profis und fragten Mario, ob wir jetzt endlich damit aufhören könnten. Er lachte nur und sagte: Erst, wenn auch *ich* dran glaube, dass ihr verliebt seid. Das war der Hammer: Wie bitte soll denn das gehen? Er weiß doch ... Da hat uns der Ehrgeiz gepackt. Wir tüftelten einen Plan aus, warteten ein wenig ab. Und erfuhren, wann er allein in sein Theater geht. Waren schon vor ihm dort und legten uns auf das Bühnensofa. Ich schlang meine Beine um ihn; wir umarmten uns innig - Scheiße, war das peinlich - und als wir ihn endlich kommen hörten, küssten wir uns und taten, als ob wir ihn nicht hörten. Als er uns dann ‚erwischte' und er uns zu Rede stellen wollte, hatte Leon seine Hand schon unter meinem Top, als wolle er gerade meinen BH aufmachen.
Wir sprangen nur auf und lachten. Mario lachte bald

mit uns. Aber wir hatten ihn tatsächlich drangekriegt, wir *waren* echte Profis. Leon hätte diese Situation leicht ausnützen können, hat er aber nicht. Und immer noch besser als Vanessa. Sie bekam von ihm den Auftrag, sich Speck anzufuttern ..."
„Was?" Das pack ich jetzt nicht.
„Ausgerechnet Vanessa, die Sportlichste von uns allen! Acht Kilo gab er ihr als Limit. So viel musste sie zunehmen so schnell wie möglich. Sie schrie ihn an, machte ihm Vorwürfe, sie müsse doch ihr Karate-Gewicht halten ... Er erwiderte nur, gerade sie müsse einmal am eigenen Leib erfahren, wie das ist. Sonst könne sie bei ihm nicht weitermachen. Also futterte sie fettiges Zeug, bis ihr nichts mehr passte. Er schickte sie in einen Sozialmarkt, sie solle sich dort etwas zum Anziehen raussuchen. Du willst nicht wissen, wie sie daherkam. Und wir konnten ihr nicht aushelfen. Alle unsere Teile waren ihr zu eng. Überall bekam sie Abschätziges zu hören, zuerst im Sportverein. Einmal hat sie mir erzählt, dass sie alle hinter ihr flüstern und wie das ist, wenn man das erste Mal ‚fette Sau' heraushört. War sie nicht, aber trotzdem kaum wiederzuerkennen. Und als sie sein Limit erreicht hatte, sagte er nur: ‚Okay, kannst wieder abnehmen. Da war fast schon Sommer, wo du nichts mehr verstecken kannst. Vor lauter Hungern war sie wochenlang so gereizt, du konntest ihr nur aus dem Weg gehen. Und Mario laberte nur noch einmal etwas von den ‚wertvollen emotionalen Erfahrungen', die sie dabei gemacht und die ihr keiner mehr nehmen könne. Dagegen war das mit Leon nicht so schlimm. Nein, doch! Es war Scheiße, Scheiße, Scheiße! Genau damals hab ich mich verknallt! Das erste Mal so richtig! In einen aus meiner Klasse. Und bei ihm hat's auch gefunkt. Aber ich musste ja mit Leon rummachen, zum Schein

nur, aber mehr als glaubhaft. Und als die Sache endlich vorbei war, sah ich ihn mit einer Flora ... Verstehst du, Lena? Damals hing *ich* über der Kloschüssel, wie du heute. Ich weiß, wie es sich anfühlt ... Marios Gift! Und ich seh ihn jeden Tag! Jeden Tag! Mit Flora. Scheiße, Scheiße, Scheiße!"

Nach einer langen Stille richte ich mich auf, helfe Nele auf und umarme sie fest. Tut uns beiden gut.

„Ich muss jetzt wieder rein!"

„Du, es tut mir so leid! Ich weiß ja gar nicht, ob du es schon weißt ... alles?"

„Alles? Was denn noch?"

„Eben *alles*. Alles haben wir bloß gespielt, auch diese unheimlichen Dinge, das mit dem Tattoo von Laura, Mikes Paris-Auftritt, das Feuer, sogar das mit dem Kelch, alles!"

„Ich verstehe." Jetzt hab ich gelogen. Ich verstehe überhaupt nicht, wie sie das alles ... Aber das ist nicht Neles Schuld, ganz zuletzt ihre. „Du musst mir nichts mehr sagen, Nele."

„Melanie hat mir gesteckt, dass ihr heute ... Ich wollte bloß nicht, dass du es von ihm erfährst – und er dich dabei blöd angrinst."

„Danke!" Bevor ich wieder hineingehe, muss ich mir noch einmal den Mund ausspülen.

„Und gib mir deinen Pulli. Bitte! Meine Mutter kriegt das wieder raus, ohne Schaden, sogar bei Angora, ist es doch? Sie macht die Kostüme für Mario. Meine Mum ist eine Ex von ihm, sagt sie. Ich glaub, gar so ‚ex' ist das gar nicht, zumindest nicht für sie. Bitte!"

Ich ziehe meinen vollgesauten Pulli aus und gebe ihn ihr. Sie strahlt. Zum ersten Mal, seit ich sie kenne!

KAPITEL 36

Gregor

Mittwoch, 6. Jänner

Lena? Was ist mit ihr? Ihr ist schlecht geworden, sie hält sich die Hand vor den Mund und läuft hinaus ... Ich will ihr nach, aber sie deutet mir noch, ich soll bleiben. Mit Nachdruck! Unsere ganze Gruppe? Alle sind seine Schauspielschüler? Also alle außer Hannah ... und dem armen Julian, dem sie es vermiest haben, bis er wegblieb. Die stecken alle unter einer Decke. Alles von Anfang an ein abgekartetes Spiel! Ja bin ich denn verrückt, das ... nein, nein, der lügt doch schon wieder, der hat doch keine Ahnung. Dem muss ich jetzt ein Ende machen:

„Sie reden doch Schwachsinn! Sie haben doch keine Ahnung, auf solche Spielchen fallen wir Ihnen jetzt nicht nochmals rein. Kim und Cora, die waren doch von Anfang an zerstritten, wie man's nur sein kann in diesem Alter, wegen Raffael ... von wegen ‚reizende Cora'! An die kommt doch keiner ran mit ihrem düsteren und bedeutungsschweren Gerede. Und seit wann bitte ist Kim schüchtern? Ausgerechnet Kim? Wie oft hat ihr Lena zugeflüstert, sie soll wenigstens noch einen Knopf ihrer Bluse zumachen oder sich was anziehen, was noch irgendwie wie ein Rock aussieht und nicht ... Sie haben doch keine Ahnung!"

„Ach ja? Und warum streiten die beiden, dass sich die Balken biegen? Warum ist Cora so düster – und warum zieht Kim so peinlich ‚sexy' durch die Gassen? Was denken Sie denn? Na was? ... Weil *ich* es so wollte, weil sie den Auftrag dazu von *mir* hatten. Sie müssen lernen, ihr Gegenbild zu spielen, das, was sie *nicht* sind und nicht sein wollen, genau das. Und eben nicht nur auf der Bühne. Menschen entwickeln sich, auch im Theater. Sie werden andere – und meine Schauspieler müssen beides spielen können: das Davor und das Danach! In einer Person. Ich weiß, dass das Kim manchmal ‚urpeinlich' ist, aber da muss sie durch. Sie wird sonst immer nur sich selbst spielen. Und warum mussten die beiden guten Freundinnen immer wieder streiten? Ganz einfach: Damit eben nicht der Verdacht aufkommt, sie alle könnten eine perfekt eingespielte Truppe sein."

Genau das hatte Hannah gespürt, von Anfang an! Sie war sich sicher, es war mehr als nur ein Verdacht, auch wenn sie's nicht erklären konnte. Dafür waren wir vom Team blind. Da ist jetzt wohl eine Entschuldigung fällig. Aber wer kommt denn auch auf so etwas?

„Herr Staffner, sagen Sie uns jetzt sofort, was noch alles gespielt war! Es kann doch nicht sein, dass ..."

„Frau Wandruschka, das alles sind doch Nebensächlichkeiten. Fühlen Sie sich geehrt! Sie erleben hier gerade nicht mehr und nicht weniger als die Geburtsstunde des neuen Theaters. Glauben Sie mir, das neue Theater wird keine altmodisch unbequemen Sitze mehr haben, aber auch keine modern-bequemen Popcorn-Sitze. Gar keine mehr! Sie stehen mitten drin, mitten im Geschehen, das Theater umgibt Sie von allen Seiten und das Beste ... Sie bemerken es gar nicht! Nein! Es ist so gut gespielt, dass Sie es für Ihr normales Leben halten, und ist doch alles Theater! Illusion. Keine Bühne mehr, kein Zuschauersaal – *alles* ist Theater, nur noch Theater, wirklich ... alles!"

Lena kommt wieder herein. Ich möchte Ihr kurz etwas zuflüstern, was gerade vor sich geht, aber wie denn?

Ich deute ihr hilflos. Sie wirkt zuerst müde und weit weg, dann aber wieder entschlossen:
„Danke, Herr ... Boromino! Unser größter Wunsch vor vier Monaten war eine Firmgruppe. Und Sie haben uns diesen Wunsch erfüllt. Sie wollten Ihre geniale Theater-Truppe erproben und haben sie bei uns eingeschleust. Vor lauter Freude darüber haben wir uns ziemlich naiv angestellt. Und sie haben mit uns gespielt, Woche für Woche, kein Spiel wie ‚Achtung Kamera!', nein, brutaler, eher wie die Katze mit der Maus spielt. Danke, Herr Boromino!" Sie spricht seinen Namen aus wie Cora, also die gespielte Cora ihn ausgesprochen hätte, wie man den Namen eines Teufelsgeigers ausspricht - voll Bewunderung und Verachtung zugleich.
Mir ist unheimlich. Ich will einfach nicht weiterdenken ... ich *will* die nächste Tür nicht öffnen.
Stefan ist verstummt. Arnold denkt nach, aber sichtlich in Endlosschleife. Gerald ist es, der die Tür öffnet, mit einem Zug: „Wenn das *alles* Theater war, dann ... Also diese ganzen unheimlichen Phänomene, auch alles nur Theater? Das unheimliche Feuer, die SMS des verschwundenen Mädchens, die panischen Hunde, was noch? Was hast du mir noch alles erzählt, Stefan? Ach ja, die Voodoo-Schmerzen, verursacht durch ein böses, schwarzes Mädchen, alles Theater! Sogar der unheimliche Tattoo-Stecher - oder der ahnungslose Mike, zugleich in Paris und Wien. Und dieser Simonides, der sich aus dem Jenseits heraus rechtfertigen wollte im unerklärlichen Konfettiregen. Den sie gespürt haben wollen, als er sie mit kalter Hand ins Verlies entführte. Keine Ahnung, *wie* sie das gespielt haben, aber es war doch sicher alles ... Theater? *Neues* Theater natürlich."
Stefan entfährt nur noch: „Und das mit dem brennenden Kelch? Das auch?"

„Zugegeben, *das* war schwierig. Und von mir eigentlich gar nicht eingeplant. Aber Jonas, also Jonas ist wirklich ein Tüftler, was Chemie angeht, er wollte das unbedingt durchziehen. War riskant. Das entscheidende Material ist ein Silan, also ein Silizium-Wasserstoff. Dieses Zeug ist leichter als Wasser und entzündet sich an der Luft sehr leicht. Außerdem sind die Bestandteile unverdächtig. Silizium ist überall. Damit präparierte er den Keramikkelch. Nur mit dem ging das. Weil in dem sieht man den Zucker nicht, wenn es so dunkel ist. Und damit es nicht zu früh brennt, bedeckte er es mit einer Schicht Zucker, fragen Sie mich nicht, wie! Er verrät es mir nicht, will es angeblich sogar patentieren ... Wenn man dann den Wein einfüllt, löst sich der Zucker langsam auf, das Silan steigt an die Oberfläche, entzündet sich, entzündet den Wein ...“
Unmöglich! Das geht doch nie! „Aber Wein brennt doch nicht!“
„Der war natürlich stark mit zusätzlichem Alkohol angereichert, Weingeist ... Er hatte ja monatelang Zeit, das auszutüfteln. Und wäre nichts passiert, also hätte es doch nicht gezündet ... er war ja zur Stelle, er hat sich ja als Ministrant aufgedrängt, dann hätte er noch vor der Wandlung den Kelch versehentlich umgeworfen, damit nichts auffliegt. Der Kelch wäre zerbrochen, ein anderer schnell gefunden und wie üblich gefüllt. War *mir* eigentlich zu riskant, aber dann doch höchst effektvoll, müssen Sie doch zugeben! Wie von Feuerzungen ...Und Sie können sich vorstellen, dass die kleinen Brände im Oktober dagegen leicht zu inszenieren waren. Das mit der ...“
Lena neben mir hat sich wieder einigermaßen gefangen. Ungeduldig hat sie seinen selbstgefälligen Erläuterungen zugehört. Jetzt aber fällt sie ihm ins Wort: „Na

großartig, sollen wir jetzt applaudieren? Alles bloß Betrug, raffiniert vielleicht, alles gegen unsere Pfarre und unsere Arbeit eingesetzt. Aber was ich soeben gehört habe, ist noch weit bedenklicher. Nein, das ist schon kriminell, was Sie Ihren Schülern angetan haben." Sie wendet sich leicht zitternd an uns alle: „Lena und Leon mussten den anderen monatelang vorspielen, dass sie ineinander verliebt sind. Und sie mussten das sehr realistisch spielen, gegen ihre wirklichen Gefühle. Und den sie wirklich mochte, der fand eine andere Freundin. Und Vanessa hat er dazu gezwungen, innerhalb kurzer Zeit acht Kilo zuzunehmen, einfach so - und dann wieder runterzuhungern. Ich fasse es einfach nicht, zu was Sie sich ... Schicksal? Oder gleich der liebe Gott? Wer sind Sie eigentlich?"

„Ja, das ist der Einsatz! Ist hart manchmal ... ‚der nehme täglich sein Kreuz auf sich' kennen Sie doch, Herr Pfarrer? Ist doch so, auch am Theater! Vanessa weiß heute, wie es sich anfühlt, fett zu sein! Und zu welchen verzweifelten Tricks man greift, das zu kaschieren. Und wie blöd man angeredet wird, wenn man dann noch mit Sachen von der Sozialhilfe rumrennen muss. Diese Erfahrung nimmt ihr keiner mehr! Und sie kann das jetzt auch spielen. Ja, das kann sie, und wie! Und die beiden hätten sich nie so intensiv mit den Symptomen von Verliebtheit auseinandergesetzt - ohne diesen Impuls meinerseits. Glauben Sie, Eislaufkinder hätten es da leichter? Das ist der Preis, alles andere ... ist doch nur Laien-Bühne!"

„Das können Sie doch den Jugendlichen nicht antun. Hat sie denn noch nie jemand angezeigt dafür? Sie zerstören mit solchen Aktionen doch ..."

Aber er fällt Lena schnell ins Wort: „Was soll denn da strafbar sein? Sie können doch gehen, ich halte nieman-

den. Alles freiwillig! Und natürlich mit Zustimmung der Eltern. Bleiben ja auch nicht alle. Aber manche kommen wieder! Wenn ich sie dann noch nehme ..."
Frau Wandruschka kocht. Mir fällt ein, dass sie eine magersüchtige Nichte hat. Sie will sich mehrmals zu Wort melden, tut es dann aber doch nicht. Sie flüstert mit Stefan. Der wirkt verwundert, ablehnend, steht dann aber doch auch auf und geht mit ihr aus dem Saal. Um Zeit zu gewinnen, also für das, was die beiden jetzt auch immer vorhaben, hake ich beim vorherigen Thema ein. Natürlich auch aus Neugierde, weil ich es noch immer nicht begreifen kann: „Aber da sind doch Dinge geschehen, die bringe ich jetzt immer noch nicht auf die Reihe. Wie kam dieses Konfetti, also diese Hunderten Papierschnipsel, wie kamen die in den Jugendraum. Da *war* keiner drin – und da kam auch keiner rein!"
„War auch keiner, zuerst jedenfalls nicht. Aber das fest verschlossene Fenster war – offen. Also nicht verriegelt, nur mit einem Klebestreifen gesichert. Von der Kindergartenterrasse darunter sind es kaum drei Meter. Einer unserer Freunde kam mit der Leiter hinauf, drückte das Fenster auf und warf die Schnipsel hinein ... Und als ihr staunend reingekommen seid, hat jemand kurz rausgeschaut – und dabei den Klebestreifen entfernt."
„So einfach? Aber Michel ... zugleich in Paris, und dann bei uns, das geht doch gar nicht. Wie bitte ...?"
„Zugegeben, das ging nur, weil Michel einen Zwillingsbruder hat. Und der zufällig eine Woche früher als er in die Sprachferien fuhr. Das haben wir ausgenützt. Dabei kennt man die durchaus auseinander, wenn sie nebeneinanderstehen. Aber ein guter Magier bringt dich dazu, nur dorthin zu sehen, wo er es will – und das Naheliegendste zu übersehen. Einen Scan seiner Metro-Karte haben wir ausgedruckt, täuschend echt.

Und vorher haben wir ihm einen der Plakatstifte mitgegeben, den der echte Michel bei seinem Kurzbesuch einstecken musste. Und Ironie der Geschichte: Die Farbe hat gar nicht übereingestimmt. Haben wir euch nur eingeredet. Ist euch aber nicht aufgefallen. Jetzt können sie endlich wie ‚richtige' Zwillinge rumlaufen, denn T-Shirt, Hose und diese auffälligen Flip-Flops haben sie jetzt ja dieselben."

Leon, der Schrecken aller Hunde? Der hatte schlicht einen Ultraschallstick eingenäht in seiner Hose, der auf Berührung losging, unhörbar für Menschen, aber unerträglich für die meisten Hunde.

Und Vanessas Unfall war natürlich nicht eingeplant. Aber da es sie nun einmal erwischt hatte, konnte Cora ihre spezifischen Schmerzen nachspielen, eine gute Übung, wie er meint. Dass sich der Unfall schon am Vortag zugetragen hatte, konnten wir nicht bemerken. Da war die Aktion mit der angeblichen Voodoo-Puppe auch nicht schwieriger zu inszenieren. Das verzweifelte und verschwundene Mädchen, dass sich „von drüben" als wütende Dreizehnte meldete - eine reine Erfindung. Was haben wir bloß für Ängste ausgestanden - wegen gar nichts! Und schon ernsthaft an unserem Weltbild gezweifelt - simpler Hokuspokus.

Die meiste Angst hatten wir aber wegen Laura ausgestanden. Dieser unheimliche Überfall. Dieser brutale ... ja, wer auch immer, jemand aus Fleisch und Blut konnte es ja einfach nicht gewesen sein ... der ihr diese Tattoos gestochen hat gegen ihren verzweifelten Widerstand. Und unsere Ohnmacht, weil wir ihr nicht helfen konnten. Und der erzürnte Vater, der uns mit einem Gerichtsverfahren drohte - dieses Damoklesschwert über Wochen hin? Wie ... Laura selbst hat uns das vorgespielt? Natürlich war niemand bei ihr. Und während

sie so herzzerreißend gebrüllt hat, hat sie sich dieses „Tattoo“ selbst aufgemalt, nur gemalt – samt einer ordentlichen Portion „Blut“. Und das noch viel schrecklichere Intim-Tattoo? Welches Intim-Tattoo? Hat das jemand von uns gesehen? Natürlich nicht! Na eben!
„Laura musste ohnehin aussteigen, wegen ihrer schulischen Leistungen eine Pause einlegen. Na ja, das haben wir halt für einen starken Abgang genützt. Sie hat das perfekt gespielt. Aber ihr großer Bruder war zumindest ebenso gut. Er ist neunzehn, einer meiner ersten Schüler. *Er* hat ihren Vater gespielt – und euch ist nichts aufgefallen! Der kann Männer spielen, die gut doppelt so alt sind wie er selbst. Und zwar so gekonnt, dass ihr es nicht bemerkt, dass es niemand bemerken würde. Das kann ich nicht, aber manche meiner Schüler! Aber das fordert Einsatz! Und Überwindung.“
Der wütende Vater – ihr Bruder? Kaum älter als sie selbst! Stefan und Frau Wandruschka sind inzwischen wieder zu uns gestoßen. Auch das hab ich jetzt gar nicht bemerkt.
Und sie nützt auch gleich die erste Pause, um loszulegen: „In unseren Augen grenzt das an ein Verbrechen, was Sie diesen jungen Menschen antun. Aber rein rechtlich, also da rechnen wir uns nicht aus, Sie belangen zu können. Da geben wir Ihnen schon recht. Darum schlagen wir Ihnen folgende Vorgehensweise vor. Die Jugendlichen dieser Gruppe sollen die Chance bekommen, sich wirklich frei zu entscheiden. Denn wir haben auch den Verdacht, dass mehrere ihrer Eltern – und oft handelt es sich ja um alleinerziehende Mütter ... also uns scheinen die in einer ungesunden Abhängigkeit zu Ihnen zu stehen. Warum auch immer. Also: Die Gruppe löst sich für ein Jahr lang auf. Danach, aber wirklich erst danach sollen sie sich dann selbst entscheiden, ob

sie weitermachen wollen. Das gilt auch unsererseits für alle, die dann noch gefirmt werden möchten. Sinnvoll wäre es vermutlich, wenn sie ein Auslandsjahr einlegen, also natürlich nur auf eigenen Wunsch."
Erstmals ist jetzt Staffner sprachlos. Er sieht sich ungläubig um. Sieht Thekla an, die ihm aber ausweicht. Bis er seine Selbstsicherheit doch wiederfindet: „Und warum sollte ich das tun? Mein Lebenswerk zerstören, alles aufs Spiel setzen ...? Sie glauben doch nicht im Ernst ..."
Stefan greift ein: „Natürlich, Sie können zustimmen oder ablehnen. Ich sage Ihnen nur, der Unterschied zwischen Ja und Nein, also der Grund, warum Sie doch besser Ja sagen sollten zu unserem Vorschlag ..."
„Ich werde niemals ... Was für ein Grund sollte das sein?"
„Euripides ..."
„Euripides?"
„Die Aufführungsrechte für diese drei Stücke, Herr ... Boromino, jetzt nenne ich Sie besser so, diese Aufführungsrechte, die liegen doch jetzt bei der Pfarre. Und wenn Sie zustimmen, dann erhalten Sie das Recht, Euripides nach 2456 Jahren erstmals wieder aufzuführen."
„Das ist Erpressung!"
„Ihre Kollegen werden Sie beneiden, nein, sie werden Sie vor lauter Neid hassen. Stört einen wie Sie doch nicht. Und Ihre Ideen können Sie dann nach Lust und Laune verbreiten - in Hunderten von Interviews."
„Mit dieser Truppe?"
„Soll sein, noch einmal. Ist ja auch eine riesige Chance für sie. Aber erst in einem Jahr. Das muss ja auch alles erst entziffert und übersetzt werden ... Dafür können Sie das Jahr doch gut nutzen. Na? Die Entscheidung dürfte Ihnen doch nicht so schwerfallen. Also?"

„Das kann ich jetzt nicht sofort ...“
„Doch, Sie müssen sich jetzt gleich entscheiden. Ein klein wenig kenne ich Ihr Problem ja ... ich als Pfarrer. Auch bei uns wollen manche, aus Kindern sollen engagierte und entschiedene Katholiken werden, Schritt für Schritt, immer gut ‚begleitet‘, damit sie nur ja genauso werden wie wir selbst. Mehr noch, manche Kollegen wollen, dass ihr Leben von Religion und Kirche ganz durchdrungen wird. Und wenn sie schon keine Ordensleute werden, dass sie sich in ‚intensiven‘ Gebetsgruppen organisieren, ihren Glauben stets noch ein Stück weiter ‚vertiefen‘. Ja und natürlich regelmäßig zur Kirche kommen, nicht nur dem Taufschein nach Christen sein. Ihre Persönlichkeit soll von Seelenführern ‚geformt‘ werden, statt ein *richtiges* sollen sie ein *‚geistliches‘* Leben führen. Und in all dem steckt die Gefahr, die wirklichen Wurzeln eines jungen Menschen abzuschneiden. Wir müssen sie leben lassen, ihnen wirklich die Freiheit lassen, ihr eigenes Leben zu führen. ‚Eliten‘ gegenüber bin ich immer skeptisch. Religiöse Eliten sind oft kaum von Pharisäern zu unterscheiden. Und auch künstlerischen Eliten gegenüber bin ich skeptisch. Christ ist für mich, wer im entscheidenden Augenblick Vertrauen schenken kann. Und der Zuversicht ausstrahlt, obwohl er um seine Fehler weiß. Wer über sich selbst lachen kann. Und dann, wenn ein Wunder des Lebens sich ereignet, ins Staunen gerät ... maßlos. Über das Neugeborene, das auf einmal da ist und ... ‚mein Kind‘. Wenn *das* ‚geistliches Leben‘ ist, dann ja. Aber oft wird damit etwas seltsam Künstliches bezeichnet. Ihr ‚neues Theater‘? Soll das aus zurechtgebogenen Maschinen bestehen – oder aus Vollblutmenschen, Herr Boromino, diese Entscheidung verlange ich von Ihnen, Herr Boromino ... und zwar jetzt!“

KAPITEL 37

Lena

Sonntag, 31. Juli

„Und du, Hannah? Willst nicht auch mit ihnen runter auf ein Eis? Heiß genug wär's ja."

Von „ihnen" ist gerade nur noch eine feine Staubwolke zu sehen. Sie sind vor kaum einer Minute den Schotterweg hinunter, einander gegenseitig überholend. Zum Strand nach Peristeria. Nele und Laura, Hand in Hand, Gregor, Hannahs Eltern und Neles Mutter.

„Nein, der Ausblick hier ist der beste bisher überhaupt! Also irische Klippen sind schon noch mal was anderes, aber hier ist es so ..."

„... friedlich?"

Wir setzen uns noch einmal auf einen dieser flachen Felsen, die jetzt schon im Schatten liegen, aber noch ganz schön heiß sind.

„Nimm das da!" Hannah reicht mir ihre dicke Mappe, in der sie eine Unmenge an Unterlagen zu unserer Reise gesammelt hat. „Kannst dich ruhig draufsetzen, die hält das schon aus."

So ist es wirklich angenehmer. Denn wie immer gegen Abend kommt Wind auf, sobald du ein paar Meter über dem Meer bist. Aber noch muss man sehnsüchtig auf jeden Windstoß warten. Nele hat irgendwo aufgeschnappt, dass Euripides hier war, genau hier, in dieser Höhle auf Salamis, der ersten Insel, wenn man den Piräus hinter sich lässt. Also mussten wir unbedingt auch hier noch heraufkommen.

„Und da hat er gesessen – und hat seine Dramen geschrieben. Ist erwiesen, Lena, kannst du nachlesen!

Also ich meine dann, wenn du nicht mehr draufsitzt. Vor ein paar Jahren haben sie hier archäologisch gebuddelt und sogar einen zerbrochenen Topf mit seinem Namen gefunden: EURIPP steht da noch drauf. Ist zwar nicht ganz aus seiner Zeit, aber sicher kein Zufall."
„Sonst hätten wir uns den komplizierten Weg hierher ja auch sparen können! Eigenartig ist das schon: keine zwanzig Kilometer von Athen entfernt – und dann so ruhig, so weit weg von allem."
„Und seit der Antike war das immer schon ‚die Höhle des Euripides'! Nur eines versteh ich nicht, Lena: Warum hat er sich ausgerechnet hier so düstere Geschichten ausgedacht? Bei den Troerinnen brennt die Stadt und alle müssen in die Verbannung. Auch sonst immer nur Zorn und Krieg und Rache und tote Helden ... Und den Kreterinnen geht es ja auch nicht viel besser!"
Ja, diese „Kreterinnen", eines der drei bisher unbekannten in Canisius aufgefundenen Dramen des Euripides, um die dreht sich jetzt alles. Sie wurden als Erstes übersetzt, gleich in mehrere Sprachen, und werden noch im August gleich nebenan in Athen aufgeführt. Wahrscheinlich musste noch nie ein Stück auf seine Zweitaufführung so lange warten wie diese „Kreterinnen". „Vielleicht hat er das ja *in* der Höhle drinnen geschrieben ...? Im Winter? Während tagelanger Regengüsse. Das würd's schon erklären."
„Das passt schon eher. Ich hab noch nie eine so hässliche Tropfsteinhöhle gesehen wie die hier." Hannah hat sich's zuvor nicht anmerken lassen, aber sie muss ziemlich enttäuscht gewesen sein.
„Die Tropfsteine haben sie hier schon seit der Steinzeit demoliert. Ist nicht mehr viel übrig davon. Wenn man da drinnen ist, denkt man schon eher an ein Gefängnis."

Hannah schüttelt sich: „Buah! Da drinnen fließt kein Chi ... würde meine Mutter sagen. Du weißt schon: Feng Shui und so. Aber die Idee, also diese Grundfrage in den ‚Kreterinnen', die find ich schon echt gut: Was lässt uns Menschen überleben: Waffen und Panzer – oder Musik, Geschichten, also schöne Dinge eben?"
Also, soweit ich mir diese Tragödie bisher zusammenreimen konnte, stehen die Menschen auf Kreta vor einer schicksalsschweren Entscheidung. Ihre minoische Kultur steht unmittelbar vor dem Untergang. Dunkle Mächte werden sie in wenigen Tagen von See her erreichen. Ihre neuartigen eisernen Waffen machen sie unbesiegbar. Passt historisch ganz gut: Ohne viel über sie zu wissen, nennt man diese überlegenen Angreifer heute die „Seevölker". Wer damals überleben will, muss in die Berge fliehen. Ein Streit entbrennt zwischen Männern und Frauen. Die Kreter wollen ihre Waffen mit in die Berge schleppen, die Kreterinnen hingegen ihre Bücher, Instrumente und die schönsten ihrer Statuen. Ein Streit, der selbst noch die Götter entzweit: Apoll und Aphrodite gegen Zeus und Ares. Wie auch immer sie sich entscheiden ... eine Tragödie.
„Es sind nicht unsere Fähigkeiten, die zeigen, wer wir sind, sondern unsere Entscheidungen." Hannah ist aufgestanden und deklamiert im Sonnenlicht. Ihre Gedankengänge verliefen sichtlich ähnlich wie meine.
„Ist das auch von Euripides?"
Sie muss lachen: „Nee, das sagt ... Dumbledore zu Harry Potter!"
„Knapp daneben."
„Historisch gesehen entschieden sie sich damals doch eher für ihre Waffen und bauten sich jämmerliche Bergfestungen. Lato zum Beispiel, im Osten Kretas, ganz hoch oben, werden wir in ein paar Tagen sehen. Da ist

nichts mehr übrig von dieser lebensfrohen Kultur der Minoerinnen."

„Und? Was glaubst du, Hannah, wie werden sie sich entscheiden?"

„Wie? Hab ich doch gerade ... Ach so: Du meinst Nele und Laura? Weiß nicht ... nein, in echt: keine Ahnung!" Das glaub ich jetzt nicht: „Nicht einmal dir haben sie das gesagt? Heute müssen sie sich doch entscheiden. Also ob sie mitmachen." Da waren die drei jetzt ein halbes Jahr als Austausch-Schülerinnen in Dublin, steckten die ganze Zeit über zusammen - und jetzt diese Geheimniskrämerei?

„Klar haben die zwei mit diesem Boromino nichts mehr am Hut. Auch die anderen nicht, also zumindest die Mädels, die bestimmt nicht ... Aber andererseits, ich mein, du warst ja selbst dort. Das Dionysos-Theater, ziemlich ramponiert, aber doch das älteste Theater der Welt, genau dort, wo die alten Griechen die Kreterinnen damals zum ersten Mal aufführten, direkt unter der Akropolis ... Ich mein, die Fotos von so was, die zeigst du doch noch deinen Urenkelinnen, sogar wenn du nur als Platzanweiserin dabei warst!" Sie denkt nach, lange. „Sie werden im Chor mitmachen, wahrscheinlich ... nein, sicher sogar."

„Im Chor?"

„Das ist die Alternative. Gespielt wird ja dreimal mit deutschsprachigen, dreimal mit griechischen Schauspielerinnen, einstudiert mit Boromio und einer griechischen Regisseurin. Bis heute Abend müssen sie ihm schreiben, ob sie mitspielen, sonst holt er sich Leute von uns zu Hause, angeblich hat er zehn für jede Rolle, die sich in den nächsten Flieger setzen."

„Und der Chor?"

„... setzt sich auch zweisprachig zusammen: griechische Studentinnen - und wir Wienerinnen eben. Die müssen es in beiden Sprachen können. Ist aber ziemlich wenig Chor in dem Stück, also in drei Wochen für die doch ein Kinderspiel. So hast du mit Boromino nichts zu tun, so gut wie nichts - und kannst doch dabei sein, mitten drin. Nein, von dem lässt sich Nele nach all dem nicht mehr herumdirigieren. Und ohne Nele macht Laura sicher auch nicht mit. Daran ändert auch ein halbes Jahr Irland nichts."

„Wie habt ihr das denn geschafft, ihr drei, gemeinsam in Dublin. Schulausstieg - Schuleinstieg mitten im Jahr, alles auf Englisch. Und, ich mein, wenn man schon mal dort ist. Ihr wolltet doch sicher auch mal rumkommen in Irland. Dabei soll Laura doch gar nicht so ..."

„... gar nicht so? Auweia! Grottenschlecht war die unterwegs. Hat die letzten beiden Jahre fast nur Theater gemacht, die Laura, und in der Schule so gut wie gar nichts. War ja auch für uns nicht so leicht. Wir haben mit ihr gelernt, mal alle drei, mal im Schichtbetrieb, mal mithilfe super-intelligenter Irish Girls. Das war dann schon ein großer Sieg: Lauras letzte Entscheidungsprüfung! Positiv! Das mussten wir feiern! Sie haben sich und mich perfekt auf 18 gestylt - und wir sind anstandslos in den nächsten Pub hinein und auf ein Bier! Sag das aber ja keiner! Versprochen, Lena?"

„Versprochen, ist doch klar!"

„Und sie wollen nächstes Jahr wieder mitmachen."

„Was? Doch bei Boromino? Find ich echt nicht gut!" Sie schüttelt entscheidenden den Kopf. Jetzt verstehe ich: „Wie? In der Firmgruppe?"

„Ja, die zwei sicher. Schade, dass sie jetzt nicht mehr mitkommen ... also vorausgesetzt, sie machen wirklich im Chor mit. Die Proben beginnen ja schon übermorgen."

Sie werden es aushalten. Nach einem halben Jahr miteinander in Dublin und unserer gemeinsamen letzten Woche in Athen, Delphi, Epidauros, Mykene ...
„Ein Wahnsinn! Noch mehr als drei Wochen Urlaub auf Kreta, wo alle so schwärmen davon - und zum Abschluss wieder hier, also in Athen, in diesem Theater ... bei diesem Theaterabend, der in die Geschichte eingehen wird! Ganz außer Atem schaut sie mich mit großen Augen an, atmet tief aus - und lehnt sich dann an mich. Minutenlang, um dann plötzlich aufzuspringen, dass ich fast zur Seite kippe:
„Magst du nicht auch ein Eis ... παγωτό ... Ice creme ... Na? Ich lerne jetzt Griechisch! Du auch?"
„Dann müssen wir uns aber beeilen! In zwei Stunden legt unsere Fähre ab!"